Castor&Antares
上海柯艾
文化传播有限公司

# 悲伤逆流成河

Cry me a sad river

郭敬明 著

Million Commemorative Edition

湖北长江出版集团
长江文艺出版社

# 目录

Table of Contents

郭敬明は、その才能を以って、母国である中国のように21世紀の全世界を挑発し、揺るがせつづけるだろう。『悲しみは逆流して河となる』は、その予言を証明する熱量を持った比類ない傑作である。

講談社BOX編集長
太田克史

郭敬明就像他的祖国——中国一样，用自己的才能向21世纪的全世界发起了挑战，激荡全球。而《悲哀逆流成河》正是这样的一部杰作，它拥有能证明这个预言的无与伦比的热量。

讲谈社BOX系列丛书编辑长

太田克史

悲伤逆流成河　序言

## 总有一缕悲伤属于你

文/安波舜

悲伤有N个层面。对于生命是孤独的底色，对于时间是流动的伤感，对于浪漫是起伏的变奏，对于善和怜悯是终生的慨叹……

那么，悲伤对于《悲伤逆流成河》这本书就是一个宿命：

如果放在20年前，本书一发表，文坛就会立刻掀起波澜。作协领导会放话，希望各基层单位要注意保护郭敬明这颗文坛新星，要给作家创造良好的创作环境并提供物质上的必要保证，比如住房和工资待遇等等；评论家们会蜂拥而上，总结出该书的若干个突破：社会的不公平和两个家庭机遇的不平等，压缩在两个少年男女的身上，就像一个端点发射出的两条不相交的线，悲伤和悲剧的产生深刻地揭示了现实的动因和文化的鄙陋；大学的教授们也会研究郭敬明和大师们的传承关系，比如塞林格的《麦田里的守望者》、赫尔曼·黑塞的《在轮下》，同是悲伤少年，霍尔顿选择了反叛的守望，汉斯选择了自杀，而本书的主人公齐铭却把别人的痛苦揽在自己的怀里，以至于悲伤逆流成河。人性至此，我们该给善良下一个什么样的永恒定义呢?

事实上，如果本书发表在10年前，也会引起文坛上的骚动。

那时候先锋作家和乡土作家纷纷换笔转型，有转身华丽者如余华之《许三观卖血》、贾平凹之《废都》获满堂喝彩，有就此跌倒者也赢得唏嘘一片，总之文坛不寂寞。本书作者郭敬明从虚拟悬空的青春文学转型到现实主义的凛冽叙事，用忧郁悲伤的低吟和比拟鲜活的语句，将单亲家庭的泪和血，将暴富家庭的虚伪和抓狂，将少年男女心中的压抑和痛，将小巷里那淡淡的薄雾和风，犹如色彩丰富的电影画面，一一呈现。应该说，郭敬明的转型谈不上华丽但绝对是成功。他结构故事的能力、他将两个家庭和男女主人公的对比反差，控制在鸡犬相闻的邻里房间，覆盖在一个窃窃私语的市井里弄，集中在一个打打闹闹嘀嘀咕咕的班级场面，在叙述中左右逢源游刃有余，显示出一个成熟作家驾驭故事的功底。

最难能可贵的是，在表现残酷的悲伤和死亡的主题时，贯穿全书的是凄美轻盈的浪漫副歌，尤其是两个女主人公自杀的细节：一个用短信做了死的宣告，鲜血带着甜腥的味道；一个从楼上轻轻一跳，像影子一样砸在地上。她们的死，不是痛不欲生的制度压抑，也不是苦难深重的物质绝望，而是因为爱的谎言和尊严，是因为她们爱的这个世界忽然变得“肮脏”和无法信任。是信念问题！联想到最近几年频繁发生在大学和高中校园里的自杀事件，我们不能不说，作者的描写是真实可靠的。然而，在作者的笔下，这样的死，却像蝴蝶一样轻盈而飘逸，像一道美丽的弧。

唯其这美丽，我们阅读者的心，才更加的悲伤更加的痛……

问题是，本书发表在20年后的今天，文坛抱定了沉默。

一个人一个作家奋力游过大海，发现你永远上不了岸。你被搁置在沙滩，形影孤单。岸的远处，是一群老的公山羊和母山羊，在低头啃着早已退化的草，懒得抬头，更懒得照料别人。值得同情的不仅是你，还有他们。这是一代人或者是几代人的悲伤，也许你过20年后，和他们一样，无力表现现实，更不用说将来。你只能去写过去，写历史，写无聊文人的自言自语。直到我们的社会和价值观念长期稳定，儿童和少年能够听懂老年人的故事，那时，一个作家的生命会常青。这就是宿命。因而，《悲伤逆流成河》这本书属于时代，属于自己，与山羊和狼无关。

你是平民你是作家。当然，总有一缕悲伤属于你。

## 楔子

你曾经有梦见这样无边无际的月光下的水域么?
无声起伏的黑色的巨浪，在地平线上爆发出沉默的力量。
就这样，从仅仅打湿脚底，到盖住脚背，漫过小腿，一步一步地，走向寒冷寂静的深渊。

你有听到过这样的声音么?
在很遥远，又很贴近的地方响起来。
像是有细小的虫子飞进了耳孔。在耳腔里嗡嗡地振翅。
突突地跳动在太阳穴上的声音。

视界里拉动出长线的模糊的白色光点。
又是什么。

漫长的时光像是一条黑暗潮湿的闷热洞穴。
青春如同悬在头顶上面的点滴瓶。一滴一滴地流逝干净。

而窗外依然是阳光灿烂的晴朗世界。
就是这样了吧。

悲伤逆流成河　第一回

某些现在勉强可以回忆起来的事情，开始在苍白寂寥的冬天。

这样的日子。

眼睛里蒙着的断层是只能看到咫尺的未来。

01

弄堂里弥漫起来的晨雾，被渐渐亮起来的灯光照射出一团一团黄晕来。

还没有亮透的清晨，在冷蓝色的天空上面，依然可以看见一些残留的星光。

气温在这几天飞快地下降了。

呵气成霜。

冰冻三尺。

记忆里停留着遥远阳光下的晴朗世界。

02

“齐铭把牛奶带上，”刚准备拉开门，母亲就从客厅里追出来，手上拿着一袋刚刚在电饭煲里蒸热的袋装牛奶，腾腾地冒着热气，“哦哟，你们男孩子要多喝牛奶晓得哦，特别是你们高一的男孩子，不喝怎么行。”

说完拉开齐铭背后的书包拉链，一把塞进去。因为个子比儿子矮上一大截，所以母亲还踮了踮脚。塞完牛奶，母亲捏了捏齐铭的胳膊，又开始叨念着，“哦哟，大冬天的就穿这么一点啊，这怎么行，男孩子嘛哪能只讲究帅气的啦？”

“好啦好啦，”齐铭低低应了一声，然后拉开门，“妈，我上课要迟到了。”

浓重的雾气朝屋里涌。

头顶是深冬里飘荡着的白寥寥的天光。

还是早上很早，光线来不及照穿整条冗长的弄堂。弄堂两边堆放着的箱子，锅，以及垃圾桶，都只能在雾气里浮出一圈浅浅的灰色轮廓来。

齐铭关上了门，连同母亲的唠叨一起关在了里面。只来得及隐约听到半句“放学后早点……”冬天的寒气就隔绝了一切。

齐铭提了提书包带子，哈出口白气，耸耸肩，朝弄堂口走去。

刚走两步，看见踉跄着冲出家门的易遥，险些撞上。齐铭刚想张口问声早，就听到门里传出来的女人的尖嗓门：

“赶赶赶，你赶着去投胎啊你，你怎么不去死！赔钱货！”

易遥抬起头，正好对上齐铭稍稍有些尴尬的脸。易遥沉默的脸在冬天早晨微薄的光线里看不出表情。

在齐铭的记忆里，易遥和自己对视时的表情，像是一整个世纪般长短的慢镜。

03

“又和你妈吵架了？”

"嗯。"

"怎么回事？"

"算了别提了"，易遥揉着胳膊上的淤青，那是昨天被她妈掐的，"你知道我妈那人，就是神经病，我懒得理她。"

"……嗯。你没事吧？"

"嗯。没事。"

深冬的清晨。整个弄堂都还是一片安静。像是被浓雾浸泡着，没有一丁点儿声响。

今天是礼拜六，所有的大人都不用上班。高中的学生奉行着不成文的规定，周六一定要补课。所以，一整条弄堂里只有他们两个人不急不慢地行走着。

齐铭突然想起什么，放下一边的肩带，把书包顺向胸前，拿出牛奶，塞到易遥手里，"给。"

易遥吸了下鼻子，伸手接了过去。

两个人走向光亮的弄堂口，消失在一片白茫茫的浓雾里。

04

该怎么去形容自己所在的世界。

头顶是交错而过的天线，分割着不明不暗的天空。云很低很低地浮动在狭长的天空上。铅灰色的断云，沿弄堂投下深浅交替的光影。

每天放学上学，经过的一定是这样一条像是时间长廊般狭窄的走道。头上是每家人挂出来的衣服，梅雨季节会永远都晒不干，却还是依然晒着。从小受到的教导就是不要从挂着的女人裤子下面走过去，很晦气。

弄堂两边堆着各种各样的东西，日益吞噬着本来就不大的空间。

共用的厨房里，每日都在发生着争吵。

“喔唷，你怎么用我们家的水啦？”

被发现的人也只能装傻尴尬地笑笑，说句“不好意思用错了用错了”。

潮湿的地面和墙。

小小的窗户。光线弱得几乎看不见。窗帘拉向一边，照进更多的光，让家里显得稍微亮堂一点。

就是这样的世界。

自己生活了十六年。心安理得地生活着，很知足，也很舒服。如同贴身的棉毛衫，不昂贵，可是却有凉凉的依赖感。尽管这是让男生在冬天里看起来非常不帅的衣服，但一到秋天，哪怕气温都还是可以热得人发晕，母亲也会早早地准备好，唠叨着自己，赶快穿上。

就是这样生活了十六年的世界。不过也快要结束了。

四年前父亲辞去单位的职位，下海经商。现在已经是一个大饭店的老板。每天客来客往，生意红火异常。已经得意到可以在接到订座电话的时候骄傲地说“对不起本店不接受预定”了。

新买的房子在高尚的小区。高层住宅，有漂亮的江景。

只等夏天交房，就可以离开这个逼仄而潮湿的弄堂。甚至是可以用得上“逃离”这个词了。像是把陷在泥泞里的脚整个拔起来。

母亲活在这种因为等待而变得日益骄傲起来的氛围里。与邻居的闲聊往往最后都会走向“哎呀搬了之后我这风湿腿应该就好很多了，这房子，真是太潮湿了，蛇虫百脚的”或者“我看你们也搬掉算了”。

这样的对话往往引来的都是羡慕的恭维，以及最后都会再补一句：“你真是幸福死来。不但老公会赚钞票，儿子也争气，哪回不考第一啊。哪像我们家那小棺材，哦哟。”

这个时候，齐铭都只是远远地听着，坐在窗前算习题，偶尔抬起头，看到母亲包围在一群烫着过时鬈发的女人中间，一张脸洋溢着掩饰不住的得意。

其实有好几次，齐铭在回家的路上，都会听到三言两语的议论，比如：

“齐家那个女人我看快得意死她了，早晚摔下来，疼死她。”

“我看也是，男人有了钱都变坏，你别看她现在嚣张，以后说不定每天被她老公打得鼻青脸肿。”

“倒是她儿子，真的是算她上辈子积德。”

“听说刚进学校就拿了个全国数学比赛一等奖哎。”

就是这样的世界，每天每天，像抽丝般地，缠绕成一个透明的茧。虚荣与嫉妒所筑就的心脏容器里，被日益地灌注进黏稠的墨汁。

发臭了。

齐铭每天经过这样一条狭长的弄堂。

05

路过易遥家的时候，会看到她穿着围裙在厨房里做饭。

她妈林华凤每天下午都坐在门口嗑瓜子，或者翻报纸。

齐铭从厨房窗口把笔记本递进去，“给，帮你抄好了。”

易遥抬起头，擦擦额头的汗水，说，谢谢，不过我现在手脏，你给我妈吧。

齐铭将笔记本递给易遥她妈时，她母亲每次都是拿过去，然后朝房间里一扔。齐铭听到房间里“啪”的一声掉在地上的声音。

往前再走两步，就是自己的家。

钥匙还没插进孔里，母亲就会立刻开门，接下自己的书包，拉着自己赶快去吃饭。

吃到一半的时候，差不多会听到隔壁传来易遥“妈，饭做好了”的声音。

有段时间每天吃饭的时候，电视台在放台湾的连续剧《妈妈再爱我一次》，听说是根据当年轰动一时的电影改编的，母亲每次吃饭的时候就会一边吃一边长吁短叹，沉浸在被无私的母爱感动的世界。那段时间，母亲总是会擦一擦眼角几乎看不见的泪水，然后告诉齐铭母亲的伟大。

齐铭总是沉默地吃饭，偶尔应一声。

就像是横亘在血管里的棉絮，阻碍着血液的流动。“都快凝结成血块了。”心里是这样满满当当的压抑感。总觉得有一天会从血管里探出一根刺来，扎出皮肤，暴露在空气里。

每当母亲装腔作势地擦一次眼泪，血管里就多刺痛一点。

也只是稍微有一点这样的念头，毕竟不是每一个人都能坦然地面对自己对母亲的嫌恶。这是违反伦常和道德的。所以这样的念头也只是偶尔如气泡从心底冒出来，然后瞬间就消失在水面上，“啪”地破裂。一丁点的水花。

不像是易遥。

易遥的恨是赤裸而又直接的。

十三岁的时候，偶尔的一次聊天。

齐铭说：“我妈是老师，总是爱说道理，很烦。你妈妈是做什么的？”

易遥回过头，说：“你说林华凤啊，她是个妓女，是个很烂的女人。我恨她。可我有时候还是很爱她。”

易遥十三岁的脸，平静地曝晒在夏日的阳光下，皮肤透明的质感，几乎要看见红色的毛细血管。

我恨她。可我有时候还是很爱她。

妓女。烂女人。这些字眼在十三岁的那一年夏天，潮水般地覆盖住年轻的生命。

像是在齐铭十三岁的心脏里，撒下了一大把荆棘的种子。

吃完饭。齐铭站起来刚要收碗，母亲大呼小叫地制止他，叫他赶紧进房间温书，说："你怎么能把时间浪费在这种事情上。"说实在的，齐铭顶不喜欢母亲这样大呼小叫。

他放下筷子，从沙发上提起书包，朝自己房间走去。临进门，回头的罅隙里，看见母亲心满意足的表情，收拾着剩饭剩菜，朝厨房走。

刚关上门，隔壁传来易遥的声音。

"妈，你到底要不要吃？"

"你管我吃不吃！"

"你要不吃的话就别让我做得这么辛苦……"

还没说完，就传来盘子摔到地上的声音。

"你辛苦？！你做个饭就辛苦？你当自己是千金小姐大家闺秀啊？"

"你最好别摔盘子，"易遥的声音听不出语气，"摔了还得买，家里没那么多钱。"

"你和我谈钱？！你有什么资格和我谈钱！……"

齐铭起身关了窗户，后面的话就听不清楚了，只能听到女人尖厉的声音，持续地爆发着。过了一会儿对面厨房的灯亮起来。昏黄的灯下是易遥的背影。齐铭重新打开窗，听见对面厨房传来的哗哗的水声。

过了很久，又是一声盘子摔碎的声音。

不知道是谁摔了盘子。

齐铭拧亮写字台上的台灯，用笔在演算纸上飞速地写满了密密麻麻的数字。

密密麻麻的。填满在心里。

就像填满一整张演算纸。没有一丝的空隙。

像要喘不过气来。

对面低低地传过来一声“你怎么不早点去死啊你”。

一切又归于安静。

06

拥有两个端点的是线段。

拥有一个端点的是射线。

直线没有端点。

齐铭和易遥就像是同一个端点放出去的线，却朝向了不同的方向。于是越来越远。越来越远。

每一天，都变得和前一天更加的不一样。生命被书写成潦草和工整两个版本。再被时间刷得褪去颜色。难以辨认。

十二岁之前的生命都像是凝聚成那一个相同的点。

在同样逼仄狭长的弄堂里成长。在同一年戴上红领巾。喜欢在晚饭的时候看机器猫。那个时候齐铭的家庭依然是普通的家庭。父亲也没有赚够两百万去买一套高档的公寓。阳光都用同样的角度照射着昏暗中蓬勃的生命。

而在十二岁那一年，生命朝着两个方向，发出迅速的射线。

齐铭的记忆里，那年夏天的一个黄昏，易遥的父亲拖着口沉重的箱子离开这个弄堂。走的时候他蹲下来抱着易遥，齐铭趴在窗户上，看到她父亲眼眶里滚出的热泪。

十三岁的时候，他听到易遥说，我的妈妈是个妓女。她是个很烂的女人。

每一个生命都像是一颗饱满而甜美的果实。只是有些生命被太早地耗损，露出里面皱而坚硬的果核。

07

像个皱而坚硬的果核。

易遥躺在黑暗里。这样想道。

窗外是冬天凛冽的寒气。灰蒙蒙的天空上浮动着大朵大朵铅灰色沉重的云。月光照不透。

不过话说回来，哪儿来的月光。

只是对面齐铭的灯还是亮着罢了。

自己的窗帘被他窗户透出来的黄色灯光照出一圈毛茸茸的光晕来。他应该还在看书，身边也应该放着杯热咖啡或者奶茶。兴许还有刚煮好的一碗馄饨。

终究是和自己不一样的人。

十七岁的齐铭，有着年轻到几乎要发出光芒来的脸。白衬衣和黑色制服里，是日渐挺拔的骨架和肌肉。男生的十七岁，像是听得到长个子时咔嚓的声音。

全校第一名的成绩。班长。市短跑比赛在前一天摔伤脚的情况下第二名。普通家庭，可是却也马上要搬离这个弄堂，住进可以看见江景的高档小区。

规矩地穿着学校的制服，从来不染发，不打耳洞，不会像其他男生一样因为要帅而在制服里面不穿衬衣改穿T恤。

喜欢生物。还有欧洲文艺史。

进学校开始就收到各个年级的学姐学妹的情书。可是无论收到多少封，每一次，都还是可以令他脸红。

而自己呢？

用那个略显恶毒的母亲的话来说，就是，“阴气重”，“死气沉沉”，“你再闷在家你就闷出一身虫子来了”。

而就是这样的自己，却在每一天早上的弄堂里，遇见和自己完全不一样的齐铭。

然后一起走向涌进光线的弄堂口。

走向光线来源的入口。

这多像一个悲伤的隐喻。

08

易遥坐在马桶上。心里凉成一片。

有多少个星期没来了？三个星期？还是快一个月了？

说不出口的恐惧，让她把手捏得骨节发白。直到门外响起了母亲粗暴的敲门声，她才赶快穿上裤子，打开门。

不出所料的，听到母亲说：“关上门这么久，你是想死在里面吗你！”

“如果能死了倒真好了。”易遥心里回答着。

食堂里总是挤满了人。

齐铭端着饭盒找了很久才找到一个两个人的位子，于是对着远处的易遥招招手，叫她坐过来。

吃饭的时候易遥一直吃得很慢。齐铭好几次转过头去看她，她都只是拿着筷子不动，盯着碗里像是里面要长出花来，齐铭好几次无奈地用筷子敲敲她饭盒的边缘，她才回过神来轻轻笑笑。

一直吃到食堂的人都走得差不多了。易遥和齐铭才吃完离开。

食堂后面的洗手槽也没人了。

水龙头一字排开。零星地滴着水。

齐铭挽起袖子，把饭盒接到水龙头下面，刚一拧开，就觉得冰冷刺骨，不由得“啊”一声缩回手来。

易遥伸过手，把他的饭盒接过来，开始就着水清洗。

齐铭看着她擦洗饭盒的手，没有女生爱留的指甲，也没其他女生那样精心保养后的白皙嫩滑。她的小指上还有一个红色的冻疮，裂着一个小口。

他看着她安静地擦着自己的不锈钢饭盒，胸腔中某个不知道的地方像是突然滚进了一颗石头，滚向了某一个不知名的角落。然后黑暗里传来一声微弱的声响。

他不由得抬起手，摸向女生微微俯低的头顶。

“你就这么把满手的油往我头发上蹭吗？”易遥回过头，淡淡地笑着。

“你说话还真是……”齐铭皱了皱眉头，有点生气。

“真是什么，”女生回过头来，冷冷的表情，“真是像我妈是吗？”

水龙头哗哗的声音。

像是突然被打开的闸门，只要没人去关，就会一直无休止地往外泄水。直到泄空里面所盛放的一切。

从食堂走回教室是一条安静的林阴道。两旁的梧桐在冬天里只剩下光秃秃的枝桠。

叶子铺满一地。黄色的。红色的。缓慢地溃烂在前一天的雨水里。空气里低低地浮动着一股树叶的味道。

“我怎么感觉有股发霉的味儿。”易遥踩着脚下的落叶，突然说。齐铭没有接话。兀自朝前走着。等到感觉到身边没有声音，才回过头去，看到落后在自己三四米开外的易遥。

“怎么了？”齐铭抬起眉毛。

“下午你可不可以去帮我买个东西。”

“好啊。买什么？”

“验孕试纸。”

09

头顶飞过的一只飞鸟，留下一声尖锐的鸟叫声，在空气里硬生生扯出一道透明的口子来。刚刚沾满水的手暴露在风里，被吹得冰凉，几乎要失去知觉。

两个人面对面站着。谁都没有说话。

风几乎要将天上的云全部吹散了。

冬季的天空，总是这样锋利的高远。风几乎吹了整整一个冬天。吹得什么都没有剩下。只有白寥寥的光，从天空里僵硬地打下来。

“是李哲的？”

“除了他还有谁。”

“你们……做了？”

“做了。”

简单得几乎不会有第二种理解可能性的对话。正因为简单、不会误解、不会出错，才在齐铭胸腔里拉扯出一阵强过一阵的伤痛感。就像是没有包扎好的伤口，每一个动作，都会让本来该起保护作用的纱布在伤口上来回地产生更多的痛觉。缓慢的，来回的，钝重的痛。

齐铭从车上跨下一只脚，撑在地上，前面是红灯。所有的车都停下来。

当初她决定和李哲在一起的时候，齐铭也知道的。

易遥的理由简单得几乎有些可笑。“会为了她打架。”“很帅。”“会在放学后等在学校门口送她回家。”

那个时候，齐铭甚至小声嘀咕着：“这些我不是一样可以做到么。”带着年轻气盛的血液，回游在胸腔里。皱着眉头，口气中有些发怒。

“所有的生物都有一种天性，趋利避害，就像在盐浓度高的水滴中的微生物会自动游向盐度低的水滴中去一样，没有人会爱上麻烦的，”易遥脸上是冷淡的笑，“我就是个大麻烦。”

而之后，每次齐铭看到等在学校门口的李哲时，看到易遥收到的鲜花时，看到易遥为了去找李哲而逃课时，他都会感觉到有人突然朝自己身体里插进一根巨大的针筒，然后一点一点地抽空内部的存在。

空虚永远填不满。

每踩一下脚踏板，齐铭就觉得像是对着身体里打气，就像是不断地踩着打气筒，直到身体像气球般被充满，膨胀，几乎要爆炸了。

足足骑出了一个小时，已经快要靠近城市边缘了。齐铭感觉应该不会再有熟人认识自己了，才停下来找了家药店，弯腰钻了进去。他找到计生柜台，低下头看了看，然后用手指点在玻璃上，说：“我要一盒验孕试纸。”

玻璃柜台后的阿姨表情很复杂，嘴角是微微的嘲弄。拿出一盒丢到玻璃柜面上，指了指店右边的那个收银台，“去那边付钱。”

付好钱，齐铭把东西放进书包里，转身推开门的时候，听到身后传来的那一句不冷不热的“现在的小姑娘，啧啧，一看见帅气的小伙子，骨头都轻得不知道几斤几两重了”。

齐铭把书包甩进自行车前面的筐里，抬手抹掉了眼睛里滚烫的眼泪。

他抬腿跨上车，朝着黄昏苍茫的暮色里骑去。

汹涌的车流迅速淹没了黑色制服的身影。

光线飞快地消失在天空里。

推着车走进弄堂的时候，天已经完全黑下来了。弄堂里各家的窗户中都透出黄色的暖光来，减弱着深冬的锐利寒冷。

齐铭推车走到易遥家的厨房面前，看到里面正抬手捂着嘴被油烟呛得咳嗽的易遥。

他抬起手，递过去笔记本，说，给。你要的。

易遥拿着锅铲的手停了停，放下手上的东西，在围裙上擦掉油污，伸出手，从窗口把笔记本接了进来。

齐铭松开手，什么也没说，推着车朝家里走去。

易遥打开笔记本，从里面拿出一包验孕试纸，藏进裤子口袋里。

## 10

每一个女生的生命里，都有着这样一个男孩子。他不属于爱情，也不是自己的男朋友。

可是，在离自己最近的距离内，一定有他的位置。

看见漂亮的东西，会忍不住给他看。听到好听的歌，会忍不住从自己的MP3里拷下来给他。看见漂亮的笔记本，也会忍不住买两本另一本给他用，尽管他不会喜欢粉红色的草莓。在想哭的时候，第一个会发短信给他。在和男朋友吵架的时候，第一个会找他。

尽管不知道什么时候，他会从自己生命里消失掉，成为另一个女孩子的王子，而那个女孩也会因为他变成公主。可是，在他还是呆在离自己最近的距离内的时光里，每一个女孩子，都是在用尽力气，贪婪地享受着消耗着掏空着他和他带来的一切。

每一个女生都是在这样的男孩子身上，变得温柔，美好，体贴。

尽管之后完美的自己，已经和这个男孩子没有关系。

但这样的感情，永远都是超越爱情的存在。

齐铭是超越爱情的存在。

眼泪一颗接一颗掉下来，像是被人忘记拧紧的水龙头。眼泪掉进锅里烧热的油，四处飞溅。

手臂被烫得生疼。

放到冷水下一直冲，一直冲。冲到整条手臂都冰凉麻木了。

可眼泪还是止也止不住。

11

光华小区9栋205室。

闭上眼睛也背得出的地址。

甚至连小区门口的门卫老伯也对自己点头。

齐铭走到楼下的时候停住了，他抬起头对易遥说，要么我就不上去了，我在下面等你。

易遥点点头，然后什么也没说，走进了楼道。

齐铭看着易遥消失在楼梯的转角。心里还是隐隐地有些不安。

他站在楼下，黄昏很快地消失了。

暮色四合。

所有的楼宇在几秒钟内只看得清轮廓。灰蒙蒙地。四下开始渐次地亮起各种颜色的灯。厨房是黄色。客厅是白色。卧室是紫色。各种各样的灯在小区里像深海的游鱼般从夜色中浮动出来。

二楼没有亮灯。

突然变强烈的心跳，压不平的慌乱感让齐铭朝楼上走去。

拐进楼道。声音从走廊尽头传过来。带着回声般的扩音感。

“你怎么怀上了啊？”

“这女人是谁？”

“你就别管她是谁了，她是谁都无所谓，我问你，你现在怀上了你准备怎么办啊？”

“这女人是谁？”

“我说你丫没病吧？你怎么分不清重点啊你？你真怀上还是假怀上啊？”

“……我真的有了。你的。”

“我操，我当初看你根本不推辞，我还以为你是老手，结果搞了半天你没避孕啊？”

“我……”

“你就说你想怎么办吧？”

李哲光着上身，半靠在门口，易遥站在他面前，看不到表情，只有一个背影。

李哲只看到眼前有个人影一晃，还没来得及看清，一个挥舞的拳头就砸到了脸上，扑通一声跌进房间里，桌子被撞向一边。

屋内的女人开始尖叫着，易遥突然心里蹿出一股火，冲进房间，抓着那女人的头发朝茶几上一摔，玻璃哐当碎了。那女人还在叫，易遥扯过电脑的键盘，“你他妈叫什么叫！操！”然后用力地朝她身上摔下去。

12

路灯将黑暗戳出口子。照亮一个很小的范围。

走几米，就重新进入黑暗，直到遇见下一个路灯。偶尔有一两片树叶从灯光里飞过，然后被风又吹进无尽的黑暗里。

易遥突然停下来，她说，我要把孩子打掉。

齐铭回过头去，她抬起头望着他，说，可是我没有钱。我没钱打掉它。我也没钱把它生下来。

大风从黑暗里突然吹过来，一瞬间像是卷走了所有的温度。

冰川世纪般的寒冷。

以及瞬间消失的光线。

13

易遥收拾着桌上的碗。

母亲躺在沙发上看电视里无聊的电视剧。手边摆着一盘瓜子，边看边嗑，脚边掉着一大堆瓜子壳。

易遥洗好碗拿着扫把出来，心里琢磨着该怎么问母亲要钱。“我要钱。给我钱。”这样的话在家里就等于是宣战一样的口号。

扫到了她脚边，她不耐烦地抬了抬脚，像是易遥影响了她看电视。

易遥扫了两把，然后吸了口气说：“妈，家里有没有多余的钱……”

“什么叫多余的钱，钱再多都不多余。”标准的林华凤的口气。挪揄。嘲讽。尖酸刻薄。

易遥心里压着火。一些瓜子壳卡进茶几腿和地面间的缝隙里，怎么都扫不出来。

“你好好吃好哦？掉得一天世界，亏得不是你扫，你就不能把瓜子壳放在茶几上吗？”

“你扫个地哪能了？哦哟，还难为着你啦？你真把自己当块肉啦？白吃白喝养着你，别说让你扫个地了，让你舔个地都没什么错。”

“话说清楚了，我白吃白喝你什么了？”易遥把扫把一丢，“学费是爸爸交的，每个月生活费他也有给你，再说了，我伺候你吃伺候你喝，就算你请个菲佣也要花钱吧，我……”还没有说完，劈头盖脸的就是一把瓜子撒过来。头发上，衣服里，都是瓜子。

虽然是很小很轻，砸到脸上也几乎没有感觉。可是，却在身体里某一个地方，形成真切的痛。

易遥丢下扫把，拂掉头发上的瓜子碎壳，她说：“你就告诉我，家里有没有多余的钱，有，就给我，没有，就当我没问过。”

“你就看看家里有什么值钱的你就拖去卖吧！你最好是把我也卖了！”

易遥冷笑了一声，然后走回房间去，摔上门的瞬间，她对林华凤说：“你不是一直在卖吗？”

门重重地关上。

一只杯子摔过去砸在门上，四分五裂。

14

黑暗中人会变得脆弱。变得容易愤怒，也会变得容易发抖。

林华凤现在就是又脆弱又愤怒又发抖。

关上的房门里什么声响都没有。整个屋子死一般的寂静。

她从沙发上站起来，把刚刚披散下来的稍微有些灰白的头发拂上去。然后沉默地走回房间。伸手拧开房门，眼泪滴在手背上。

比记忆里哪一次都滚烫。

心上像插着把刀。

黑暗里有人握着刀柄，在心脏里深深浅浅地捅着。

像要停止呼吸般地心痛。

哪有什么生活费。哪有学费。

你那个该死的父亲早就不管我们了。

林华凤的手一直抖。这些年来，抖得越来越厉害。

“你不是一直在卖么？”

是的，是一直在卖。

可是当她躺在那个男人身下的时候，心里想的都是，易遥，你的学费够了，我不欠你了。

而那些关于她父亲的谎言，其实就连她自己，都不知道是说来欺骗易遥，还是用来欺骗自己。

她没有开灯。

窗外透进来的灯光将屋子照出大概的轮廓。

她打开衣柜的门，摸出一个袋子，里面是五百八十块钱。

除去水电。除去生活。多余三百五十块。

她抓出三张一百块的，然后关上了柜子的门。

“开门，”她粗暴地敲着易遥的房门，“打开！”

易遥从里面打开门，还没来得及看清楚站在外面的母亲想要干什么，三张一百块的纸币重重地摔到自己脸上。“拿去，我上辈子欠你的债！”

易遥慢慢地蹲下去，把三张钱捡起来，“你不欠我，你一点都不欠我。”

易遥把手上的钱朝母亲脸上砸回去，然后重重地关上了门。

黑暗中。谁都看不见谁的眼泪。

门外，母亲像一个被扯掉拉线的木偶，一动不动地站在黑暗里。

消失了所有的动作和声音。只剩下滚烫的眼泪，在脸上无法停止地流。

15

有一天回家的路上，易遥站在弄堂前横过的马路对面，看见林华凤站在一个小摊前，拿着一件裙子反复地摩挲着，最后还是叹了口气放回去了。

小摊上那块“一律二十元”的牌子在夕阳里刺痛了易遥的眼睛。

那天晚上吃完饭，易遥没有告诉林华凤学校组织第二天去春游，每一个学生需要交五十块。第二天早上，易遥依然像是往常任何一天上课时一样，背着书包，一大早起来，去学校上课。

空无一人的学校。在初冬白色的天光下，像是一座废弃的医院。又干净，又死寂。

易遥坐在操场边上的高大台阶上，仰起头，头顶滚滚而过的是十六岁的浅灰色浮云。

16

所有的学校都是八卦和谣言滋生的沃土。

蜚短流长按照光的速度传播着，而且流言在传播的时候，都像是被核爆炸辐射过一样，变化出各种丑陋的面貌。

上午第二节课后的休息时间是最长的，哪怕是在做完广播体操之后，依然剩下十五分钟给无所事事的学生们消耗。

齐铭去厕所的时候，听到隔间外两个男生的对话。

“你认识我们班的那个易遥吗？”

“听说过，就那个特高傲的女的？”

“高傲什么呀，她就是穿着制服的鸡，听说了吗，她最近缺钱用，一百块就可以睡一晚上，还可以帮你用……”下面的声音故意压得很低，可是依然压不住词语的下作和污秽。

齐铭拉开隔间的门，看见班上的游凯和一个别班的男生在小便，游凯回过头看到齐铭，不再说话。在便斗前抖了几下就拉着那个男的走了。

齐铭面无表情地在洗手池里洗手，反复地搓着，直到两只手都变得通红。

窗外的天压得很低。云缓慢地移动着。

枝桠交错着伸向天空。

“就像是无数饿死鬼朝上伸着手在讨饭。”这是易遥曾经的比喻。

依然是冬天最最干燥的空气，脸上的皮肤变得像是劣质的石灰墙一样，仿佛蹭一蹭就可以掉下一层厚厚的白灰来。

齐铭在纸上乱划着，各种数字，几何图形，英文单词，一不小心写出一个bitch，最后一个h因为太用力钢笔笔尖突然划破了纸。一连划破了好几层，墨水洇开一大片。

那一瞬间在心里的疼痛，就像划破好多层纸。

Bitch。婊子。

17

食堂后面的洗手槽。依然没有什么人。

易遥和齐铭各自洗着自己的饭盒。头顶是缓慢移动着的铅灰色的云朵。

快要下起雨了。

“那个，”关掉水龙头，齐铭轻轻盖上饭盒，“问你个事情。”

“问啊。”易遥从带来的小瓶子里倒出洗洁精。饭盒里扑出很多的泡沫。

“你最近很急着用钱吧……”

“你知道了还问。”易遥没有抬起头。

“为了钱什么都愿意吗？”声音里的一些颤抖，还是没控制住。

关掉水龙头，易遥直起身来，盯着齐铭看，“你说这话，什么意思？”

“没什么意思，就是问问。”

“你什么意思？”易遥拿饭盒的手很稳。

听到流言的不会只有齐铭一个人，易遥也会听到。

但是她不在乎。

就算是齐铭听到了，她也不会在乎。

但她一定会在乎的是，齐铭也听到了，并且相信。

“我是说……”

“你不用说。我明白的。”说完易遥转身走了。

刚走两步，她转过身，将饭盒里的水朝齐铭脸上泼过去。

“你就是觉得我和我妈是一样的！”

18

在你的心里有这样一个女生。

你情愿把自己早上的牛奶给她喝。

你情愿为了她骑车一个小时去买验孕试纸。

你情愿为了她每天帮她抄笔记然后送到她家。

而同样的，你也情愿相信一个陌生人，也不愿意相信她。

而你相信的内容，是她是一个婊子。

19

易遥推着自行车朝家走。

沿路的繁华和市井气息缠绕在一起，像是电影布景般朝身后卷去。

就像是站在机场的平行电梯上，被地面卷动着向前。

放在龙头上的手，因为用力而手指发白。

易遥突然想起，母亲经常对自己说到的“怎么不早点去死”，“怎么还不死”，这一类的话，其实如果实现起来，也算得上是解脱。只是现在，在死之前，还要背上和母亲一样的名声。这一点，在易遥心里的压抑，就像是雪球一样，越滚越大，重重地压在心脏上，几乎都跳动不了了。

血液无法回流向心脏。

身体像缺氧般浮在半空。落不下来。落不到地面上脚踏实地。所有的关节都被人拴上了银亮的丝线，像个木偶一样地被人拉扯着关节，僵尸般地开阖，在街上朝前行走。

眼睛里一直源源不断地流出眼泪，像是被人按下了启动眼泪的开关，于是就停不下来。如同身体里所有的水分，都以眼泪的形式流淌干净。

直到车子推到弄堂口，在昏暗的夜色里，看到坐在路边上的齐铭时，那个被人按下的开关，又重新跳起来。

眼泪戛然而止。

齐铭站在她的面前。弄堂口的那盏路灯，正好照着他的脸。他揉了揉发红的眼眶。他说，易遥，我不信他们说的。我不信。

就像是黑暗中又有人按下了开关，眼泪流出来一点都不费力气。

易遥什么都没说，扯过车筐里的书包，朝齐铭身上摔过去。

铅笔盒，课本，笔记本，手机，全部从包里摔出来砸在齐铭的身上。一支笔从脸上划过，瞬间一条血痕。

齐铭一动不动。

又砸。

一次一次地砸。剩下一个空书包，以棉布的质感，软软地砸到身上去。齐铭站着没动，却觉得比开始砸到的更痛。

一遍一遍。不停止地朝他身上摔过去。

却像是身体被凿出了一个小孔，力气从那个小孔里源源不断地流失。像是抽走了血液，易遥跌坐在地上，连哭都变得没有了声音，只剩下肩膀高高低低地抖动着。

齐铭蹲下去，抱着她，用力地拉进自己的怀里。

像是抱着一个空虚的玩偶。

“你买我吧，你给我钱……我陪你睡。”

“我陪你上床，只要你给我钱。”

每一句带着哭腔的话，都像是锋利的匕首，重重地插进齐铭的胸膛。

她说：“我和我妈不一样！你别把我当成我妈！”

“我和我妈不一样！”

齐铭重重地点头。

路灯照下来。少年的黑色制服像是晕染开来的夜色。英气逼人的脸上，那道口子流出的血已经凝结了。

地上四处散落的铅笔盒，钢笔，书本，像是被拆散的零件。

是谁打坏了一个玩偶吗？

弄堂里面，林华凤站在黑暗里没有动。

每一句“我和我妈不一样”，都大幅地抽走了她周围的氧气。

她捂着心口那里，那里像是被揉进了一把碎冰，冻得发痛。

就像是夏天突然咬了一大口冰棍在嘴里，最后冻得只能吐出来。

可是，揉进心里的冰，怎么吐出来？

20

同样的。刚把钥匙插进钥匙孔，门就呼啦打开。

母亲的喋喋不休被齐铭的一句“留在学校问老师一些不懂的习题所以耽误了”而打发干净。

桌子上摆着三副碗筷。

“爸回来了？”

“是的呀，你爸也是刚回来，正在洗澡，等他洗好了……啊呀！你脸上怎么啦？”

“没什么，”齐铭别过脸，“骑车路上不小心，剐到了。”

“这怎么行！这么长一条口子！”母亲依然是大呼小叫，“等我去拿医药箱。”

母亲走进卧室，开始翻箱倒柜。
浴室里传来父亲洗澡的声音，花洒的水声很大。
母亲在卧室里翻找着酒精和纱布。
桌子上，父亲的钱夹安静地躺在那里。
钱夹里可以清晰地看到一沓钱。

齐铭低下头，觉得脸上的伤口烧起来，发出热辣辣的痛感。

悲伤逆流成河　第二回

我也忘记了曾经的世界，是否安静得一片弦音。

01

有一些隔绝在人与人之间的东西，可以轻易地就在彼此间划开深深的沟壑，下过雨，再变成河，就再也没有办法渡过去。

如果河面再堆起大雾……

就像十四岁的齐铭第一次遗精弄脏了内裤，他早上起来后把裤子塞在枕头下面，然后就出发上课去了。晚上回家洗完澡后，他拿着早上的裤子去厕所。遇见母亲的时候，微微有些涨红了脸。

母亲看他拿着裤子，习惯性地伸手要去接过来。却意外地被齐铭拒绝了。

“你好好的洗什么裤子啊，不是都是我帮你洗的吗，今天中邪啦傻小子，”母亲伸过手，“拿过来，你快去看书去。”

齐铭侧过身，脸像要烧起来，“不用，我自己洗。”绕过母亲，走进厕所把门关起来。

母亲站在门外，听着里面水龙头的哗哗声，若有所思地笑起来。

齐铭从厕所出来，甩着手上的水，刚伸手在毛巾上擦了擦，就看到母亲站在客厅的过道里，望着自己，脸上堆着笑，“傻小子，你以为妈妈不知道啊。”

突然有种不舒服的感觉从血管里流进了心脏，就像是喝到太甜的糖水，甜到喉咙发出难过的痒。就像是咽喉里被蚊子叮出蚊子块来。

“没什么，我看书去了。”齐铭摸摸自己的脸，烫得很不舒服。

“哦哟，你和妈妈还要怕什么羞的啦。以后还是妈妈洗。乖啊。变小伙子了哦，哈哈。”

齐铭关上自己房间的门，倒在床上，拉过被子捂住了头。

门外母亲打电话的声音又高调又清晰。

“喂，齐方诚，你家宝贝儿子变大人了哦，哈哈，我跟你说呀……”

齐铭躺在床上，蒙着被子，手伸在外面，摸着墙上电灯的开关，按开，又关上，按开，再关上。灯光打不进被子，只能在眼皮上形成一隐一灭的模糊光亮。

心上像覆盖着一层灰色的膜，像极了傍晚弄堂里的暮色，带着热烘烘的油烟味，熏得心里难受。

之后过了几天，有天早上上学的时候，母亲和几个中年妇女正好也在门口聊天。齐铭拉了拉书包，从她们身边挤过去，低声说了句：“妈，我先去上课了。”

齐铭刚没走远两步，就听到身后传来的对话声。

“听说你儿子哦，嘿嘿。”阴阳怪气的笑。

“哦哟，李秀兰你这个大嘴巴，哪能好到处讲的啦。”母亲假装生气的声音。声音装得再讨厌，还是带着笑。

“哎呀，这是好事呀，早日抱孙子还不好啊。哈哈哈哈。”讨厌的笑。

“现在的小孩哦，真是，营养好，想当初我们家那个，16岁！”一个年纪更长的妇女。

齐铭把自行车从车堆里用力地拉出来，太用力，扯倒了一排停在弄堂口的车子。

“哦哟，害羞了！你们家齐铭还真是嫩得出水了。”

“什么嫩得出水了，你老大不小的，怎么这么不正经。”母亲赔着笑。

齐铭恨不得突然弄堂被扔下一个炸弹，轰的一声世界太平。

转出弄堂口，刚要跨上车，就看到前面的易遥。

“你的光荣事迹，”易遥转过头来，等着追上来的齐铭，“连我都听说了。”

身边的齐铭倒吸一口凉气，差点撞到边上一个买菜回来的大妈，一连串的“哦哟，要死，当心点好哦”。

易遥有点没忍住笑，“只能说你妈很能耐，这种事儿也能聊，不过也算了，妇女都这天性。”

“你妈就没聊。”齐铭不太服气。鼓着腮帮子。

“林华凤？”易遥白过眼来，“她就算了吧。”

“起码她没说什么吧。你第一次……那个的时候。”虽然14岁，但是学校生理课上，老师还是该讲的都讲过。

“我第一次是放学回家的路上，突然就觉得‘完了’，我很快地骑回家，路上像是做贼一样，觉得满世界的人都在看我，都知道那个骑车的小姑娘好朋友来了。结果我回家，换下裤子，告诉我妈，我妈什么话都没说，白了我一眼，走到自己衣柜拉开抽屉，丢给我一包卫生棉。唯一说的一句话是，‘你注意点，别把床单弄脏了，还有，换下来的裤子赶快去洗了，臭死人了。’”易遥刹住车，停在红灯前，回过头来说，“至少你妈还帮你洗裤子，你知足吧你小少爷。”

易遥倒是没注意到男生在边上涨红了脸。只是随口问了问，也没想过她竟然就像倒豆子般噼里啪啦全部告诉自己。毕竟是在微妙的年纪，连男生女生碰了碰手也会在班级里引发尖叫的时代。

"你告诉我这些干吗……"齐铭的脸像是另一个红灯。

"你有毛病啊你，你不是自己问的吗？"易遥皱着眉头，"告诉你了你又不高兴，你真是犯贱。"

"你！"男生气得发白的脸，"哼！迟早变得和你妈一样！刻薄的四十岁女人！"

易遥扯过自行车前筐里的书包，朝男生背上重重地摔过去。

02

就像是这样的河流。

横亘在彼此的中间。从十四岁，到十七岁。一千零九十五天。像条一千零九十五米深的河。

齐铭曾经无数次地想过也许就像是很多的河流一样，会慢慢地在河床上积满流沙，然后河床上升，当偶然的几个旱季过后，就会露出河底平整的地面，而对岸的母亲，会慢慢地朝自己走过来。

但事实却是，不知道是自己，还是母亲，抑或是某一只手，一天一天地开凿着河道，清理着流沙，引来更多的渠水。一天深过一天的天堑般的存在，踩下去，也只能瞬间被没顶而已。

就像这天早上，齐铭和母亲在桌上吃饭。母亲照例评价着电视机里每一条早间新闻，齐铭沉默着往嘴里扒着饭。

"妈我吃完了。"齐铭拿起书包，换鞋的时候，看见父亲的钱夹安静地躺在门口的矮柜上。脖子上有根血管又开始突突地跳起来。

“哎哟，再加一件衣服，你穿这么少，你想生毛病啊我的祖宗。”母亲放下饭碗与刚刚还在情绪激动地评价着的电视早间新闻，进屋拿衣服去了。

齐铭走到柜子前面，拿过钱夹，抽出六张一百的，迅速地塞到自己口袋里。

齐铭打开门，朝屋子里喊了一声：“妈别拿了，我不冷，我上学去了。”

“等等！”

“我真不冷！”齐铭拉开门，跨出去。

“我叫你等等！你告诉我，你口袋里是什么！”

屋外的白光突然涌过来，几乎要晃瞎齐铭的眼睛。放在口袋里的手，还捏着刚刚抽出来的六百块钱。

齐铭拉着门把的手僵硬地停在那里。

声音像是水池的塞子被拔起来一般，旋涡一样地吸进某个看不见的地方。

剩下一屋子的寂静。

满满当当的一池水。放空后的寂静。

还有寂静里母亲急促的呼吸声和激动而涨红的脸。

还有自己窒息般的心跳。

03

“什么口袋里有什么？妈你说什么呢？”齐铭转过身来。对着母亲。

“你说，你口袋里是什么东西！”母亲剧烈起伏的胸膛。以及压抑着的愤怒粉饰着平静的表象。

“真没什么。”齐铭把手从口袋里抽出来，摊在母亲面前。

“我是说这个口袋！”母亲把手举起来，齐铭才看到她手上提着自己换下来的衣服，母亲把手朝桌子上用力一拍，一张纸被拍在桌上。

齐铭突然松掉一口气，像是绷紧到快要断掉的弦突然被人放掉了拉扯。但随后却在眼光的聚焦后，血液陡然冲上头顶。

桌子上，那张验孕试纸的发票静静地躺着。

前一分钟操场还空得像是可以停得下一架飞机。而后一分钟，像是被香味引来的蚂蚁，密密麻麻的学生从各个教室里拥出来，黑压压地堵在操场上。

广播里的音乐荡在冬天白寥寥的空气里，被风吹得摇摇晃晃，音乐被电流影响着，发出哔啵的声音，广播里喊着口令的那个女声明显听上去就没有精神，病恹恹的，像要死了。

“鼻涕一样的声音，真让人不舒服。”

齐铭转过头。易遥奇怪的比喻。

易遥站在人群里，男生一行，女生一行，在自己的旁边一米远的地方，齐铭规矩地拉扯着双手。音乐响到第二节，齐铭换了个更可笑的姿势，朝天一下一下地举着胳膊。

“那你怎么和你妈说的？如果是我妈应该已经去厨房拿刀来甩在我脸上了吧。”易遥转过头来，继续和齐铭说话。

“我说那是老师生理卫生课上需要用的，因为我是班长，所以我去买，留着发票，好找学校报销。”音乐放到第三节，齐铭蹲下身子。

“哈？”易遥脸上不知道是惊讶还是嘲笑的神色，不冷不热的，“还真行。你妈信了？”

“嗯，”齐铭低下脸，面无表情地说，“我妈听了后就坐到凳子上，大舒一口气，说了句‘小祖宗你快吓死我了’就把我赶出门叫我上课去了。”

“按照你妈那种具有表演天赋的性格，不是应该当场就抱着你大哭一场，然后转身就告诉整个弄堂里的人吗？”易遥逗他。

“我妈真的差点哭了。”齐铭小声地说。心里堵着一种不上不下的情绪，“而且，你怎么一副事不关己的样子？好歹这事和你有关吧？”

易遥回过头，眼睛看着前面，黑压压的一片后脑勺。她定定地望着前面，说：“齐铭你对我太好了，好得有时候我觉得你做什么都理所当然。很可能有一天你把心掏出来放我面前，我都觉得没什么，也许还会朝上面踩几脚。齐铭你还是别对我这么好，女人都是这样的，你对她好了，你的感情就廉价了。真的。女人就是贱。”

齐铭回过头去，易遥望着前方没有动，音乐响在她的头顶上方，她就像听不见一样，一动不动地站在原地，像是被扯掉了插头的电动玩具。她的眼睛湿润得像要滴下水来，她张了张口，却没有发出声音，但齐铭却看懂了她在说什么。

她说，一个比一个贱。

“后面那个女生！干吗不动！只顾着跟男生聊天，成何体统！说你呢！”从队伍前面经过的年级训导主任望着发呆的易遥，挥着她手上那面脏脏的小红旗怒吼着。

易遥回过神来，僵硬地挥舞着胳膊。音乐放到第六节。全身运动。

“我说，”训导主任走远后，易遥回过头来看齐铭，脸上是掩盖不住的笑意，“她看我和你聊天就惊呼‘成何体统’，她要知道我现在肚子里有个孩子，不知道会不会当场休克过去。”

像个顽皮的孩子。讲了一个自以为得意的笑话。眼睛笑得眯起来，闪着湿漉漉的亮光。

却像是在齐铭心里揉进了一把碎玻璃。

千沟万壑的心脏表面。穿针走线般地缝合进悲伤。

齐铭抬起头。不知道多少个冬天就这样过去。

在广播的音乐声里，所有的人，都仰着一张苍白的脸，在更加苍白的寂寥天光下，死板而又消极地等待遥远的春天。

地心深处的那些悲怆的情绪，沿着脚底，像被接通了回路，流进四肢。伸展运动，挥手朝向锋利的天空。那些情绪，被拉扯着朝上涌动，积蓄在眼眶周围，快要流出来了。

巨大的操场上。她和他隔着一米的距离。

她抬起头，闭上眼睛，说，真想快点离开这里。

他抬起头，说，我也是，真想快点去更远的远方。

易遥回过头来，脸上是嘲笑的表情，她说，我是说这该死的广播操还不结束，我才不像你这么诗意，还想着能去更远的远方。我都觉得自己快要死在这学校了。

易遥嘲笑的表情在齐铭回过头来之后突然消失。她看到他眼里晃动的泪水，看得傻了。

心脏像冬天的落日一样，随着齐铭突然下拉的嘴角，惶惶然下坠。

真想快点离开这里。

真想快点去更远的远方。

但是，是你一个人，还是和我一起?

04

下午四五点钟，天就黑了。

暮色像是墨水般倾到在空气里，扩散得比什么都快。

齐铭从口袋里掏出那六张捏了一整天的钱，递给易遥。说，给。

就像是每天早上从包里拿出牛奶给易遥一样，低沉而温柔的声音。被过往的车灯照出的悲伤的轮廓。毛茸茸地拓印在视线里。

“你哪儿来的钱？”易遥停下车。

“你别管了。你就拿去吧，我也不知道要多少钱才够。你先拿着。”齐铭跨在自行车上。低着头。

前面头顶上方的红灯突兀地亮着。

“我问你哪儿来的钱？！”齐铭被易遥的表情吓住了。

“我拿的我爸的。”齐铭低下头去。

“还回去。晚上就还回去。”易遥深吸了一口气，说，“我偷东西没关系，可是你干净得全世界的人都恨不得把你捧在手里，你为了我变黑变臭，你脑子被枪打了。”

红灯跳成绿色。易遥抬起手背抹掉眼里的泪水，朝前面骑过去。

齐铭看着易遥渐渐缩小的背影，喉咙像呛进了水。不知道为什么，他感觉像是易遥会就这样消失在人群里，自己再也找不到了。

齐铭抬起脚，用力一踩，齿轮突然生涩地卡住，然后链条迅速地脱出来，像条死蛇般掉在地上。

抬起头，刚刚张开口，视线里就消失了易遥的影子。

暗黑色的云大朵大朵地走过天空。

沉重得像是黑色的悼词。

推着车。链条拖在地上。金属声在耳膜上不均匀地抹动着。

推到弄堂口。看见易遥坐在路边。

“怎么这么晚？”易遥站起身，揉了揉坐麻了的腿。

“车掉链了。”齐铭指了指自行车，“怎么不进去，等我？”

“嗯。”易遥望向他的脸，“为了让你等会儿不会挨骂。”

05

满满的一桌子菜。冒着腾腾的热气。让坐在对面的母亲的脸看不太清楚。

即使看不清楚。齐铭也知道母亲的脸色很难看。

坐在旁边的父亲，是更加难看的一张脸。

有好几次，父亲都忍不住要开口说什么，被母亲从桌子底下一脚踢回去。父亲又只得低下头继续吃饭。筷子重重地放来放去，宣泄着不满。

齐铭装作没看见。低头喝汤。

"齐铭，"母亲从嗓子里憋出一声细细的喊声来，像是卡着一口痰，"你最近零花钱够用吗？"

"够啊。"齐铭喝着汤，嘴里含糊地应着。心里想，圈子兜得挺大的。

"啊……这……"母亲望了望父亲，神色很尴尬，"那你有没有……"找不到适合的词。语句尴尬地断在空气里。该怎么说，心里的那句"那你有没有偷家里的钱"无论如何都说不出口。

齐铭心里陷下去一小块，于是脸色温和下来。

他掏出口袋里的六百块，递到母亲面前，说，妈，今天没买到合适的，钱没用，还给你。

父亲母亲一瞬间吃惊的表情早就在齐铭的预料之内。所以他安静地低下头继续喝汤，喝了几口，抬起头看到他们两个人依然是惊讶的表情，于是装着摸摸脑袋，说："怎么了？我早上留条告诉妈妈说我要买复读机先拿六百块啊。下午陪同学去逛了逛，没买到合适的，但也耽误了些时间。"

齐铭一边说，一边走向柜子，在上面找了找，又蹲下身去，"啊，掉地上了。"

拣起来，递给妈妈。

纸上是儿子熟悉而俊秀的笔迹。

“妈妈我先拿六百块，买复读机。晚上去看看，稍微晚点回家。齐铭。”

母亲突然松下去的肩膀，像是全身绷着的紧张都一瞬间消失了。“哦是这样啊，我还以为……”

“您以为什么？”突然提高的音调。漂亮的反击。

“啊……”母亲尴尬的脸。转向父亲，而父亲什么都没说，低头喝汤。怎么能说出口，“以为你偷了钱”吗？简直自取其辱。

“我吃饱了。”齐铭放下碗，转身走回房间去。留下客厅里尴尬的父亲母亲。

拉灭了灯。一头摔在床上。门外传来父母低声的争吵。

比较清楚的一句是：“都怪你！还好没错怪儿子！你自己生的你都怀疑！”

更清楚的是后面补的一句：“你有完没完，下午紧张得又哭又闹差不多要上吊的人不是你自己吗？我只是告诉你我丢了六百块钱，我又没说是齐铭拿的。”

后面的渐渐听不清楚了。

齐铭拉过被子。

黑暗一下子从头顶压下来。

易遥收拾着吃完的饭菜。

刚拿进厨房。口袋里的手机响了。

打开来，是齐铭发过来的短消息。

“你真聪明。还好回家时写了纸条。”

易遥笑了笑，把手机合上。端着盘子走到厨房去。

水龙头打开来，哗哗地流水。

她望着外面的弄堂，每家人的窗户都透出黄色的暖光来。

她现在想的，是另外一件事情。

06

手机上这串以138开头以414结束的数字自己背不出来，甚至谈不上熟悉。可是这串数字却有着一个姓名叫易家言。

就连自己都忘记了，什么时候把“爸爸”改成了“易家言”。曾经每天几乎都会重复无数次的复音节词，凭空地消失在生命里。除了读课文，或者看书，几乎不会接触到“爸爸”这个词语。

生命里突兀的一小块白。以缺失掉的两个字为具体形状。

像是在电影院里不小心睡着，醒了后发现情节少掉一段，身边的人都看得津津有味，自己却再也找不回来。于是依然朦朦胧胧地追着看下去，慢慢发现少掉的一段，也几乎不会影响未来的情节。

又或者，像是试卷上某道解不出的方程。非常真实的空洞感。在心里鼓起一块地方，怎么也抹不平。

易遥打开房间的门，客厅里一片漆黑。母亲已经睡了。

易遥看了看表，九点半。于是她披上外套。拉开门出去了。

经过齐铭的窗前，里面黄色的灯光照着她的脸。她心里突然一阵没有来处的悲伤。

那一串地址也是曾经无意在母亲嘴里听到的。后来留在了脑海里的某一个角落，像是个潜意识般地存在着。本以为找起来会很复杂，但结果却轻易地找到了，并且在楼下老伯的口中得到了证实，“哦，易先生啊，对对对，就住504。”

站在门口，手放在门铃上，可是，却没有勇气按下去。

易遥站在走廊里，头顶冷清的灯光照得人发晕。

易遥拿着手里的电话，琢磨着是不是应该先给爸爸打个电话。正翻开手机，电梯门“叮”地一声开了。易遥回过头去，走出来一个年纪不小却打扮得很嫩的女人，手上牵着个小妹妹，在她们背后，走出来一个两手提着两个大袋子的男人。

那个男人抬起头看到易遥，眼神突然有些激动和慌张。张了张口，没有发出声音来。像是不知道怎么面对面前的场景。

易遥刚刚张开口，就听到那个小女孩脆生生地叫了一声：“爸爸，快点！”

易遥口里的那一声“爸”，被硬生生地吞了回去。像是吞下一枚刀片，划痛了整个胸腔。

07

很简单的客厅。摆着简单的布沙发和玻璃茶几。虽然是很简单的公寓，却还是比弄堂里的房子干净很多。

现在易遥就坐在沙发上。父亲后来结婚的这个女人就坐在沙发的另一个转角。拿着遥控器按来按去，不耐烦的表情。

易遥握着父亲倒给自己的水，等着父亲哄她的小女儿睡觉。手里的水一点一点凉下去，凉到易遥不想再握了就轻轻把它放到桌上。

弯下腰的时候，视线里刚好漏进卧室的一角，从没关好的房门望过去，是父亲拿着一本花花绿绿的童话书在念故事，而他身边的那个小女孩，已经睡着了。

自己小时候，每一个晚上，父亲也是这样念着故事，让自己在童话里沉睡过去的。那个时候的自己，从来没有做过一个噩梦。想到这里，眼泪突然涌上眼眶，胃里像是突然被人塞进满满的酸楚，堵得喉咙发紧。握杯子的手一滑，差点把杯子打翻在茶几上，翻出来的一小摊水，积在玻璃表面上。易遥看了看周围没有纸，于是赶紧拿袖子擦干净了。

眼泪滴在手背上。

旁边的女人从鼻子里轻蔑地哼了一声。

易遥停住了眼泪。也的确，在她看来，自己这样的表现确实是又做作又煽情。如果换作自己，不只在鼻子里哼一哼，说不定还会加一句"至于么"。

易遥擦了擦眼睛。重新坐好。

又过了十分钟。父亲出来了。他坐在自己对面，表情有点尴尬地看看易遥，又看了看那个女人。

易遥望着父亲，心里涌上一股悲伤来。

记忆里的父亲，就算是在离开自己的那一天，弄堂里的背影，都还是很高大。

而现在，父亲的头发都白了一半了。易遥控制着自己声音，说，爸，你还好吗?

父亲望了望他现在的妻子，尴尬地点点头，说，嗯，挺好的。那个女人更加频繁地换着台，遥控器按来按去，一副不耐烦的表情。

易遥吸了吸鼻子，说："爸，谢谢你一直都在给我交学费，难为你了，我……"

"你说什么？"女人突然转过脸来，"他帮你交学费？"

"易遥你说什么呢，"父亲突然慌张起来的脸，"我哪有帮你交学费。小孩子别乱说。"与其说是说给易遥听的，不如说是说给那个女人听的，父亲的脸上堆出讨好而尴尬的笑来。

易遥的心突然沉下去。

"你少来这套，"女人的声音尖得有些刻薄，"我就知道你一直在给那边钱！姓易的你很能耐嘛你！"

"我能耐什么呀我！"父亲的语气有些发怒了，但还是忍着性子，"我钱多少你不是都知道的吗，而且每个月工资都是你看着领的，我哪儿来的钱！"

女人想了想，然后不再说话了。坐下去，重新拿起遥控器，但还是丢下一句，"你吼什么吼，发什么神经。"

父亲回过头，望着易遥，"你妈这样跟你说的？"

易遥没有答话。指甲用力地掐进掌心里。

房间里，那小女孩估计因为争吵而醒过来了，用力地叫着"爸爸"。

那女人翻了个白眼过来，"你还不快进去，把女儿都吵醒了。"

父亲深吸了口气，重新走进卧室去。

易遥站起来，什么都没说，转身走了。她想，真的不应该来。

打开门的时候，那女人回过头来，说："出门把门口那袋垃圾顺便带下去。"

易遥从楼里走出来，冰冷的风硬硬地砸到脸上。眼泪在风里迅速地消失掉温度。像两条冰留下的痕迹一样紧紧地贴在脸上。

易遥弯下腰，拿钥匙开自行车的锁。好几下，都没能把钥匙插进去。用力捅着，依然进不去，易遥站起来，一脚把自行车踢倒在地上。然后蹲下来，哭出了声音。

过了会，她站起来，把自行车扶起来。她想，该回家了。

她刚要走，楼道里响起脚步声，她回过头去，看到父亲追了出来。因为没有穿外套，他显得有点萧索。

"爸，你不用送我，我回家了。"

"易遥……"

"爸，我知道。你别说了。"

"我还没问你今天来找我有什么事情呢。"父亲哆嗦着，嘴里呼出大口大口的白气来，在路灯下像一小片云飘在自己面前。

“……爸，我想问你借钱……”

父亲低下头，把手伸进口袋里，掏出一沓钱来，大大小小的都有，他拿出其中最大的四张来，“易遥，这四百块，你拿着……”

心里像被重新注入热水。

一点一点地解冻着刚刚几乎已经死去的四肢百骸。

“……爸，其实……”

“你别说了。我就这四百块钱。再多没了！”不耐烦的语气。

像是路灯跳闸一样，一瞬间，周围的一切被漆黑吞没干净。

08

易遥小的时候，有一次学校老师布置了一道很难的数学思考题。对于小学四年级的学生来说，是很难的。而全班就易遥一个人答出来了。易遥很得意地回到家里，本来她想直接对父亲炫耀的，可是小孩子做怪的心理，让易遥编出了另一套谎言，她拿着那道题，对父亲说，爸爸这道题我不会，你帮我讲讲。

像是要证明自己比父亲还聪明，或者仅仅只是为了要父亲明白自己有多聪明。

那天晚上父亲一直在做那道题，直到晚上易遥起床上厕所，看到父亲还坐在桌子边上，戴着老花镜。那是易遥第一次看到父亲戴老花镜的样子。那个时候，易遥突然哭了。因为她看到父亲苍老的样子，她害怕父亲就这样变老了。他不能老，他是自己的英雄。

易遥穿着睡衣站在卧室门口哭，父亲摘下眼镜走过来，抱着她，他的肩膀还是很有力，力气还是很大，父亲说，遥遥，那道题爸爸做出来了，明天给你讲，你乖乖睡觉。

易遥含着眼泪，觉得爸爸是永远不老的英雄。

再更小的时候。有一次“六一”儿童节。学校组织了去广场看表演。密密麻麻的人挤在广场上。伸直了脖子，也只能看得到舞台上的演员的头。

而那个时候，父亲突然把易遥抱起来，放到自己的脖子上。

那一瞬间，易遥看清了舞台上所有的人。

周围的人纷纷学着父亲的样子，把自己的小孩举到头上。

易遥骑在爸爸的肩上，摸了摸父亲的头发，很硬。父亲的双手抓着自己的脚踝。父亲是周围的人里，最高的一个爸爸。

小学六年级的时候，易遥唱歌拿了全市第一名。

去市文化宫领奖的那一天，父亲穿着正装的西服。那个时候，西装还是很贵重的衣服。易遥觉得那一天的父亲特别帅。

站在领奖台上，易遥逆着灯光朝观众席看下去。

她看到爸爸一直擦眼睛，然后拼命地鼓掌。

易遥在舞台上就突然哭了。

还有。

还有更多。还有更多更多的更多。

但是这些，都已经和自己没有任何的关系了。

那些久远到昏黄的时光，像是海浪般朝着海里倒卷而回，终于露出尸骨残骸的沙滩。

09

易遥捏着手里的四百块钱，站在黑暗里。

路灯把影子投到地面上，歪向一边。

易遥把垂在面前的头发捋到耳朵背后，她抬起头，说，“爸，我走了。这钱我尽快还你。”

她转过身，推着车子离开，刚迈开步，眼泪就流了出来。

“易遥，”身后父亲叫住自己。

易遥转过身，望着站在逆光中的父亲。“爸，还有事？”

“你以后没事别来找我了，你刘阿姨不高兴……我毕竟有自己的家了。如果有事的话，就打电话和我说，啊。”

周围安静下去。

头顶飘下一两点零星的雪花。

还有更多的悲伤的事情么？不如就一起来吧。

这次，连眼泪也流不出来了。眼眶像是干涸的洞。恨不得朝里面揉进一团雪，化成水，流出来伪装成悲伤。

易遥站在原地，愤怒在脚下生出根来。那些积蓄在内心里对父亲的温柔的幻想，此刻被摔碎成一千一万片零碎的破烂。像是打碎了一面玻璃，所有的碎片残渣堵在下水道口，排遣不掉，就一起带着剧烈的腥臭翻涌上来。

发臭了。

腐烂了。

内心的那些情感。

变成了恨。变成了痛。变成了委屈。变成密密麻麻的带刺的藤蔓，穿刺着心脏的每一个细胞，像冬虫夏草般将躯体吞噬干净。

我也曾经是你手里的宝贝，我也曾经是你对每一个人夸奖不停的掌上明珠，你也在睡前对我讲过那些故事，为什么现在我就变成了多余的，就像病毒一样，躲着我，不躲你会死吗？我是瘟疫吗？

易遥捏着手里的钱，恨不得摔到他脸上去。

“易家言，你听着，我是你生出来的，所以，你也别想摆脱我。就像我妈一样，她也像你一样，恨不得可以摆脱我甚至恨不得我死，但是，我告诉你，你既然和她把我生下来了，你们两个就别想摆脱我。”易遥踢起自行车的脚撑，“一辈子都别想！”

父亲的脸在这些话里迅速地涨红，他微微有些发抖，“易遥！你怎么变成这个样子！”

易遥冷笑着，她说，“我还有更好的样子，你没见过，你哪天来看看我和我妈，你才知道我是什么样子。”

说完易遥骑上车走了，骑出几米后，她突然刹车停下来，地面上长长的一条刹车痕迹，她回过头，说，“我怎么变成这个样子……你不是应该最清楚吗？你不是应该问你自己吗？”

10

初一的时候，学校门口有一个卖烤羊肉的小摊，戴着新疆帽的男人每天都在那里。

那个时候，学校里所有的女孩子几乎都去吃。但是易遥没有。

因为易遥没有零花钱。

但是她也不肯问母亲要。

后来有一天，她在路边捡到了五块钱，她等学校所有同学都回家了，她就悄悄地一个人跑去买了五串。

她咬下第一口之后，就捂着嘴巴蹲下去哭了。

这本来是已经消失在记忆里很遥远的一件事情。却在回家的路上，被重新地想起来。当时的心痛，在这个晚上，排山倒海般地重回心脏。

天上的雪越落越大。不一会儿就变得白茫茫一片。

易遥不由得加快了脚下的速度，车在雪地上打滑，歪歪斜斜地朝家骑回去。

脸上分不清是雪水还是眼泪，但是一定很脏。易遥伸手抹了又抹，觉得黏得发腻。

把车丢在弄堂口。朝家门口跑过去。

冻得哆嗦的手摸出钥匙，插进孔里，拉开门，屋里一片漆黑。

易遥松了口气，反身关好门，转过来，黑暗中突如其来的一耳光，响亮地甩到自己脸上。

“你还知道回来？你怎么不死到外面去啊！”

## 11

黑暗里易遥一动不动，甚至没有出声。

林华凤拉亮了灯，光线下，易遥脸上红色的手指印突突地跳动在视网膜上。

“你哑巴了你？你说话！”又是一耳光。

易遥没站稳，朝门那边摔过去。

她还是没有动。

过了一会儿，易遥的肩膀抽动了两下。她说，妈，你看到我不见了，会去找我吗？

“找你？”林华凤声音高了八度，“你最好死在外面，我管都不会管你，你最好死了也别来找我！”

那种心痛。绵延在太阳穴上。

刚刚被撞过的地方发出钝重的痛来。

仅仅在一个小时之内，自己的父亲对自己说，你别来找我。

母亲对自己说，你死了也别来找我。

易遥摸着自己的肚子，心里说，你傻啊，你干吗来找我。

易遥扶着墙站起来擦了擦额头上的雪水，放下手来才发现是血。

她说，妈，以后我谁都不找了。我不找你，我也不找我爸。我自生自灭吧。

"你去找你爸了？"林华凤的眼睛里突然像是被风吹灭了蜡烛般地黑下去。

易遥"嗯"了一声，刚抬起头，还没看清楚，就感觉到林华凤朝自己扑过来，像是疯了一般地扯起自己的头发朝墙上撞过去。

齐铭按亮房间的灯，从床上坐起来。

窗外传来易遥家的声响。他打开窗，寒气像飓风般地朝屋子里倒灌进来。一起进来的还有对面人家的尖叫。

林华凤的声音尖锐地在弄堂狭小的走廊里回荡着。

"你这个贱货！你去找他啊！你以为他要你啊！你个贱人！"

"那个男人有什么好？啊？你滚啊你！你滚出去！你滚到他那里去啊，你还死回来干什么！"

还有易遥的声音，哭喊着，所有的声音都只有一个字，悲伤的，痛苦的，愤怒的，求饶的，喊着"妈——"

齐铭坐在床上，太阳穴像针刺着一样疼。

12

其实无论夜晚是如何的漫长与寒冷。那些光线，那些日出，那些晨雾，一样都会准时而来。

这样的世界，头顶交错的天线不会变化。逼仄的弄堂不会变化。

共用厨房里的水龙头永远有人会拧错。

那些油烟和豆浆的味道，都会生生地嵌进年轮里，长成生命的印记。

就像每一天早上，齐铭都会碰见易遥。

齐铭看着她额头上和脸上的伤，心里像是打翻了水杯。那些水漫过心脏，漫过胸腔，漫向每一个身体里的低处，积成水洼，倒影出细小的痛来。

他顺过书包，拿出牛奶，递给易遥。

递过去的手停在空中，也没人来接，齐铭抬起头，面前的易遥突然像是一座在夏天雨水中塌方的小山，整个人失去支撑般轰然朝旁边倒去。

她重重地摔在墙上，脸贴着粗糙的砖墙滑向地面。

擦出的血留在墙上，是醒目的红色。

早晨的光线从弄堂门口汹涌进来。

照耀着地上的少女，和那个定格一般的少年。

世界安静得一片弦音。

我以后谁都不找了。

我不找你。也不找我爸。我自生自灭吧。

悲伤逆流成河　第三回

领队的那只蚂蚁，爬到了心脏的最上面，
然后把旗帜朝着脚下柔软跳动的地方，用力地一插——
哈，占领咯。

01

不知道什么地方传来钟声。来回地响着。

却并没有诗词中的那种悠远和悲怆。只剩下枯燥和烦闷，固定地来回着。撞在耳膜上。把钝重的痛感传向头皮。

睁开眼。

没有拉紧的窗帘缝隙里透进来白丝丝的光。周围的一切摆设都突显着白色的模糊的轮廓。

看样子已经快中午了。

与时间相反的是眼皮上的重力，像被一床棉絮压着，睁不开来，闭上又觉得涩涩的痛。光线像一把粗糙的毛刷子在眼睛上来回扫着，眨几下就流出泪来。

易遥翻个身，左边太阳穴传来刺痛感。

“应该是擦破了皮。”

这样想着，抬起右手想去摸，才感觉到被牵扯着的不自在。顺着望过去，手背上是交错来回的几条白色胶布。下面插着一根针。源源不断地朝自己的身体里输进冰冷的液体。可以明显地感觉到那根扎在血管里的坚硬的针，手指弯曲的时候像是要从手背上刺出来。

塑胶管从手背朝上，被不知哪儿来的风吹得轻轻地晃来晃去。

接通的倒挂着的点滴瓶里剩下三分之一的透明液体。从瓶口处缓慢而固定地冒着一个一个气泡。

上升。噗。破掉。

右边少年的身影在阳光下静静地望向自己。

声音温柔得像是一池37度的水。“你醒了。”

他们说把手放进37度的水里面其实还是可以感觉得到热度的。不会完全没有知觉。

易遥抬起头，齐铭合上手里的物理课本，俯下身来，看了看她的手背。检查了一下看有没有肿起来。

目光像窗外寂寥的冬天。呼啸着的白光。在寒冷里显出微微的温柔感来。一层一层地覆盖在身上。

“医生说你营养不良，低血糖，”齐铭站起来，走到房间角落的矮柜前停下来，拿起热水瓶往杯子里倒水，热气汩汩地往上冒，凝聚成白雾，浮动在他目光的散距里，“所以早上就晕倒了。不过没什么太大的问题。这瓶葡萄糖输完就可以走了。”

齐铭拿着水走过来，窗帘缝隙里的几丝光从他身上晃过去。他拿着杯里的水，吹了一会儿，然后递给易遥。

“你和你妈又吵架了？”

易遥勉强着坐起来，没有答话，忍受着手上的不方便，接过水，低头闷声地喝着。

齐铭看着她，也没有再追问下去。

“你先喝水，我要去上厕所。”齐铭起身，走出病房去了。

门关起来。光线暗掉很多。

忘记了开灯。或者是故意关掉了。

其实并没有区别。

只剩下各种物体的浅灰色轮廓，还有呼吸时从杯里吹出的热气，湿答答地扑在脸上，像一层均匀的薄薄的泪。手背血管里那根针僵硬的存在感，无比真实地挑在皮肤上。

易遥反复地弯曲着手指，自虐般地一次次体会着血管被针挑痛的感觉。

真实得像是梦境一样。

雾气和眼泪。

其实也没有什么区别。

02

齐铭上完厕所，从口袋里掏出几张处方单据，转身绕去收费处。找了半天，在一楼的角落里抬头看到一块掉了漆的写着“收费处”三个字的挂牌。

从那一个像洞口一样的地方把单据伸进去，里面一只苍白的手从长长的衣服袖管里伸出来，接过去，有气无力地啪啪敲下一串蓝章，“三百七十块。”看不到人，只有个病恹恹的女声从里面传出来。

“怎么这么贵？就一瓶葡萄糖和一小瓶药水啊。”齐铭摸摸口袋里的钱。小声询问着里面。

"你问医生去啊问我做啥啦？又不是我给你开的药。奇怪哦你。你好交掉来！后面人排队呢。"女人的尖嗓子，听起来有点像林华凤。

齐铭皱了皱眉，很想告诉她后面没人排队就自己一个人。后来想想忍住了。掏出钱递进去。

洞口丢出来一把单据和散钱，硬币在金属的凹槽里撞得一阵乱响。

齐铭把钱收起来，小心地放进口袋里。

走了两步，回过头朝窗洞里说，我后面没人排队，就我一个人。说完转身走了。淡定的表情像水墨画一样，浅浅地浮在光线暗淡的走廊里。

身后传来那个女人的尖嗓子，"侬脑子有毛病啊……"

医生的办公室门虚掩着，齐铭走到门口，就听到里面两个医生的谈话。夹杂着市井的流气，还有一些关于女人怎样怎样的龌龊话题。不时发出心领神会的笑声，像夹着一口痰，从嗓子里嘿嘿地笑出来。

齐铭皱了皱眉毛，眼睛在光线下变得立体很多。凹进去的眼眶，光线像投进黑潭里，反射不出零星半点的光，黑洞一般地吸纳着。

"医生，易遥……就是门诊在打点滴那女生，她的药是些什么啊，挺贵的。"齐铭站在光线里，轮廓被光照得模糊成一圈。

刚刚开药的那个医生停下来，转回头望向齐铭，笑容用一种奇怪的弧度挤在嘴角边上，"年轻人，那一瓶营养液就二百六十块了。再加上其他杂费，门诊费，哪有很贵。"他顿了顿，笑容换了一种令齐铭不舒服的样子接着说，"何况，小姑娘现在正是需要补的时候，你怎么能心疼这点钱呢，以后还有的是要用钱的地方呢，她这身子骨，怎么抗得住。"

齐铭猛地抬起头，在医生意味深长的目光里读懂了他的弦外之音。

医生看到他领悟过来的表情，也就不再遮掩，挑着眉毛，饶有趣味地上下打量他，问："是你的？"

齐铭什么都没说，转过身，拉开门走了出去。医生在后面提高声音说："小伙子，你们年纪太小啦，要注意点哦。我们医院也可以做的，就别去别的医院啦，我去和妇科打个招呼，算照顾你们好哦……"

齐铭跨出去。空旷的走廊只有一个阿姨在拖地。

身后传来两个医生低低的笑声。

齐铭走过去，侧身让过阿姨，脚在拖把上跳过去。抬起头，刚想说声"抱歉"，就正对上翻向自己的白眼。

"哦哟要死来，我刚拖好的地，帮帮忙好哦。"

湿漉漉的地面，扩散出浓烈的消毒水味道来。

03

——是你的？

04

齐铭进房间的时候，护士正在帮易遥拔掉手背上的针头。粗暴地撕开胶布，扯得针从皮肤里挑高，易遥疼得一张脸皱起来。

"你轻点儿。"齐铭走过去，觉出语气里的不客气，又加了一句，"好吗？"

护士看也没看他，把针朝外一拔，迅速用一根棉签压住针眼上半段处的血管，冷冷地说了一句，"哪儿那么娇气啊，"转过头来看着齐铭，"帮她按着。"

齐铭走过去，伸手按住棉签。

“坐会儿就走了啊。东西别落下。”收好塑料针管和吊瓶，护士转身出了病房。

易遥伸手按过棉签，“我自己来。”

齐铭点点头，说，那我收拾东西。起身把床头柜上自己的物理书放进书包，还有易遥的书包。上面还有摔下去时弄到的厚厚的灰尘，齐铭伸手拍了拍，尘埃腾在稀疏的几线光里，静静地浮动着。

“是不是花了不少钱？”易遥揉着手，松掉棉签，针眼里好像已经不冒血了。手背上是一片麻麻的感觉。微微浮肿的手背在光线下看起来一点血色都没有。

“还好。也不是很贵。”齐铭拿过凳子上的外套，把两个人的书包都背在肩膀上，说，“休息好了我们就走。”

易遥继续揉着手，低着头，逆光里看不见表情。

“我想办法还你。”

齐铭没有接话，静静地站着，过了会儿，他说，嗯，随便你。

手背上的针眼里冒出一颗血珠来，易遥伸手抹掉，手背上一道淡黄色的痕迹。

但马上又冒出更大的一颗。

易遥重新把棉签按到血管上。

05

十二点。医院里零落地走着几个拿着饭盒的医生和护士。

病房里弥漫着各种饭菜的香味。

走出医院的大门，易遥慢慢地走下台阶。齐铭走在她前面几步。低着头，背着他和自己的书包。偶尔回过头来，在阳光里定定地看看自己，然后重新回过头去。

日光把他的背影照得几乎要吞噬干净。逆光里黑色的剪影，沉淀出悲伤的轮廓来。

易遥朝天空望上去，几朵寂寞的云，停在天上一动不动。

06

回到学校的时候差不多午休时间刚刚开始。

大部分的学生趴在课桌上睡觉。窗户关得死死的，但前几天被在教室里踢球的男生打碎的那块玻璃变成了一个猛烈的漏风口。窗户附近的学生都纷纷换到别的空位子去睡觉。稀稀落落地趴成一片。头上蒙着各种颜色的羽绒服外套。

易遥的座位就在少掉一块玻璃的窗户边上。

从那一块四分之一没有玻璃的窗框中看过去，那一块的蓝天，格外的辽阔和锋利。

她从教室走进来后就直接走到自己的座位上，把包塞进书桌里，抬起头，刚好看到齐铭拿着水杯走出教室的背影。

她刚坐下来，就有几个女生走拢过来。

本来周围空出来的一小块区域，陆陆续续地添进人来。

化学科代表唐小米把一本粉红色的笔记本放到易遥桌子上，一脸微笑地说，呐，早上化学课的笔记，好多呢，赶快抄吧。

易遥抬起头，露出一个挺客气的笑容，“谢谢啊。”

“不用，”唐小米把凳子拉近一点，面对着易遥趴在她的桌子上，“你生病了？”

“嗯。早上头晕。打点滴去了。”

“嗯……齐铭和你一起去的吧？”唐小米随意的口气，像是无心带出的一句话。

易遥抬起头，眯起眼睛笑了，“这才是对话的重点以及借给我笔记的意义吧。”她心里想着，没有说出来，只是嘴上敷衍着，“啊？不会啊。他没来上课吗？”

“是啊没来。”唐小米抬起头，半信半疑地望着她。

周围几个女生的目光像是深海中无数长吻鱼的鱼嘴，在黑暗里朝着易遥戳过来，恨不得找到一点松懈处，然后扎进好奇而八卦的尖刺，吸取着用以幸灾乐祸和兴风作浪的原料。

“不过他这样的好学生，就算三天不来，老师也不会管吧。”说完易遥对着唐小米扬了扬手上的笔记本，露出个“谢了”的表情。

刚坐下，抬起头，目光落在从教室外走进来的齐铭身上。

从前门到教室右后的易遥的座位，齐铭斜斜地穿过桌子之间的空隙，白色的羽绒服鼓鼓的，冬日的冷白色日光把他衬托得更加清瘦。

他一直走到易遥桌前，把手中的水放在她桌子上，“快点把糖水喝了，医生说你血糖低。”

周围一圈女生的目光骤然放大，像是深深海底中那些蛰伏的水母突然张开巨大的触须，伸展着，密密麻麻地朝易遥包围过来。

易遥望着面前的齐铭，也没有说话，齐铭迎上来的目光有些疑惑，她低下头，把杯子靠向嘴边，慢慢地喝着。

眼睛迅速蒙上的雾气，被冬天的寒冷撩拨出细小的刺痛感来。

07

“那个，”唐小米站起来，指了指易遥手中的笔记本，“下午上课的时候我要用哦，你快一点抄。”

易遥抬起手腕看看表，离上课还有半个小时。明显没办法抄完。而且下午是数学和物理课。根本就没有化学。

她把笔记本“啪”地合上，递给唐小米，然后转过去对齐铭说：“上午落下的笔记怎么办？”

齐铭点点头，说：“我刚借了同桌的，抄好后给你。”

易遥回过头，望向脸涨红的唐小米。

目光绷紧，像弦一样纠缠拉扯，从一团乱麻到绷成直线。

谁都没有把目光收回去。

直到唐小米眼中泛出眼泪来。易遥轻轻上扬起嘴角。

心里的声音是：“我赢了。”

08

被温和，善良，礼貌，成绩优异，轮廓锋利这样的词语包裹起来的少年，无论他是寂寂地站在空旷的看台上发呆，还是戴着耳机骑车顺着人潮一步一步穿过无数盏绿灯，抑或穿着白色的背心，跑过被落日涂满悲伤色调的操场跑道。

他的周围永远都有无数的目光朝他潮水般蔓延而去，附着在他的白色羽绒服上，反射开来。就像是各种调频的电波，渴望着与他是同样的波率，然后传达进他心脏的内部。

而一旦他走向朝向望向某一个人的时候，这些电波，会瞬间化成剧毒的辐射，朝着他望向的那个人席卷而去。

易遥觉得朝自己甩过来的那些目光，都化成绵绵的触手，狠狠地在自己的脸上抽出响亮的耳光。

被包围了。

被吞噬了。

被憎恨了。

因为被他关心着。

被他从遥远的地方望过来，被他从遥远的地方喊过来一句漫长而温柔的对白：“喂，一直看着你呢。”

一直都在。

遥远而苍茫的人海里，扶着单车的少年回过头来，低低的声音说着，喂，一起回家吗？

无限漫长时光里的温柔。

无限温柔里的漫长时光。

一直都在。

09

放学后女生都被留下来。因为要量新的校服尺寸。昨天男生们已经全部留下来量过了。今天轮到女生。

所以男生们呼啸着冲出教室，当然也没忘对留在教室里的那些女生做出幸灾乐祸的鬼脸。

当然也不是全部。

走廊里还是有三三两两的坐在长椅上的男生，翻书或者听MP3，借以打发掉等教室里某个女孩子的时间。

阳光照耀在他们厚厚的外套上。把头发漂得发亮。

齐铭翻着一本《时间浮游》，不时眯起眼睛，顺着光线看进教室里去。

口袋里的手机震动起来。

翻开屏幕，是易遥发来的短信。

“不用等我。你先走。我放学还有事。”

齐铭合上手机。站起来走近窗边。易遥低着头拿着一根借来的皮尺，量着自己的腰围。她低头读数字的样子被下午的光线投影进齐铭的视线里。

齐铭把书放进书包，转身下楼拿车去了。

## 10

开门的时候母亲破例没有满脸堆着笑迎上来。而是坐在沙发上看电视。但明显心不在焉。因为频道里正在播着国际新闻。

她的兴趣是韩剧里得了绝症的妹妹如何与英俊的哥哥交织出旷世恋曲。而世界上哪个地方被扔了炸弹或者某个国家面临饥荒她根本不会关心。

齐铭记得有一次也是全家吃好饭在一起看电视，播到新闻频道的时候正好在说中国洪水泛滥灾情严重，当时母亲一脸看到苍蝇的表情，“又来了又来了，没完没了，不会又要发动我们捐钱吧？他们可怜，我们还可怜呢！”

说了没几分钟，就换台到她正在追的一部韩国白烂剧，看到里面的男主角因为失恋而哭得比娘们儿都还要动人的时候，她抽着鼻涕说：“作孽啊，太可怜了。”

齐铭匪夷所思地望向她。

依然是横亘在血管里的棉絮。

齐铭换好鞋，走到沙发面前，问，妈，你怎么啦？

母亲放下遥控器，“你老师早上打电话来了。”

“说了什么？”齐铭拿起茶几上的杯子倒了杯水。

“说了什么？”可能是被儿子若无其事的语气刺到了，母亲的语气明显地激动起来，“你一个上午都没去学校，还能说什么？”

“早上易遥昏倒了，我带她去的医院，又不能留她一个人在那儿打点滴，所以跟学校请了假了。”齐铭喝着水，顿了顿，说，“请了假了老师也要打电话啊，真烦。”

母亲口气软下来，但话却变难听了，她说：“哎哟，你真是让妈操不完的心，小祖宗。我还以为你一上午干什么去了。不过话说回来，她昏倒了关你什么事儿啊，她妈都不要她，你还管她干吗，少和她们家扯上关系。”

齐铭回过头皱了皱眉，“我进屋看书了。”

母亲站起来，准备进厨房烧饭。

刚转过身，像想起什么来，“齐铭，她看病用的钱不是你付的吧？”

齐铭头也没回，说：“嗯，我付的。”

母亲的声音明显高了八度：“你付的？你干吗要付？她又不是我的儿媳妇。”

齐铭挥了挥手，做了个“不想争论下去”的表情，随口说了一句：“你就当她是你儿媳妇好了。”

母亲突然深吸一口气，胸围猛地变大了一圈。

## 11

林华凤在床上躺了一个下午。

没来由的头痛让她觉得像有人拿着锥子在她太阳穴上一下一下地凿。直到终于分辨清楚了那一阵一阵尖锐地刺激着太阳穴的并不是幻觉中的疼痛而是外面擂鼓般的敲门声时，她的火一下子就被点着了。

她翻身下床，也没穿衣服，直接冲到外面去。

“肯定又没带钥匙！逼丫头！”

她拉开门刚准备吼出去，就看到齐家母子站在门口。

“哦哟！要死啊！你能不能穿上衣服啊你！就算不害臊这好歹也是冬天好哦！”

齐铭妈尖嗓门叫着，一边转身拿手去捂齐铭的眼睛。

林华凤砰地摔上门。

过了一会儿，她裹着件洗得看不出颜色的厚睡衣拉开门。

12

头顶是冬日里早早黑下的天空。

大朵大朵的云。暗红色的轮廓缓慢地浮动在黑色的天空上。

学校离江面很近。所以那些运输船发出的汽笛声，可以远远地从江面上飘过来，被风吹动着，从千万种嘈杂的声音里分辨出来。那种悲伤的汽笛声。

远处高楼顶端，一架飞机的导航闪灯以固定频率，一下一下地亮着，在夜空里穿行过去。看上去特别孤独。

易遥骑着车，穿过这些林立的高楼，朝自己家所在的那条长长的弄堂骑过去。

其实自己把校服尺寸表格交给副班长的时候，易遥清楚地看到副班长转过身在自己的表上迅速地改了几笔。

易遥静静地站在她的身后，没有说话。

手中的笔盖被自己拧开，又旋上。再拧开，再旋上。

如果目光可以化成匕首，易遥一定会用力朝着她的后背捅过去。

飞机闪动着亮光。慢慢地消失在天空的边缘。

黑夜里连呼吸都变得沉重。空中小姐一盏一盏关掉头顶的黄色阅读灯。夜航的人都沉睡在一片苍茫的世界里。内心装点着各种精巧的迷局。无所谓孤单，也无所谓寂寞。

只是单纯地在夜里，怀着不同的心事，飞向同一个远方。

其实我多想也这样，孤独地闪动着亮光，一个人寂寞地飞过那片漆黑的夜空。

飞向没人可以寻找得到的地方，被荒草淹没也好，被潮声覆盖也好，被风沙吹走年轻的外貌也好。

可不可以就这样。让我在没人知道的世界里，被时间抛向虚无。

可以……吗?

13

弄堂的门口不知道被谁换了一个很亮的灯泡。

明亮的光线甚至让易遥微微地闭起眼睛。

地面的影子在强光下变得很浓。像凝聚起来的一摊墨水一样。

易遥弯腰下去锁车，抬起头，看到墙上一小块凝固的血迹。抬起手摸向左边脸，太阳穴的地方擦破很大一块皮。

易遥盯着那一小块已经发黑的血迹发呆。直到被身后的邻居催促着

“让让呀，站这里别人怎么进去啦”才回过神来。

其实无论什么东西，都会像这块血迹一样，在时光无情的消耗里，从鲜红，变得漆黑，最终瓦解成粉末，被风吹得没有痕迹吧。

年轻的身体，和死亡的腐烂，也只是时间的消耗问题。

漫长用来消耗。

这样想着，似乎一切都没那么难以过去了。

易遥把车放好。朝弄堂里走去。

走了几步，听到弄堂里传来的争吵声。再走几步，就看到齐铭和他妈站在自己家门口，而林华凤穿着那件自己怎么洗都感觉是发着霉的睡衣站在门口。

周围围着一小圈人。虽然各自假装忙着各自的事情。但眼睛全部都直勾勾地落在两个女人身上。

易遥的心突然往下沉。

而这时，齐铭他妈回过头来，看到了站在几步之外的易遥，她脸上突然由涨红的激动，转变成胜利者的得意。一张脸写满着“这下看你再怎么嚣张”的字样。

易遥望向站在两个女人身后的齐铭。从窗户和门里透出来的灯光并没有照到齐铭的脸。他的脸隐没在黑暗里。只剩下眼睛清晰地闪动着光芒。

夜航的飞机，闪动着固定频率的光芒，孤单地穿越一整片夜空。

易遥走过去，低声说，妈，我回来了。

## 14

“真好，易遥你回来了，”齐铭的母亲脸上忍不住的得意，“你告诉你妈，今天是不是我们家齐铭帮你付的医药费。”

易遥低着头，没有说话，也没有抬起头看齐铭。她也无从揣测这个时候站在母亲身后的齐铭是什么样的表情。是满脸温柔的悲伤，还是寂寂地望向自己呢。

“易遥你倒是说话啊！”齐铭母亲有点急了。

“你吼什么吼，”林华凤抬高声音，“李宛心你滚回自己家去吼你儿子去，我家女儿哪儿轮得到你来吼。”

齐铭妈被气得脸上一阵红一阵白，她压着脾气，对易遥说：“易遥，做人不能这么没良心，我们家齐铭心好没让你躺地上，带你去了医院，也帮你付了钱，你可不能像……”那一句“像你妈一样”李宛心还是没敢说出口，只得接了一句：“……某些人一样！你好歹念过书的！”

“妈逼的你骂谁呢？！”林华凤激动得挥起手要扑过去。

“妈……”易遥拉住她的衣服，低下头，低声说，“早上我确实打点滴去了……钱是我借的齐铭的……”

林华凤的手停在半空里，回过头望向易遥。

易遥抬起头，然后一记响亮的耳光突然抽到自己脸上。

## 15

黑暗里的目光。晶莹闪亮。像是蓄满水的湖面。

站在远处的湖。

或者是越飞越远的夜航班机。

终于消失在黑暗里。远远地逃避了。

“算了算了，话说明白就好，也没几个钱，”齐铭母亲看见气得发抖的林华凤，满脸忍不住的嚣张和得意，“就当同学互相帮助。我们齐铭一直都是学校里品学兼优的学生，这点同学之间的忙还是要帮的。”

对于齐铭家来说，几百块确实也无所谓。李宛心要的是面子。

“少装逼！”林华凤回过头来吼回去，“钱马上就还你，别他妈以为有点钱就可以在我家门口搭起台子来唱戏，李宛心你滚远点！”

说完一把把易遥扯进去。

门在她身后被用力地甩上了。

砰的一声巨响。

弄堂里安静成一片。

然后门里传出比刚刚更响亮的一记耳光声。

16

易遥做好饭。关掉抽油烟的排风扇。把两盘菜端到桌子上。

她走到母亲房间里，小声地喊：“妈，我饭做好了。”

房间里寂静一片。母亲躺在床上，黑暗里可以看到她背对着自己。

“妈……”易遥张了张口，一个枕头从床上用力地砸过来，重重地撞到自己脸上。

“我不吃！你去吃！你一个人给我吃完！别他妈再给我装娇弱昏倒。我没那么多钱给你昏。我上辈子欠你的！”

易遥拿着碗，往嘴里一口一口扒着饭。

卧室里时不时地传出一两声“你怎么不去死”，“死了干净”。那些话传进耳朵里，然后迅速像是温热而刺痛的液体流向心脏。

桌上的两盘菜几乎没有动过。已经不再冒热气了。冬天的饭菜凉得特别快。

易遥伸手摸摸火辣辣的脸，结果摸到一手黏糊糊的血。

擦破皮的伤口被母亲的两个耳光打得又开始流血了。

易遥走进厕所，找了张干净的纸巾，从热水瓶里倒出热水，浸湿了纸巾，慢慢地擦着脸上黏黏的血。

眼睛发热。

易遥抬起手揉向眼睛，从外眼角揉向鼻梁。

滚烫的眼泪越揉越多。

17

齐铭靠着墙坐在床上。

没有开灯。

眼睛在黑暗里适应着微弱的光线。渐渐地分辨得出各种物体的轮廓。

拳头捏得太紧，最终力气消失干净，松开来。

齐铭把头用力地往后，撞向墙壁。

消失了疼痛感。

疼痛。是疼还是痛？有区别吗？

心疼和心痛。有区别吗？

易遥站在黑暗里，低着头，再抬起头时落下来的耳光，无数画面电光火般地在脑海里爆炸。心痛吗？

而下午最后的阳光。斜斜地穿进教室。落日的余辉里，易遥低着头，读着皮尺上的数字，投影在窗外少年的视线里。

是心疼吗？

18

冬天似乎永远也不会过去。

说话的时候依然会哈出一口白气。走廊尽头打热水的地方永远排着长龙。体育课请假的人永远那么多。

天空里永远都是这样白寥寥的光线，云朵冻僵一般，贴向遥远的苍穹。

广播里的声音依然像是浓痰一样，黏得让人发呕。

是这样的时光。镶嵌在这几丈最美好的年华锦缎上。

无数穿着新校服的男生女生拥向操场。年轻的生命像是在被列队陈列着，暴晒在冰冷的日光下。

齐铭看着跑在自己前面的易遥。裤子莫名其妙地显得肥大。腰围明显大了两圈。被她用一根皮带马虎地系着。裤子太长，有一截被鞋子踩着，粘上了好多尘土。

齐铭揉揉眼睛。呼吸被堵在喉咙里。

前面的易遥突然回过头来。

定定地看向自己。

穿着肥大裤子的易遥，在冬天凛冽的日光下回过头来望向齐铭。

看到齐铭红红的眼眶，易遥慢慢地笑了。她的笑容像是在说：“呐，其实也没关系呢。”

冬天里绽放的花朵，会凋谢得特别快吗？

呐，其实也没关系呢。

19

易遥躺在床上。盖着厚厚的两床被子。

窗户没有关紧。被风吹得咣当咣当乱晃。也懒得起身来关了。反正再冷的风，也吹不进棉被里来。

黑暗中，四肢百骸像是被浸泡在滚烫的洗澡水里。那些叫做悲伤的情绪，像是成群结队的蚂蚁，从遥远的地方赶来，慢慢爬上自己的身体。

一步一步朝着最深处跳动着的心脏爬行而去。

直到领队的那群，爬到了心脏的最上面，然后把旗帜朝着脚下柔软跳动的地方，用力地一插——

哈，占领咯。

20

学校的电脑室暖气开得很足。

窗户上凝着一层厚厚的水汽。

易遥在百度上打进“堕胎”两个字，然后点了搜索。

两秒钟后出来2140000条相关网页。打开来无非都是道貌岸然的社会新闻，或者医院的项目广告。易遥一条一条地看过去，看得心里反胃。

这些不是易遥想要的。

易遥再一次打入了“私人诊所”四个字，然后把鼠标放在“在结果中搜索”上，迟疑了很久，然后点了下去。

21

那些曾经在电视剧里看过无数遍的情节。

在自己的身上一一上演着。

比如上课上到一半，会突然冲出教室开始吐。

比如开始喜欢吃学校小卖部的话梅。在没有人看到的时候，会一颗接一颗地吃。

而还有更多的东西，是电视剧无法教会自己的。

就像这天早上起床，易遥站在镜子面前，皮肤比以前变得更好了。而曾经听弄堂里的女人说起过“如果怀的是女儿，皮肤会变好很多哦”。这样的话题，以前就像是漂浮在亿万光年之外的尘埃一样没有真实感，而现在，却像是门上的蛛丝一般蒙到脸上。

镜子里自己年轻而光滑的脸。像是一个瓷器。

可是当这个瓷器被摔破后，再光滑，也只剩一地尖锐而残破的碎片了吧。

易遥这样想着，定定地望着镜子里的自己。

林华凤也已经起床了。走到桌子边上，上面是易遥早上起来做好的早饭。

而之前对母亲的愧疚，却也在一天一天和以前没有任何区别的时光里，被重新消磨干净。面前的这个人，依然是自己十五岁时说过的，“我很恨她，但有时候也很爱她。”

“照这么久你是要去勾引谁啊你？再照还不是一脸倒霉相。和你爸一样！”

“我爸是够倒霉的啊，”易遥回过头来，“要不然怎么会遇见你。”

一只拖鞋狠狠地砸过来，易遥把头一歪，避开了。

她冷笑了一下，然后背上书包上课去了。

身后传来林华凤的声音，“你再要摔就给我朝马路上汽车轮子底下摔，别妈逼地摔在弄堂里，你要摔给谁看啊你？！”

易遥回过头来带上门，淡淡地说，“我摔的时候反正没人看见，倒是你打我的时候，是想打给谁看我就不知道了。”

门被易遥不重不轻地拉上了。

剩下林华凤，在桌子前面发抖。

端着碗的手因为用力而暴出好几条青筋。

窗外的日光像是不那么苍白了。稍微有了一些暖色调。把天空晕染开来。

有鸽子呼啦一群飞过弄堂顶上狭窄的一小片天空。

远处似乎传来汽笛声。

22

下午最后一节课是地理。

黑板上一张巨大的世界地图。

穿得也像是一张世界地图般斑斓的地理老师站在讲台上，把教鞭在空气里挥得刷刷响。

易遥甚至觉得像是直接抽在第一排的学生脸上一样。

不过今天她并不关心这些。

右手边的口袋里是上次爸爸给自己的四百块钱。捏在手里，因为太用力，已经被汗水弄得有些发软。

而左手边的口袋里，是一张自己从电脑上抄下来的一个地址。

放学看到在学校门口等自己的齐铭时，易遥告诉他自己有事情，打发他先回去了。

齐铭没说什么，站着望了她一会儿，然后推着车走了。

背影在人群里特别显眼，白色的羽绒服被风鼓起来，像是一团凝聚起来的光。

易遥看着齐铭走远了，然后骑车朝着与回家相反的方向而去。

也是在一个弄堂里面。

易遥摊开手上的纸，照着上面的地址慢慢找过去。

周围是各种店铺，卖生煎的，剪头的，卖杂货的，修自行车的，各种市井气息缠绕在一起，像是织成了一张网，甜腻的世俗味道浮动在空气里。

路边有很多脏脏的流浪猫。用异样的眼光望着易遥。偶尔有一两只突然从路边的墙缝里冲出来，站在马路正中，定定地望向易遥。

终于看到了那块“私人妇科诊所”的牌子。白色的底，黑色的字，古板的字体，因为悬挂在外，已经被雨水日光冲刷去了大半的颜色，剩下灰灰的样子，漠然地支在窗外的墙面上。四周错乱的梧桐枝桠和交错杂乱的天线，将这块牌子几乎要吞没了。

已经是弄堂底了。再走过去就是大马路。

其实应该从马路那一边过来的。白白穿了一整条弄堂。

逼仄的楼梯上去，越往上越看不到光。走到二层的时候只剩下一盏黄色的小灯泡挂在墙壁上，楼梯被照得像荒废已久般发出森然的气息来。

“还是回去吧”这样的念头在脑海里四下出没着，却又每次被母亲冰冷而恶毒的目光狠狠地逼回去。其实与母亲的目光同谋的还有那天站在李宛心背后一直沉默的齐铭。

每次想起来都会觉得心脏突然抽紧。

已经有好多天没有和他怎么说话了吧。

白色羽绒服换成了一件黑色的羊毛大衣。裹在英俊挺拔的校服外面。

易遥低头看了看自己肥大的裤子，裤腰从皮带里跑出一小段，像一个口袋一样支在外面。副班长以及唐小米她们聚在一起又得意又似乎怕易遥发现却又惟恐恐易遥没发现一样的笑声，像是浇在自己身上的胶水一样，黏腻得发痛。

易遥摇摇头，不去想这些。

抬起头，光线似乎亮了一些，一个烫着大卷的半老女人坐在楼道里。面前摆着一张桌子。桌子上散放着一些发黄的病历卡、挂号签之类的东西。

“请问，”易遥声音低得几乎只有自己听得见，“看……看妇科的……那个医生在吗？”

大卷的女人抬起头，上下来回扫了她好多眼，没有表情地说：“我们这就一个医生。”

一张纸丢过来掉在易遥面前的桌子上，“填好，然后直接进去最里面那间房间。”

## 23

天花板上像是蒙着一层什么东西。看不清楚。窗户关着，但没拉上窗帘，窗外的光线照进来，冷冰冰地投射到周围的那些白色床单和挂帘上。

耳朵里是从旁边传过来的金属器具撞击的声音。易遥想起电视剧里那些会用的钳子，手术刀，甚至还有夹碎肉用的镊子之类的东西。不知道真实是不是也这样夸张。尽管医生已经对自己说过胎儿还没有成形，几乎不会用到镊子去夹。

躺在手术台上的时候，易遥闻到一股发霉的味道。白色床单从身体下面发出潮湿的冰冷感。

“要逃走吗？”

侧过头去看到医生在往针筒里吸进一管针药。也不知道是什么。反正不是麻醉剂。如果用麻醉，需要再加两百块。没那么多钱。用医生的话来说，是“不过忍一忍就过了”。

“裤子脱了啊，还等什么啊你。”医生拿着一个托盘过来，易遥微微抬起头，看到一点点托盘里那些不锈钢的剪刀镊子之类的东西反射出的白光。

易遥觉得身体里某根神经突然绷紧了。

医生转过头去，对护士说，你帮她把裤子脱了。

24

易遥几乎是发疯一样地往下跑，书包提在手上，在楼梯的扶手上撞来撞去。

身后是护士追出来的大声喊叫的声音，唯一听清楚的一句是，“你这样跑了钱我们不退的啊！”

昏暗的楼梯里几乎什么都看不见。易遥本能地往下跳着，恨不得就像是白烂的电视剧里演的那样，摔一跤，然后流产。

冲出楼道口的时候，剧烈的日光突然从头笼罩下来。

几乎要失明一样的刺痛感。拉扯着视网膜，投下纷繁复杂的各种白色的影子。

站立在喧嚣里。渐渐渐渐恢复了心跳。

眼泪长长地挂在脸上。被风一吹就变得冰凉。

渐渐看清楚了周围的格局。三层的老旧阁楼。面前是一条人潮汹涌的大马路。头顶上是纷繁错乱的梧桐树的枝桠，零星一两片秋天没有掉下的叶子，在枝桠间停留着，被冬天的冷气流风干成标本。弄堂口一个卖煮玉米的老太太抬起眼半眯着看向自己。凹陷的眼眶里看不出神色，一点光也没有，像是黑洞般咝咝地吸纳着自己的生命力。

而这些都不重要。

重要的是视网膜上清晰投影出的三个穿着崭新校服的女生。

唐小米头发上的蝴蝶结在周围灰扑扑的建筑中发出耀眼的红。像红灯一样，伴随着尖锐的警鸣。

唐小米望着从阁楼里冲下来的易遥，眼泪还挂在她脸上，一只手提着沉重的书包，另一只手死死地抓紧皮带，肥大的校服裤子被风吹得空空荡荡的。

她抬起头看看被无数电线交错着的那块“私人妇科诊所”的牌子，再看看面前像是失去魂魄的易遥，脸上渐渐浮现出灿烂的笑容来。

易遥抬起头，和唐小米对看着。

目光绷紧，像弦一样纠缠拉扯，从一团乱麻到绷成直线。

谁都没有把目光收回去。

熟悉的场景和对手戏。只是剧本上颠倒了角色。

直到易遥眼中的光亮突然暗下去。唐小米轻轻上扬起嘴角。

没有说出来但是却一定可以听到的声音——

“我赢了。”

唐小米转过头，和身边两个女生对看着笑了笑，然后转身离开了，走的时候还不忘记对易遥挥挥手，说了一句含义复杂的“保重”。

唐小米转过身，突然觉得自己的衣服下摆被人拉住了。

低下头回过去看，易遥的手死死地拉住自己的衣服下摆，苍白的手指太用力已经有点发抖了。

“求求你了。”易遥把头低下去，唐小米只能看到她头顶露出来的一小块苍白的头皮。

“你说什么？”唐小米转过身来，饶有兴趣地看着在自己面前低着头的易遥。

易遥没有说话，只是更加用力地抓住了唐小米的衣服。

被手抓紧的褶皱，顺着衣服材质往上延伸0出两三条更小的纹路，指向唐小米灿烂的笑脸。

25

街道上的洒水车放着老旧的歌曲从她们身边开过去。

在旁人眼里，这一幕多像是好朋友的分别。几个穿着同样校服的青春少女，其中一个拉着另一个的衣服。

想象里理所当然的对白应该是：“你别走了。希望你留下来。”

可是——

齐秦的老歌从洒水车低劣的喇叭里传出来：“没有你的日子里，我会更加珍惜自己，没有我的岁月里，你要保重你自己。”

曾经风行一时的歌曲，这个时候已经被路上漂亮光鲜的年轻人穿上了“落伍”这件外衣。只能在这样的场合，或者KTV里有大人的时候，会被听见。

而没有听到的话，是那一句没有再重复的——

求求你了。

而没有看到的，是在一个路口之外，推着车停在斑马线上的黑发少年。

他远远望过来的目光，温柔而悲伤地笼罩在少女的身上。他扶在龙头上的手捏紧了又松开。他定定地站在斑马线上，红绿灯交错地换来换去。也没有改变他的静止。

26

被他从遥远的地方望过来，被他从遥远的地方喊过来一句漫长而温柔的对白，“喂，一直看着你呢。”

一直都在。
无限漫长时光里的温柔。
无限温柔里的漫长时光。
一直都在。

# 悲伤逆流成河　第四回

我也曾经走过那一段雷禁般的区域。

像是随时都会被脚下突如其来的爆炸，撕裂成光线里浮游的尘屑。

01

闭起眼睛的时候，会看见那些缓慢游动的白光。拉动着模糊的光线，密密麻麻地纵横在黑暗的视界里。

睁开眼睛来，窗外是凌晨三点的弄堂。

昏黄的灯光在黑暗里照出一个缺口，一些水槽和垃圾桶在缺口里显影出轮廓。偶尔会有被风吹起来的白色塑料袋，从窗口飘过去。

两三只猫静静地站在墙上，抬起头看向那个皎洁的月亮。

偶尔从很远的地方传来一两声汽车的喇叭声，在寒气逼人的深夜里，因为太过寂静，已经听不出刺耳的感觉，只剩下那种悲伤的情绪，在空旷的街道上被持续放大着。

易遥抬起手擦掉眼角残留的泪水。

转身面向墙壁继续闭上眼睛睡觉。

已经是连续多少天做着这种悲伤的梦了？

有时候易遥从梦里哭着醒过来，还是停止不了悲伤的情绪，于是继续哭，自己也不知道因为什么而哭，但可以很清楚地知道，自己被那种叫做悲伤的情绪笼罩着，像是上海夏天那层厚厚的漂浮在半空中的梅雨季节，把整个城市笼罩得发了霉。

哭得累了，又重新睡过去。

而最新的那个悲伤的梦里，齐铭死了。

02

易遥和齐铭顺着自行车的车流朝前面缓慢地前进着。

早晨时候上海的交通状况就像是一锅被煮烂了的粉条，三步一红灯，五步一堵车，不时有晨练的老头老太太，踮着脚从他们身边一溜小跑过去。

每一条马路都像是一条瘫死的蛇一样，缓慢地蠕动着。

“喂，昨天我梦见你死了，”又是一个红灯，易遥单脚撑着地，回过头望向正在把围巾拉高想要遮住更多脸的部分的齐铭，“好像是你得病了还是什么。”

齐铭冲她挥挥手，一副“不要胡说”的表情。

易遥呵呵笑了笑，“没事，林华凤跟我说过的，梦都是反的，别怕。我梦里面……”

“你就不能好好管你妈叫妈，非得连名带姓地叫吗？”齐铭打断她，回过头微微皱着眉毛。

易遥饶有兴趣地回过头望着齐铭，也没说话，反正就是一副看西洋把戏的样子看着齐铭的脸，如同有人在他脸上搭了台子唱戏一样，到最后甚至看得笑起来。

齐铭被她看得发窘，回过头去看红灯，低低地自言自语。

易遥也转过去看红灯，倒数的红色秒字还剩7。

“其实你应该有空来我家听听我妈管我叫什么。”

齐铭回过头，刚想说什么，周围的车流就涌动起来。

易遥用力地蹬了两下，就跑到前面去了。

在学校车棚锁车的时候遇见同样也在停车的唐小米。

唐小米抬起头对易遥甜甜地笑了笑。

易遥望着她的脸，觉得就像是一朵开得烂开来的硕大的花朵。散发着浓烈的腐烂的花香。

易遥突然想起上个礼拜在家休息的时候看到电视里播出的那种巨大的吞噬昆虫的植物。相同的都是巨大的花朵，绚烂的颜色，以及花瓣上流淌着的透明的黏液。张着巨大的口，等着振翅的昆虫飞近身旁。

周围走动着的人群，头顶错乱嘈杂的麻雀，被躁动的情绪不停拍打着的自行车铃，远远响起的早自习电铃声。这些统统都消失不见。

只剩下面前静静地朝自己张开大口的，硕大而黏稠的灿烂花盘。

03

和预想中不一样的是，并没有出现易遥想象中的场景。

在来学校之前，易遥已经想过了种种糟糕的可能性。甚至连“今天有可能是最后一天上学”的打算也是想好了的。按照唐小米的性格和她的手腕，易遥觉得走进教室直接看到黑板上出现关于自己去私人妇科诊所的大字报都不是什么过分的事情。

因为之前也听说过她种种事迹。用勾心斗角心狠手辣机关算尽来形容也并不会显得过分。

但当易遥走进教室的时候，却并没有任何与往常不一样的地方。

齐铭依然在讲台上低头往记录本上抄写着迟到学生的名字。各门科目的科代表站在教室前面把交上来的功课码成小堆。女生聚成几个小团，讨论着昨天晚上的电视剧与学校体育部几个男生的花边新闻。

易遥朝教室后排的唐小米看过去，她后侧着头，和她后面的女生谈论着她新买的裙子。

易遥轻轻地松了口气，却又转瞬间浮起一阵若有若无的心悸。

就像是已经知道了对面挥来的一记重拳，抬手抱头做好“面目全非”的打算之后，却空落落地没有任何后续，但又不敢放下手肘来看看对方，怕招来迎面一拳。

易遥坐下来，从书包里往外掏上午要用的课本。肩膀被人从背后拍了拍，易遥转过头去，唐小米站在自己身后，伸出手把一个铁皮糖果罐子递在自己面前——

“呐，话梅要吃么？”

04

肆意伸展开来的巨大的花盘。甜腻的香气太过剧烈，发出浓郁的腥臭味，径直地舔到鼻尖上来。

05

课间操做完之后，巨大的学生人群像是夏日暴雨后的水流，从四面八方流淌蜿蜒。

分流成一股又一股，从不同的地方，流向同一个低处。

齐铭看了看走在身边的易遥，裤腿长出来的那一截被踩得烂了裤边，剩下几条细细的黑色的布，粘满了灰。齐铭皱了皱眉毛，清晰的日光下，眼眶只剩下漆黑的狭长阴影，“你裤子不需要改一改么？”

易遥抬起头，望了望他，又低头审视了一下裤脚，说：“你还有空在乎这个啊。”

“你不在乎？”

“不在乎。”

齐铭不说话了。随着她一起朝教室走，沉默的样子让他的背显得开阔一片。

“在乎这个干吗呀。”过了一会儿，易遥重新把话题接起来。

齐铭却没有再说话了。

他抬起头，眼眶处还是阳光照耀不进的狭长阴影。

走进教室的时候易遥正好碰到唐小米从座位上站起来，拿着手中的保温杯准备去倒水，看见易遥走进来了，她停了停，然后笑眯眯地伸出手把杯子递到易遥面前，“帮我倒杯水吧。”

声音不大不小，不轻不重，刚好足够让周围的人听到，又不显得突兀。拿捏得很准，周围的人大部分都朝她们两个看过来。

易遥面对她站着，也没说话，只是抬起眼看着她，手搭在桌沿上，指甲用力地抠下一块漆来。

唐小米也看着易遥，顺手从桌子上那个铁皮罐子里拿起一颗话梅塞到嘴里，笑容又少女又甜蜜。话梅在腮帮处鼓起一块，像是长出的肿瘤一样。

易遥伸手接过杯子，转身朝门外走去。

“呐，易遥，”唐小米从背后叫住她，易遥转过头去，看到她吐出话梅的核，然后笑颜如花地说，“别太烫。”

走廊尽头倒热水的地方排着稀稀拉拉的两三个人。

冬天已经快要过去了。气温已经不再像前段时间一样低得可怕。所以热水已经不像前一阵子那么抢手。易遥很快地倒好一杯，然后朝教室走回去。

走到一半，易遥停下来，拧开盖子，把里面的水朝身边的水槽里倒掉一半，然后拧开水龙头就哗啦哗啦往里面灌冷水。

拧好盖子后还觉得不够，易遥举起杯子喝了一口，然后又朝里面吐了回去。

易遥拿着杯子，快步地朝走廊另外一边的教室走去。

走了几步，易遥停下来，手放在盖子上，最终还是拧开来，把水全部倒进了边上的水槽里。突然腾起来的白汽突突地从水槽边缘漫上来。

易遥走回走廊尽头的白铝水桶，拧开热水龙头，把杯子接到下面去。

咕噜咕噜的灌水声从瓶口冒出来。

易遥抬起手背，擦了擦被热汽熏湿的眼睛。然后盖好盖子，走回教室去了。

唐小米笑眯眯地接过了杯子，打开盖子刚准备要喝，被一个刚进教室的女生叫住了。

“哎呀，你可别喝，我还以为是易遥自己的水杯呢，因为我看到她喝了一口又吐进去了，刚还想问她在搞什么。”

易遥回过头去看向刚刚进来的女生，然后再回过头去的时候，就看到了唐小米一张惊诧的脸。无论是真的惊讶还是扮演的表情，无论哪一种，这张脸的表现都可以用“不负众望精彩绝伦”来形容。

果然周围发出此起彼伏的“啧啧”的声音来。

易遥转过身静静地坐下来。什么也没说，慢慢地从书包里掏出下一节课的课本来。

等她翻好了课文，身后传来唐小米姗姗来迟的娇嗔："易遥你怎么能这样呀？"

完全可以想象那样一张无辜而又美好的脸。

如同盛开的鲜艳的花朵让人想践踏成尘土一般的美好。

06

黑暗中开出的瘴毒花朵，虽然无法看见，却依然可以靠感觉和想象描绘出发亮的金边。浓烈的腥臭味道，依然会从淌满黏液的巨大花瓣上，扩散开来，呼吸进胸腔。

循环溶解进生命里，变成无法取代和瓦解的邪恶与阴毒。

07

冬天的阳光，哪怕是正午，也不会像夏日的日光那样垂直而下，将人的影子浓缩为一个重黑的墨点。冬日的阳光，在正午的时候，从窗外斜斜地穿进来，把窗户的形状，在食堂的地面上拉出一条更加狭长的矩形亮斑。

冬日的正午，感觉如同是夏日的黄昏一样。

模糊而又悲伤地美好着。

一个男生踢着球从身后跑过，一些尘埃慢镜头一样的从地面上浮动起来，漂浮在明亮的束形光线里。

"你真的吐进去了？"齐铭放下碗，看着易遥，脸上说不出是笑还是严肃的表情。

“吐了。”易遥低头喝汤的间隙，头也没抬地回答道。

齐铭略显诧异地皱了皱眉毛。

“但还是倒掉了重新帮她接了一杯，”易遥抬起头，咬了咬牙，“早知道就不倒了。”

齐铭转过头去，忍不住轻轻地笑了起来。

易遥转过一张冷冰冰的脸，瞪着他，“好笑吗？”

齐铭忍着笑意摇了摇头，抬起手温柔地揉了揉易遥的头发，说：“你啊，还是少了一股做恶人的狠劲儿。”

“批评我呢？”

“没。是表扬。”齐铭笑呵呵的，眼睛在明亮的光线里显得光灿灿的，牙齿又白又好看。易遥听到隔壁桌的几个女生低声地议论着他。

“我宁愿看作是你的批评。批评使人进步，骄傲使人落后。”易遥盖起饭盒的盖子，说，“我吃完了。”

冬天正午明媚的阳光，也照不穿凝固在齐铭眼眶下的那条漆黑的狭长的阴影。那是他浓黑的眉毛和长长的睫毛投射下的阴影，是让整个学校的女生都迷恋着的美好。

易遥看着眼前望向自己的齐铭，他在日光里慢慢收拢了脸上的表情，像是午夜盛放后的洁白昙花，在日出之前，收拢了所有的美好。

心里那根微弱的蜡烛，又晃了一下，熄灭了。

## 08

就如同易遥预想中的一样，唐小米的把戏并没有停止。

甚至可以说，比自己想象中，还要狠毒很多。就像她那张精致的面容一样，在别人眼里，还要美好无辜很多很多。

就像拆毁一件毛衣需要找到最开始的那根线头，然后一点一点地拉扯，就会把一件温暖的衣服，拉扯成为一堆纠缠不清的乱线。

事情的线头是这天下午，一个男生给易遥递过去了一百块钱。

于是就像扯毛衣一样，不可停止地哗哗地扯动下去。

## 09

早上的时候学校的广播里一直在重复着下午全校大扫除的事情。因为下周一要迎接市里卫生部门的检查，市重点的评比考核，卫生情况一直都是一个重要的指标。

所以一整个上午广播里都在不厌其烦地重复着下午的扫除事宜，里面那个早操音乐里的病恹恹的女声，换成了教务主任火燎燎的急切口吻。从学校四处悬挂着的喇叭里，朝外喷着热焰。

整个学校被这种焦躁的气氛烘烤得像要着火一般。

下午最后一节自习课之后就是全校轰轰烈烈的大扫除。

“热死了，这冬天怎么像夏天一样。”

“有完没完，教务主任怎么不去死啊。”

恶毒的女生不耐烦地说着。

“打扫个学校搞得像扫他祖坟一样紧张。至于么。”明显这一个更加恶毒。

易遥支着胳膊，趴在课桌上听着周围女生的谈话，窗外阳光普照。好像苍白寒冷的冬天就快要过去了。一切开始恢复出热度，水蒸气也慢慢从地面升起，整个世界被温暖的水汽包围着。

黑板上左边一大块区域被用来书写这次大扫除的分工。

东面花园：李哲东，贾烨，刘悦，居云霞

教室：陈佳，吴亮，刘蓓莉，金楠。

走廊：陈杰，安又茗，许耀华，林辉。

……

楼梯：易遥。

易遥静静地盯着黑板上自己的名字，孤单地占据了一行。阳光正好有一束斜斜地照在自己的名字上面，有些许的粉笔尘埃漂浮在亮亮的光线里。易遥扯着嘴角，发出含义不明的笑来。

“啪”的一声，隔着一行走道的旁边座位的女生的课本掉到地上来，落在自己脚边上。易遥回过头去，刚想弯腰下去拣，就听到后面唐小米的声音。

“易遥你帮她把书拣起来。”唐小米的声音真甜美。

易遥本来想弯下去的腰慢慢直起来，整个背僵在那里。

倒是旁边的女生觉得不好意思，尴尬地笑了笑，起身自己来拣。

“不用啊，叫她帮你拣，就在她脚边上，干吗呀。”唐小米声音稍微提高了点。

易遥这次转过头去，盯着后排的唐小米。熟悉的对峙，空气被拉紧得铮铮作响。唐小米漂亮的水晶指甲在那个装满话梅的铁皮罐子上“嗒嗒”地敲着，看上去有一点无所事事的样子，但在易遥眼里，却像是浸透毒液的五根短小的匕首，在自己背上深深浅浅若有若无地捅着。

周围又发出同样熟悉的“啧啧”的声音。易遥甚至可以清楚地感觉到那些黏稠的口水在口腔里发出这种声音时的恶心。

易遥弯下腰，把书拣起来，拍了拍灰尘，然后放回到旁边女生的桌子上面，“好漂亮的封皮呢，真好看。”易遥对女生笑了笑，在阳光里眯起眼睛。

女生的表情是说不出的尴尬。

身后的唐小米收拢起美好的表情。

窗外的广播里依然是教务主任如同火燎一样的声音。

风吹动着白云，大朵大朵地飞掠过他们背后头顶上的蓝天。

还有在冬天将要结束，春天即将到来的时光里，纷纷开放的，巨大而色彩斑斓的花朵。它们等不及春天的来临，它们争先恐后地开放了。

满世界甜腻的香味。

席卷冲撞来回。缠绕着每一张年轻美好的面容。

10

其实也乐得清闲。

整条楼梯没有其他的人，偶尔别的班级的男生提着水桶扫帚一边说着“抱歉”一边跑过去。

易遥拿着长扫把，刷刷地扫过每一级台阶。

尘埃扬起来几乎有人那么高。

于是易遥转回教室拿了些水出来洒上。

其他的人大部分做完自己的区域就回家去了，学校里剩下的人越来越少。到最后，扫把摩擦地面的刷刷声竟然在校园里形成回声。开始只是一点点，后来慢慢变清楚。

一下一下。刷刷地。回荡在人渐渐变少的校园里。

易遥直起身来，从走廊高大的窗户朝外面望出去。天边是灿烂的云霞，冬天里难得的绚丽。似乎苍白的冬天已经过去了。易遥在嘴角挂了个浅浅的温暖的笑。

以前觉得孤单或者寂寞这样的词语，总是和悲伤牵连在一起。但其实，就像是现在这样一个安静的下午，校园里只剩下三三两两的学生，夕阳模糊的光线像水一样在每一寸地面与墙壁上抹来抹去。涂抹出毛茸茸的厚实感，削弱了大半冬天里的寒冷和锋利。

空旷的孤单，或者荒凉的寂寞，这样的词语，其实比起喧闹的人群以及各种各样的嘴脸来说，还是要温暖很多的吧。

等到差不多要扫完最后一层的时候，易遥才突然想起齐铭，于是摸出手机，想给他发个消息，告诉他不用等自己，先回家好了。等翻开屏幕的时候，才发现齐铭的一条未读消息。

“老师叫我去有事情，我今天不等你回家了。你先走。”

易遥合上屏幕的时候，一个男生站到自己面前，隔着一米的位置，朝自己递过来一张一百块的纸币。

“呐，给。”

光线下男生的脸是完全的陌生。

易遥抓紧着扫把，面对着他，没有说话。

## 11

夕阳从走廊的窗户照耀进来，在楼梯里来回折射着，慢慢地化成柔软的液态，累积在易遥越来越红的眼眶里。

易遥的手指越抓越紧。

“你什么意思？”易遥抓着扫把，站在他面前。

“没什么……他们说可以给你钱……”男生低着头，伸出来的手僵硬地停留在空气里。白色衬衣从校服袖口里露出来，特别干净，没有任何脏的地方。

“你什么意思？”易遥把眼睛用力地睁大。不想眨眼，不想眨眼后流出刺痛的泪来。

“他们说给你钱，就可以和你……”男生低下头，没有说话。

“是睡觉么？”易遥抬起头问他。

男生没有说话。没摇头也没点头。

“谁告诉你的？”易遥深吸进一口气，语气变得轻松了很多。

男生略微抬起头。光线照出他半个侧脸。他嘴唇用力地闭着，摇了摇头。

“没事，你告诉我啊，”易遥伸出手接过他的一百块，“我和她们说好的，谁介绍来的我给谁五十。”

男生抬起头，诧异的表情投射到易遥的视线里。

有些花朵在冬天的寒气里会变成枯萎的粉末。

人们会亲眼目睹到这样的一个看似缓慢却又无限迅疾的过程。从最初美好的花香和鲜艳，到然后变成枯萎的零落花瓣，再到最后化成被人践踏的粉尘。

人们会忘记曾经的美好，然后毫不心疼地从当初那些在风里盛放过的鲜艳上，践踏而过。

——是你的好朋友唐小米说的，她说你其实很可怜的。我本来不信……

——那你现在呢？信了吗？

12

易遥低着头，慢慢把那张因为用力而揉皱成一团的粉红色纸币塞回到男生的手里。

她收起扫把，转身朝楼上的教室走回去。

她回过头来，望向夕阳下陌生男孩的脸，她说，不管你信不信，我真的没有这样。

易遥转身朝楼梯上加快脚步跑去，身后传来男生低低的声音，“喂，我叫顾森西，我给你钱其实也不是……”

易遥没等他说完，回过头，抬起脚把旁边的垃圾桶朝他踢过去。

塑料的垃圾桶从楼梯上滚下去，无数的废纸和塑料袋飞出来撒满了整个楼梯。男生朝旁边侧了一侧，避开了朝自己砸下来的垃圾桶。

他抬起头，楼道里已经空无一人了。

光线从楼梯上走廊的窗户里汹涌而进。

他站了一会儿，然后弯下腰去，把一张一张的废纸重新拣起来，然后把垃圾桶扶好，把废纸重新放回去。

13

如果只是叫自己倒一倒水，满足一下她支使自己的欲望，易遥觉得其实也是无所谓的。而现在——

闭着眼睛，也可以想象得出唐小米在别班同学面前美好而又动人的面容，以好朋友的身份，把自己在别人面前涂抹得一片漆黑。

“她很可怜的——”

“她这样也是因为某些不方便说的原因吧，也许是家里的困难呢——”

“她肯定自己也不愿意这样啊——”

在一群有着各种含义笑容的男生中间，把她的悲天悯人，刻画得楚楚动人。

教室里一个人也没有。所有的人都回家去了。

之前在打扫楼道的时候，最后离开的劳动委员把钥匙交给易遥叫她锁门。

教室弥漫着一股被打扫后的类似漂白粉的味道，在浓烈的夕阳余晖里，显得一丝丝的冷清。

易遥快步走到讲台上，“哗——”地用力拉开讲台的抽屉，拿出里面的那瓶胶水，然后拧开瓶盖，走到唐小米的座位上，朝桌面用力地甩下去。

然后把粉笔盒里那些写剩下的短短的笔头以及白色的粉末，倒进胶水里，揉成黏糊糊的一片。

易遥发泄完了之后，回身走向自己的座位，才发现找不到自己的书包。

空荡荡的抽屉张着口，像一张嘲笑的脸。

易遥低下头小声地哭了，抬起袖子去擦眼泪，才发现袖子上一袖子的灰。

## 14

学校后面的仓库很少有人来。

荒草疯长一片。即使在冬天依然没有任何枯萎倒伏的迹象。柔软的，坚硬的，带刺的，结满毛茸茸球状花朵的各种杂草，铺开来，满满地占据着仓库墙外的这一块空地。

易遥沿路找过来。

操场，体育馆，篮球场，食堂后面的水槽。但什么都没找到。

书包里没有任何值钱的东西，不会凭空消失。

易遥站在荒草里，捏紧了拳头。

听到身后传来的杂草丛里的脚步声时，易遥转过身看到了跟来的顾森西。

易遥拍了拍手上的灰尘，说，你跟着我干什么？

顾森西有点脸红，一只手拉着肩膀上的书包背带，望着易遥说："我想跟你说，我其实不是那个意思。"

易遥皱了皱眉，说："哪个意思？"

顾森西脸变得更红，说："就是那个……"

"上床？"易遥想了想，抬起手挥了挥，打断了他的说话，"算了，无所谓，我没空知道你什么意思。"

易遥转身走回学校，刚转过仓库的墙角，就看到了学校后门口的那座废弃的喷水池里，飘荡着的五颜六色的各种课本，自己的书包一角空荡荡地挂在假山上，其他的大部分泡在水里。

阳光在水面上晃来晃去。

喷水池里的水很久没有换过了，绿得发黑的水草，还有一些白色的塑料饭盒。刺鼻的臭味沉甸甸地在水面上浮了一层。

易遥站了一会儿，然后脱下鞋子和袜子，把裤腿挽上膝盖，然后跨进池子里。

却比想象中还要深得多，以为只会到小腿，结果，等一脚踩进去水瞬间翻上了膝盖浸到大腿的时候，易遥已经来不及撤回去，整个人随着脚底水草的滑腻感，身体朝后一仰，摔了进去。

15

——其实那个时候，真的只感觉得到瞬间漫过耳朵鼻子的水流，以及那种刺鼻的恶臭瞬间就把自己吞没了。甚至来不及感觉到寒冷。

——其实那个时候，我听到身后顾森西的喊声，我以为是你。

——其实那个时候，我有一瞬间那么想过，如果就这样死了，其实也挺好。

16

在很久之前，在易遥的记忆里，这个水池还是很漂亮的。那个时候自己刚进学校，学校的正门还在修建，所以，所有的学生都是从这个后门进出的。

那个时候这个水池每天都会有漂亮的喷泉，还有很多男生女生坐在水池边上一起吃便当。水池中央的假山上，那棵黄桷树，每到春天的时候，都会掉落下无数嫩绿或者粉红的胞芽，漂在水面上，被里面的红色锦鲤啄来啄去。

直到后来，大门修好之后，所有的学生都从那边进入学校，这个曾经的校门，就渐渐没有人来了。

直到第一年冬天，因为再也没有学生朝池塘里丢面包屑，所以，池里最后一条锦鲤，也在缓慢游动了很久之后，终于慢慢地仰浮在水面上，白森森的肚子被冬天寂寥的日光打得泛出青色来。

易遥脱下大衣拧着水，裤子衣服大部分都浸透了。

脚下迅速形成了两摊水渍，易遥抬起手擦着脸上淋淋的水。

她回过头去，顾森西把裤子挽到很高，男生结实的小腿和大腿，浸泡在黑色的池水里。他捞起最后一本书用力甩了甩，摊开来放在水池边上。然后从水池里跨了出来。

易遥把大衣递过去，说，你拿去擦吧。

顾森西抬起头，看了看她红色的羽绒服，说，不用，你赶快把水拧出来吧，这水挺脏。我等下去水龙头那边冲冲就好。

易遥缩回手，继续用力地拧着衣服。

衣服吸满了水，变得格外沉重。

易遥抬起手揉向眼睛，动作停下来。

手指缝里流出湿漉漉的水来。

顾森西赤着脚走过去，拉过易遥的衣服，说，让我来。

易遥左手死死地抓着衣服，右手挡在眼睛前面。露出来的嘴角用力闭得很紧。

那些用尽力气才压抑下去的哭泣声。

“放手。”

顾森西把衣服用力一扯，拿过去哗啦拧出一大摊水来。

被水浸湿的双手和双脚，被冬天里的冷风一吹，就泛出一整片冻伤的红。

顾森西催促着易遥赶快回教室把衣服换了。

易遥说，我没衣服。

顾森西想了想，说，那你先穿我的。我外套厚。

你赶快回家去吧。

易遥没回答，死死地抱着怀里的一堆书，整个人湿漉漉地往前走。顾森西还追在后面要说什么，易遥转过身朝他用力踢了一脚，皮鞋踢在他小腿骨上。顾森西痛得皱着眉头蹲到地上去。

“别跟着我，我不会和你上床，你滚开。”

顾森西咬着牙站起来，脱下他的厚外套，朝易遥劈头盖脸地丢过去，看得出他也生气了。

易遥扯下蒙在自己头上的外套，重重地丢在地上，眼泪刷地流了下来。

易遥没有管站在自己身后的顾森西，抱着一堆湿淋淋的书，朝学校外面走去。快要走出校门的时候，易遥抬起头看到了齐铭。

脑海里字幕一般浮现上来的，是手机里那条短信。

——老师叫我去有事情，我今天不等你回家了。你先走。

而与这相对应的，却是齐铭和一个女生并排而行的背影。两个人很慢很慢地推着车，齐铭侧过脸对着女生微笑，头发被风吹开来，清爽而干净。齐铭车的后座上压着一个包得很精美的盒子。

——也难去猜测是准备送出去，还是刚刚收到。

但这些也已经不重要了吧。

易遥跟在他们身后，也一样缓慢地走着。

风吹到身上，衣服贴着皮肤透出湿淋淋的冷来。但好像已经消失了冷的知觉了。

只是怀抱着书的手太过用力，发出一阵又一阵的酸楚感来。

以前上课的时候，生物老师讲过，任何的肌肉太过用力，都会因为在分解释放能量时缺氧而形成乳酸，于是，就会感觉到酸痛。

那么，内心的那些满满的酸楚，也是因为心太过用力吗？

跟着齐铭走到校门口，正好看到拿着烤肉串的唐小米。周围几个女生围着，像是几朵鲜艳的花。在冬天这样灰蒙蒙的季节里，显出淋漓得过分的鲜艳。

依然是那样无辜而又美好的声音，带着拿捏得恰倒好处的惊讶和同情，以不高不低的音调，将所有人的目光聚拢过来。

——哎呀，易遥，你怎么弄成这副样子啊？

前面的齐铭和他身边的女生跟着转过身来。

在齐铭露出诧异表情的那一刻，天狠狠地黑了下去。

易遥抬起手擦掉额头上沿着刘海淌下来的水，顺手拉下了一缕发臭的墨绿色水草来。

周围的人流和光线已经变得不再重要了。

像是谁在易遥眼里装了台被遥控着的摄像机，镜头自动朝着齐铭和他身边的女生对焦。清晰地锁定住，然后无限地放大，放大，放大。

他和她站在一起的场景，在易遥眼里显得安静而美好。就像是曾经有一次在郊游的路上，易遥一个人停下来，看见路边高大的树木在风里安静地摇晃时，那种无声无息的美好。

干净漂亮的男生，和干净漂亮的女生。

如果现在站在齐铭旁边的是头发上还有水草浑身发臭的自己，那多像是一个闹剧啊。

易遥更加用力地搂紧了怀里的书，它们在被水泡过之后，一直往下沉。

易遥盯着那个女生的脸，觉得一定在哪儿见过。可是却总是想不起来。记忆像是被磁铁靠近的收音机一样，发出混乱的波段。

直到听到身边顾森西的一声“咦——”后，易遥回过头去，才恍然大悟。

顾森西走到女生面前，说：“姐，你也还没回家啊。”

他们回过头来，两张一模一样的脸。

17

如果很多年后再回过头来看那一天的场景。一定会觉得悲伤。

在冬天夕阳剩下最后光芒的傍晚，四周灰蒙蒙的尘埃聚拢来。

少年和少女，站在暮色中的灰色校门口，他们四个人，彼此交错着各种各样的目光。

悲伤的。心疼的。怜悯的。同情的。爱慕的。

像是各种颜色的染料被倒进空气里，搅拌着，最终变成了漆黑混沌的一片。在叫不出名字的空间里，煎滚翻煮，蒸腾出强烈的水汽，把青春的每一扇窗，都蒙上磨砂般的朦胧感。

却被沉重的冬天，或者冬天里的某种情绪吞噬了色彩。只剩下黑，或者白，或者黑白叠加后的各种灰色，被拓印在纸面上。

就像是被放在相框里的黑白照片，无论照片里的人笑得多么灿烂，也一定会看出悲伤的感觉来。

像是被一双看不见的手按动下了快门，咔嚓一声。

在很多年很多年之后——

沉甸甸地浮动在眼眶里的，是回忆里如同雷禁般再也不敢触动的区域。

## 悲伤逆流成河　第五回

就这样安静地躺在地面上。
安静地躺在满地闪闪发光的玻璃残渣上。
我并没有感觉到痛。
也没有感觉到失望。
只是身体里开始生长出了一个旋涡。
一天一天地发育滋生起来。

01

人的身体感觉总是在精神感觉到来很久之后，才会姗姗来迟。

就像是光线和声音的关系。一定是早早地看见了天边突然而来的闪光，然后连接了几秒的寂静后，才有轰然巨响的雷声突然在耳孔里爆炸开来。

同样的道理。身体的感觉永远没有精神的感觉来得迅速，而且剧烈。

一定是已经深深地刺痛了心，然后才会有泪水涌出来哽咽了口。

天边拥挤滚动着黑里透红的乌云。落日的光渐渐地消失了。

十分钟之前，各种情绪在身体里游走冲撞，像是找不到出口而焦躁的怪物，每一个毛孔都被透明胶带封得死死的，整个身体被无限地充胀着，几乎要爆炸开来。

而一瞬间，所有的情绪都消失干净，连一点残余的痕迹都没有留下。而在下一个时刻汹涌而来的，是没有还手之力的寒冷。

湿淋淋的衣服像一层冰一样，紧紧裹在身上。

乌云翻滚着吞噬了最后一丝光线。

易遥呼了口气，像要呵出一口冰渣来。

02

靠近弄堂的时候就闻到了从里面飘出来的饭菜香。

街道边的灯光陆续亮起来。

暮色像窗帘般被拉扯过来，呼啦一声就几乎伸手不见五指。

易遥弯下身子锁车，目光扫过放在齐铭车子后座上的那个精致的盒子。

“送人的？还是别人送你的啊？”

易遥指了指齐铭的后座，问道。

“这个？哦，顾森湘给我的。上次我们一起数学竞赛得奖，领奖的时候我没去，她就帮我一起拿了，今天在办公室遇见她，她给我的，”齐铭拿着盒子晃了晃，里面发出些声响来，“听说还是一个小水晶杯，嘿嘿。”

齐铭把车靠在易遥的车旁边，弯下腰去锁车。“上次我没去领奖，因为少年宫太远，我也不知道在哪儿。不过顾森湘也不知道，她也是搞了半天才到那里，结果颁奖典礼都已经开始了。呵呵。”

齐铭直起身子，拿着盒子翻转着看了一圈，摇摇头，“包这么复杂干吗啊，你们女孩子都爱这样，不知道你们在想什么。”

易遥心里某一个暗处微微地凹陷下去，像是有一双看不见的脚，缓慢地踩在柔软的表面上。

“女孩子的心一点都不复杂，”易遥抬起头来，半张脸被弄堂口的灯光照得发亮，“只是你们有时候想得太复杂了，有时候又想得太简单了。”

齐铭露出牙齿笑起来，指指手上那个东西，“那这个是简单还是复杂啊？”

易遥微笑着歪过脑袋，“她既然包得这么复杂，我看你就不要想得太简单了吧。”

齐铭摊了摊手，脸上是“搞不懂”的表情。末了，又回过头来面向易遥，“今天还没问你呢，怎么搞成这副样子？”说完抬起手，摘掉易遥头发里的东西。

易遥扯过车筐的书包，说：“我书包掉池子里去了，我下去捡，结果滑倒了。”

“哦，这样。”齐铭点点头，朝弄堂里走去。

易遥在他背后停下脚步。

脸上还是微笑的表情，但是眼眶依然不争气地慢慢红起来。

那种说不上是生气还是被触动的情绪，从脚底迅速地爬上来，融化了每一个关节。让易遥全身消失了力气。

只剩下眼眶变得越来越红。

——为什么我无论说什么，你都会点点头就相信呢。

易遥揉揉眼，跟上去。

老远就看到李宛心站在门口等齐铭回家，还没等齐铭走到门口，她就迎了出来，接过齐铭的书包，拉着他进门，嘴里叨念着“哎哟祖宗你怎么现在才回来，饿不饿啊”之类的话。

易遥动了动嘴角，脸上挂出薄薄的一层笑容来。

齐铭回过头，脸上是无奈的表情，他冲她点点头，意思是“呐，我回家了”。易遥微笑着点点头，然后转身走向自己家的门。

从书包里掏出钥匙，插进锁孔里才发现拧不动。

易遥又用力地一拧。

门还是关得很紧。

屋子里并不是没有人。易遥听见了被刻意压低的声响。

那一瞬间，所有的血液从全身集中冲向头顶。易遥把书包丢在门口，靠着门边坐了下来。

03

“爸又没在家？”

“他啊，还在饭店里，忙死了。”母亲从微波炉里拿出刚刚转热的红烧肉，“你快点吃。”

齐铭刚在饭桌边上坐下来，手机就响了，齐铭起身去拿手机，李宛心皱着眉头宠溺地责怪着：“哎哟，你先吃饭好哦，不然又凉了呀。”

齐铭翻开手机盖，就看到易遥的短消息。

易遥听见开门声，抬起头，看见齐铭换了软软的白色拖鞋站在他家门口。他伸出手朝向自己，手臂停在空中，他的声音在黄昏里显得厚实而温暖，他冲易遥点点头，说，先来我家吧。

易遥抬起手，用手背擦掉眼眶里积蓄起来的眼泪，从地上站起来，捡起书包朝齐铭家门口走过去。

换了鞋，易遥站在客厅里，因为衣服裤子都是湿的，所以易遥也不敢在白色的布艺沙发上坐下来。

齐铭在房间里把衣柜开来关去，翻出几件衣服，走出来，递给易遥，说，你先进去换上吧，湿衣服脱下来。

李宛心自己坐在桌子边上吃饭，什么话都没说，夹菜的时候把筷子用力地在盘子与碗间摔来摔去，弄出很大的声响来。

易遥尴尬地望向齐铭，齐铭做了个“不用理她”的手势，就把易遥推进自己的房间，让她换衣服去了。

易遥穿着齐铭的衣服从房间里出来，小心地在沙发上坐下来。

齐铭招呼着她，叫她过去吃饭。话还没说完，李宛心重重地在嘴里咳了一口痰，起身去厨房吐在水斗里。

齐铭回过头去对厨房里喊："妈，拿一副碗筷出来。"

易遥倒吸一口冷气，冲着齐铭瞪过去，齐铭摆摆手，做了个安慰她的动作"没事"。

李宛心回来的时候什么都没拿出来，她一屁股坐到凳子上，低着眼睛自顾自地吃着，像是完全没听到齐铭说话。

齐铭皱了皱眉头，没说什么，起身自己去了厨房。

出来的时候，齐铭把手上的碗和筷子摆在自己边上的位置，对易遥说："过来吃饭。"

易遥看了看李宛心那张像是刷了一层糨糊般难看的脸，于是小声说："我不吃了，你和阿姨吃吧。"

齐铭刚想说什么，李宛心把碗朝桌子上重重地一放，"你们男小伙懂什么，人家小姑娘爱漂亮，减肥懂哦，人家不吃。你管好你自己吧，少去热脸贴冷屁股。"

易遥张了张口，然后什么都没说，又闭上了。她把换下来的湿淋淋的衣服一件一件地塞进书包里，一边塞，一边把衣服上还残留着的一些水草扯下来，也不敢丢在地上，于是易遥全部捏在自己的手心里。

李宛心吃完，坐到易遥边上去，易遥下意识地朝旁边挪了挪。

李宛心从茶几上拿起遥控器，把电视打开，新闻联播里那个冰冷的男播音员的声音在房间里响起来。

“怎么不回家啊？”李宛心盯着电视，没看易遥，顺手按了个音乐频道，里面正在放《两只蝴蝶》。

“钥匙忘记带了。”易遥小声地回答。

“你妈不是在家吗？刚我还看到她。”李宛心把遥控器放回茶几上，用心地听着电视里庸俗的口水歌曲。

“可能出去买东西了吧。”易遥不自然地用手抠着沙发边上突起的那一条棱。

“下午不是来了个男的吗，有客人在家还出门买什么东西啊？”李宛心似笑非笑地咧开嘴。

易遥低下头去，没再说话了。

过了会儿，听见李宛心若有若无地小声念了一句：“我看是那个男的来买东西了吧。”

易遥抬起头，看见李宛心似笑非笑的一张脸。心里像是漏水一般迅速渗透开来的羞耻感，将那张脸的距离飞快地拉近。

拉近。再拉近。

那张脸近得像是贴在易遥的鼻子上笑起来，甚至像是可以闻得到她嘴里中年妇女的臭味。混合着菜渣和廉价口红的味道。

易遥突然站起来冲进厨房，对着水斗剧烈地干呕起来。

齐铭突然紧张地站起，正想冲进厨房的时候，看到了母亲从沙发上投射过来的锐利的目光。

齐铭这才意识到自己的行动有多么地不合时宜。

齐铭慢慢坐下来，过了几秒钟镇定了以后，抬起脸问母亲：“她怎么了？”

李宛心盯着儿子的脸看了半分钟，刚刚易遥的行为与儿子的表情，像是一道有趣的推理题，李宛心像一架摄像机一样，把一切无声地收进眼里。

她面无表情地说："我怎么知道，恶心着了吧。这年头，恶心的事儿多了。"

04

城市的东边。更加靠近江边的地方。

从江面上吹过来的风永远带着湿淋淋的水汽。像要把一切都浸泡得发黄发软。

接近傍晚的时候，江面上响着此起彼伏的汽笛声。

顾森西把车速放慢，静静地跟在顾森湘旁边骑。风把他的刘海吹到左边，又吹到右边。

"头发长啦。"顾森湘回过头，对弟弟说。

"嗯。知道了。那我明天下午去理发。"顾森西回过头，露出牙齿笑了笑。

红灯的时候两个人停下来。

"姐，你今天怎么那么晚才回家啊？"

"被老师叫去办公室了，说是新的数学竞赛又要开始了，叫我准备呢。"顾森湘拍了拍裙子上的灰尘。

"真厉害啊……"顾森西斜跨在自行车上，把领带从衬衣上扯下来，随手塞进口袋里，"这次肯定又拿奖了吧。"

顾森湘笑了笑，抬起手腕看了看表，说了句"啊这么晚了"，然后就没说话了，焦急地等着红灯变绿。

骑过两条主干道，然后左拐，就进入了没有机动车的小区。

骑到小区门口的时候，顾森西突然想起来，“哦，昨天妈妈的那个杯子不是摔坏了吗，要去帮她再买一个吗？”

“哦对哦，昨天摔碎了。”

“姐……我身上没钱。”

“好，那我去超市买，你先骑回家，免得妈等急了。”

顾森西点点头，用力蹬了两下，车子就一个拐弯看不到了。

顾森湘看着弟弟笑了笑，然后掉过车头往小区边上的超市骑过去。

顾森西掏出钥匙，还没来得及插进锁孔，门就突然从里面拉开来。

是妈妈打开的门，她急迫的表情和那半句“哎哟怎么现在才……”在看到门口是顾森西的时候迅速地垮了下去，她把头探出门外朝走廊里看了看，然后回过身来，皱着眉问顾森西：“你姐姐呢？怎么没和你一起回来？”

“姐姐在后面，”顾森西弯下腰换拖鞋，“马上就到。”

他走进客厅里，把书包从肩膀上卸下来，朝沙发上一扔。

“回来啦，”父亲抽着烟从房间里出来，“那快来吃饭。等你们两个，还以为你们有什么事呢。”

桌子上摆着平常的几道菜，不算丰盛，却也不简单。

顾森西摸摸肚子，拿起碗朝嘴里扒饭。

父亲从柜子里拿出那瓶喝了一个月都还没喝完的白酒，倒了一小杯，也坐下来，夹了一颗盐水花生。

母亲从门口回过头来，皱着眉头说：“你们两父子，饿死鬼投胎啊。湘湘还没回来呢。”

顾森西没接话，低头继续吃着。

父亲“呵呵”地打着圆场，“没事没事，又没外人，你也过来啊，先吃着。森西估计也饿了。”

“就你饿，别人都不饿！就你没吃，别人都吃了！”母亲背过身去，站到门外张望着，没头没尾地丢这么句话过来。

顾森西停下手中的筷子，他在想这句话是对谁说的。

走廊里传来电梯到达的“叮”的一声，然后电梯门打开来，顾森湘朝家门口走过来。

母亲赶紧两步迎了上去，抓着手一连串的“哎哟湘湘啊，你怎么晚回家也不说一声啊，女孩子家的，这多危险啊，你又不是森西……”

顾森西在厅里吃着饭，也没停下来，但耳朵里却一字不漏传进了母亲的话。

父亲“嘿嘿”地笑着，朝森西碗里夹了一块红烧肉。

顾森西抬起头，朝父亲咧开嘴灿烂地笑了笑。然后他站起来，朝门外喊：“姐姐，快进来。”

森湘坐下来，母亲关好了门，刚在桌边坐下，马上起身去了厨房。森湘回过头喊：“妈，你还干吗呀，过来吃了。”

厨房里传出母亲“就来就来”的答话。

之后，母亲端着一个热气腾腾的大盘子出来，放到桌子上后，看清楚了里面是两条鲤鱼。

“来，趁热吃啊，刚一直放在锅里热着，一直等你回来啊，就怕冷了。”

顾森西的筷子在空中停了一小会儿，然后伸向了那盘白灼藕片。

顾森湘皱着眉看了母亲一眼，然后伸筷子夹起一大块鱼肚子上的肉放到顾森西的碗里。

顾森西抬起头，嘴里还嚼着饭，含糊地“呵呵”笑着，说：“姐，你自己吃，不用给我夹，我自己来。”

“你当然知道自己来。你只知道自己来！你看姐姐多向着你……”坐对面的母亲憋着嗓子。

“妈！”顾森湘从桌子下面轻轻地踢了下母亲。

顾森西低头往碗里扒着饭。没说什么。

吃完饭，顾森湘站起来要帮着收碗，被母亲严厉地拒绝了。理由是“放在这里不用你收，我会收，你进房间看书去”。

顾森湘点点头，朝房间走去，走到一半想起来，拉开书包，掏出买的杯子，“妈，刚回来的路上买的，你的杯子昨天倒水的时候不是摔碎了吗。”

母亲把手在围裙上擦了擦，伸过去接过女儿递过来的杯子，眼睛笑得眯成了一条线，回过头看到坐在沙发上把长腿伸在茶几上的顾森西，脸立刻垮了下来。她对着顾森西说：“果然人家说得没错，女儿就是妈的贴身宝，要多暖心有多暖心，不像生个儿子，哪儿能想得到妈……”

“那您现在送我去泰国啊，现在还不晚。”沙发那边顾森西没头没脑地接过来一句。

“你！”母亲深吸一口气，一张脸一瞬间就涨红了。

“妈！这杯子是森西叫我买的，我根本没想起来，是森西提醒我的。他身上没钱，才叫我去买。您别有事儿没事儿就乱数落人啊……”

“哎哟你就别护着他了，他能想得起来？他整天能想得起一件正事儿我就每天扫祖坟去。”母亲转身进了厨房，嘴里念个没完。

“妈……”顾森湘还想跟进去，话出口，就被顾森西打断了，森西朝她咧开嘴笑了笑，说：“别理她。你快看书去。”

顾森湘走到他面前蹲下来，心里像是被人用柠檬汁浇了一遍。

弟弟伸过手，轻轻地把她的手握起来。

顾森西看半天蹲在自己面前的森湘没反应，低下头去看她，她抬起头，眼圈有点发红。

森西伸出食指在她下巴上挑了挑，说："美女。"

"帅哥。"顾森湘轻轻地笑出来，抬起手揉了揉发红的眼眶。

这是顾森西发明的无聊的游戏。

而游戏的结束总是顾森西伸出手指，做出个做作的POSE，然后说："欸？你认识我？"

但今天顾森西换了新花样，他做作地撩了撩刘海，说，"对不起我认错人了。"

顾森湘刷地站起来，拿沙发靠垫砸过去，一连砸了七个。然后转身回房间去了。

顾森西把靠垫从头上拿下来，咧开的嘴角慢慢收拢，笑容消失在日渐锐利的脸庞上。

眼睛里堆积起来的，不知道该叫做难过，还是悲伤。

05

易遥等到了八点半，然后提着书包回家。拿起钥匙试着开了下门，结果门轻松地打开了。

林华凤坐在沙发上看电视。

屋子里弥漫着一股说不出来的味道。

胃里又涌起一阵恶心的感觉，易遥深吸一口气，压了下去。她撩了撩刘海，说，妈，我回来了。

桌子上摆着吃剩下的饭菜。

易遥去厨房盛了碗饭出来，将就着吃。

林华凤看了看，然后说："你把菜热一热吧，都凉了。"

易遥刚夹起一筷子蚝油生菜，又放下，她抬起头问："妈，你还没吃啊？"

"我吃过了，"林华凤在沙发上躺下来，面朝靠背，"你去热一下再吃，冬天吃冷的，要坏肚子的。"

"我没事，不要紧。"易遥笑了笑，起身去厨房盛饭。

易遥打开锅盖的时候，听见了身后林华凤吼过来的声音。

"你装什么苦情戏啊？你演给谁看啊你！"

易遥把碗里的饭一抬手全部倒了回去，她转身走出厨房，对着躺在沙发上的林华凤说："演给你看！你看了几年了你都还是看不懂！"

易遥把碗朝桌子上一放，转身回房间去了。

易遥从房间里望出去，只能看到门没有关上的那一小块区域。

林华凤的脸朝着沙发的靠背里面，看不到表情。她的背佝偻着，显得人很小。

她松垮着扎起来的头发里，有一缕白色的头发，从黑色的头发里，刺眼地跳出来。

易遥抬起手用力捂住了嘴。

面前摊开的试卷上，黑色的字迹被吧嗒吧嗒砸下来的水滴洇散开来。

06

屋子里空调开太久。闷得慌。而且冬天本来就干，空调再一开久了，整个屋子绷紧得像要被撕开来一样。

顾森湘起身开了半扇窗户。外面的冷风吹了进来。

舒服多了。

转过身，写字台上的手机震动起来。

翻开盖子，屏幕上的发件人是“森西”。

打开短信，只有两个字，“姐姐”。没有标点。但是顾森湘闭着眼睛也能想象得出他一副不高兴的表情。

森湘扬起嘴笑了笑，手指在键盘上按出几个字：“你怎么了？过来吧。”

合上手机，过了两分钟，森西在外面敲门。

“不高兴了？”

“没有。”顾森西躺在床上，随手拿过靠墙放在床上的一排玩偶中的一个把玩着，“多大的人了啊你，还玩洋娃娃。”

“洋娃娃？你们男生都这么土吗？你可以叫它们布偶，或者玩偶，或者公仔。”顾森湘有点忍不住想笑。

“我又不关心这个。”顾森西翻白眼。

顾森湘转过身去，从书架上抽出一本参考书来。

“其实我能理解妈是怎么想的。”

顾森西从背后没头没脑地说了一句。然后就没了下文。

顾森湘回过头去，看见他拿着那个巨大的流氓兔压在自己的脸上。

“别乱想了你，小孩子懂什么。”

“你也就比我早钻出来那么一两分钟。”流氓兔下面传来瓮声瓮气的声音。

“要是换作我，”他拿开兔子，从床上坐起来，“我也喜欢你。一个是拿着一等奖学金，被学校捧在手里的高材生，一个是成绩虽下不垫底，但上也不沾天的恶劣学生——这是我老师说的——我也会更喜欢姐姐啊。”

“才不是啊，打是亲骂是爱，我以后终归是嫁出去的女儿泼出去的水，妈最爱的终归是你。她现在是被你气的。要是换了我，你整天这么游手好闲，我早把你腿儿打断了，还由得你在这里发牢骚。”

“那你可别泼出去。”森西嬉皮笑脸地粘上来，双手从姐姐肩膀背后抱过去，把额头贴到她的后颈窝上蹭来蹭去。

“没洗澡吧？一身臭味道。快点去！”

顾森西刚直起身子，门被推开了。母亲端着冒着热气的杯子站在门口，两眼要冒出火来。

“你自己不念书，不要来骚扰你姐姐！”

“妈，弟弟过来找我有事。”

“他能有什么事？”

“我没事儿也能来找我姐，我和她从娘胎里就一起了，比跟你还亲。”顾森西把手插在裤子口袋里，耸耸肩膀。

母亲把杯子往写字台上重重一放，“砰”的一声，里面的水溅出来一半，“什么话！”

“好了森西你回房间睡觉去。”顾森湘站起来，把他推出门去。

母亲转过身来，脸色发白。过了半晌缓过来了，拿着杯子对森湘说：“这是蜂蜜水，里面加了蜂王浆的，听说里面有那什么氨基酸，对记忆特别好。你赶快喝了。”

顾森湘刚要接过杯子，母亲就拿了回去，脸色又气得变白，“你看这都洒了一半了，我重新去帮你冲。”

说完转身出门去了。

又冲了一杯蜂蜜水过来，看着森湘喝了之后，母亲才心满意足地转身出来，轻手轻脚地带上了森湘房间的门。转过身，看到隔壁顾森西的房间门大开着。

里面没有开灯。客厅透进去的光把房间里照出微弱的轮廓来。顾森西鞋也没脱，穿着衣服仰躺在床上。

“你不看书就早点睡。别去影响你姐姐。”母亲压低着声音。

“知道了。”

黑暗的房间里传出回答声。

听不出任何的语气。也看不到任何的表情。

母亲离开之后，顾森西翻了个身，把脸重重地埋进柔软的枕头里。

07

写完一整页英文试卷，易遥抬起手揉了揉发胀的眼睛，顺手把台灯拧得稍微亮些。

隔壁看电视的声音从隔音并不好的墙的另一面传过来。是粗制滥造的台湾言情剧。

“你为什么不能爱我？”一个女的在矫情地哭喊着。

“我这么爱你，你感受不到么？”答话的男的更加矫情。

易遥忍了忍胃里恶心的感觉，拿起杯子起身去倒水，刚站起来，看见林华凤靠在自己房间的门边上，一动不动地望着自己。

“没睡呢？”易遥一边小声说着，一边侧过身出去客厅倒水。易遥拔掉热水瓶塞，抬起热水瓶朝杯子里倒。

“我柜子里的卫生棉是你拿去用了吗？”身后林华凤冷冷地说。

“没啊，我没用。”易遥头也没回，顺口答道。

身后林华凤没了声音，整个房间寂静一片。

等到易遥突然意识到的时候，她两手一软，热水哗啦一声倒满了一整个杯子，手背上被烫红一小块。

易遥塞好瓶塞，把热水瓶放到地上。静静地站在没有开灯的客厅里。弄堂里的光从窗户透进来，照着易遥发白的脸。她没有转过身来，身后的林华凤也一言不发。

像是过了漫长的一个世纪，才听到背后传来的林华凤平稳的声音，她说，两个多月了，你为什么不用？

08

就像是这样的，彼此的任何对话，动作，眼神，姿势，都预先埋藏好了无限深重的心机。

这样一直持续了十年的母女之间的关系。

不经意的对白，不经意的表情，在黑暗中变成沿着固定好的路线撒下的针，在某一个预设好的时刻，毫不手软地刺进对方的身体里。然后去印证对方痛苦的表情，是否如自己想象的一致。

很明显，林华凤看到了易遥如自己想象中一致的表情。她一动不动地靠在门边上，等着易遥。

易遥转过身来，望着林华凤，说，你知道了。

林华凤张了张口，还没说话，易遥抬起脸，接着说，是又怎么样，我就是去找他拿了钱，我自己有钱买卫生棉，不用你的。

林华凤慢慢走过来，看着易遥，说，你是不是觉得自己挺有本事的啊？

黑暗中突然甩过来的巴掌，和易遥预想的也一模一样。

在脸上火烧一样的灼热痛感传递到脑子里的同时，身体里是如同滑坡般迅速坍塌下去的如释重负感。

而与此同时，没有预想到的，是林华凤突然伸过来的手，抓着易遥的头发，突然用力地扯向自己。

正对着的，是林华凤一张抽动着的涨红的脸，以及那双在黑暗中，也依然烧得通红的眼睛。

## 09

很多很多的水草。

密密麻麻，头发一样地浮动在墨绿色的水面之下。

齐铭深一脚浅一脚地朝前走，无边无际的水域在月光下泛着阴森森的光。

紧贴脚底的是无法形容的滑腻感。

哗啦哗啦的水声从远处拍打过来。像是前方有巨大的潮汐。

最后的一步，脚下突然深不可测，那一瞬间涌进鼻孔和耳朵的水，像水银一样朝着身体里每一个罅隙冲刺进去。

耳朵里最后的声响，是一声尖锐的哭喊。

——“救我。”

齐铭挣扎着醒过来，耳朵里依然残留着嘈杂的水声。开始只是哗啦哗啦的噪音，后来渐渐形成了可以分辨出来的声响。

是隔壁易遥的尖叫。

齐铭掀开被子，裹着厚厚的睡衣打开房间的门，穿过客厅，把大门拉开。深夜寒冷让齐铭像是又掉进了刚刚梦里深不可测的水底。

易遥家的门紧锁着，里面是一声高过一声的尖叫声。

齐铭举起手准备敲门的时候，手突然被人抓住了。

齐铭还没来得及回头，就被一把扯了回去，李宛心披了条毯子，哆嗦着站在自己后面，板着一张脸，压低声音说，人家家里的事儿，你操什么心！

齐铭的手被紧紧地抓着，他也不知道应该怎么办。

又一声尖叫之后是玻璃哗啦摔碎的声音。林华凤的骂声钻进耳朵里，比玻璃还要尖锐。

“你就是贱货！我养大你就养成了这样一个贱货！是啊！他给你钱！

你找那个男人去啊！贱逼丫头你回来干什么！”

好像有什么东西被撞倒的声音，还有易遥尖叫着的哭声：“妈！妈！你放开我！啊！别打了！我错了！我不找了！我不找了……”

齐铭隔壁的门也打开了，一个中年女人也裹了件睡衣出来。看见李宛心也站在门口，于是冲着易遥家努了努嘴，说，作孽啊，下辈子不知道有没有报应。

李宛心撇撇嘴，说，也不知道谁作孽，你没听到林华凤骂些什么吗，说她是贱货，肯定是易遥做了什么见不得人的事情……

齐铭摔开李宛心的手，吼了句：“妈！人家家里的事你清楚什么啊！”

李宛心被儿子突如其来的吼声吓住了，而回过神来，就转成了愤怒，“我不清楚你清楚！”

齐铭不再理她，摔开被她紧紧抓住的手，朝易遥家门上咣咣地砸。

李宛心抓着齐铭的衣服往回扯，“你疯了你！”

齐铭硬着身子，李宛心比儿子矮一个头，用力地扯也扯不动。

在林华凤把门突然哗啦一下从里面拉开的时候，隔壁那个女人赶紧关了门进去了。只剩下站在易遥家门口的齐铭和李宛心，对着披头散发的林华凤。

“你们家死人啦？发什么神经？半夜敲什么门？”

李宛心本来没想说什么，一听到林华凤一上来就触霉头，火也上来了：“要死人的是你们家吧！大半夜吵成这样，还让不让人睡了？”

“哦哟李宛心，平时拽得像头傻逼驴一样的人不是你吗？你们家不是有的是钱吗？受不了他妈的搬呀！老娘爱怎么闹怎么闹，房子拆了也是我的！”

李宛心一把把齐铭扯回来，推进门里，转身对林华凤说：“闹啊！随便闹！你最好把你自己生出来的那个贱货给杀了！”说完一把摔上门，关得死死的。

林华凤抄起窗台上的一盆仙人掌朝齐铭家的门上砸过去，咣当一声摔得四分五裂。泥土散落下来掉在门口堆起一个小堆。

齐铭坐在床边上。胸腔剧烈地起伏着。

他用力地憋着呼吸，额头上暴出了好几条青筋，才将几乎要顶破喉咙的哭声压回胸腔里。

眼泪像是打开的水闸，哗哗地往下流。

母亲带着怒气的声音在外面响起，“齐铭你给我睡觉。不准再给我出去。”

门外一阵哗啦的声音，明显是李宛心从外面锁了门。

齐铭擦掉脸上的眼泪。

脑海里残留的影像却不断爆炸般地重现。

昏暗的房间里，易遥动也不动地瘫坐在墙角的地上，头发披散着遮住了脸，身上扯坏的衣服耷拉成好几片。

满地闪着光的玻璃残渣。

10

晨雾浓得化不开。

窗户上已经凝聚了一层厚厚的霜。

昨天新闻里已经预告过这几天将要降温，但还是比预计的温度更低了些。

刚刚回暖的春天，一瞬间又被苍白的寂寥吞噬了。

依然是让人感到压抑的惨白色的天光，均匀而淡寡地涂抹在蓝天上。

齐铭走出弄堂口的时候回过头看看易遥家的门，依然紧闭着。听不到任何的动静。身后母亲和几个女人站在门口话短话长。齐铭推出单车，拐弯出了弄堂。

“哦哟，我看齐铭真是越来越一表人才，小时候不觉得，现在真是长得好，用他们小孩子的话来说，真是英俊。”那个顶着一头花卷一样的头发的女人谄媚着。

“现在的小孩才不说英俊，他们都说酷。”另外一个女人接过话来，显得自己跟得上潮流。

李宛心在边上笑得眼睛都看不见了。

“是啊，我每天早上看见他和易遥一起上学，易遥缩在他旁边，就像小媳妇似的。”对面一家门打开了，刚出来的一个女人接过她们的话题。

李宛心的脸刷地垮下来，“瞎讲什么呢！”

说完转过身，把门摔上了。

剩下几个女人幸灾乐祸地彼此看了看，扯着嘴笑了。

——我看齐铭和易遥就不正常。

——是啊，那天早上我还看见易遥在弄堂口蹲下来哇啦哇啦吐了一地，齐铭在边上拍着她的背，那心疼的表情，就是一副“当爹”的样子。

——要真有那什么，我看李宛心应该要发疯了。

——最好有那什么，这弄堂死气沉沉的，有点热闹才好。

11

路过学校门口的小店时，齐铭看了看时间还早，于是从车上下来，钻了进去。

两三个女生挤在一排机器前面。

齐铭不好意思也挤进去，就站在后面等。

面前的这排机器是店里新到的，在日本非常流行的扭蛋。投进去钱，然后随机掉出蛋来，里面有各种系列的玩具模型。而吸引人的地方在于，你根本不知道，自己会得到哪一个模型。

前面的女生回过头来的时候，齐铭“啊”了一声，然后立即礼貌地打了招呼，“早上好。”

“早……上好。”唐小米的脸在齐铭目光的注视下迅速地红了起来。

“你想买‘这个’啊？”齐铭指了指眼前的机器，因为不能确定到底该怎么称呼，所以用“这个”来代替。

“嗯……想买。”唐小米微微低着头，脸上是显得动人的一点点红晕。

“你们女生都喜欢这种东西？”齐铭摸了摸头，表示有点不可理解。

“女孩子嘛，当然和男孩子不一样咯。”唐小米笑起来，招牌一样的动人微笑。

齐铭盯着唐小米看了几秒钟，然后一步上前，说：“哦，那我来吧。”

他背对着唐小米，伸出手扭动起机器上的转钮。

掉出来的蛋里是一只熊猫。齐铭拿着朝收银台走过去。

他并没有注意到在自己身后突然开始呼吸急促紧张起来的唐小米。唐小米摸出手机，脸上是压抑不住兴奋的表情。

——我和齐铭在校门口的小店里，他看我想买扭蛋，他就自己买下来了，不知道是不是要送我，怎么办？

迅速传回来的短信内容是：你买一个别的东西，当他送扭蛋给你的时候，你就拿出来送给他。哈哈，大小姐，他吃错药了还是你对他下了毒？

唐小米没有理睬短信后半句的内容，她转过身在旁边的玻璃橱窗里拿出几个蓝色的胶带护腕来，最近学校几个醒目的男生都在戴这个。

她挑了一个好看一点的拿起来，然后朝收银台走过去，静静地站在齐铭边上，低着头。

里面的人在找钱，齐铭回过头，对唐小米笑了笑，“前几天我一直听易遥提到这个，我还在想到底是什么东西，今天正好看到了，买来送她。”说完低头看到了唐小米手上的护腕，说，“这个是男生用的吧？你买来送人？”

唐小米脸上的微笑像绽开的花朵一样动人，“是啊，同学快过生日了，他篮球队的。”

“嗯，那这样，我先走了。”齐铭接过找回来的零钱，挥手做了个“拜拜”。

“嗯。”唐小米点点头。然后从钱包里掏出钱递给收钱的人。

齐铭拨开店门口垂着的挂帘走出去的同时，唐小米的脸一瞬间暗下来。

她迅速地翻开手机的盖子，啪啪打了几个字，然后“啪”的一声用力合上。

牙齿用力地咬在一起，脸上的肌肉绷得太紧，从皮肤上透出轮廓来。

## 12

被风不小心吹送过来的种子。

掉在心房上。

一直沉睡着。沉睡着。

但是，一定会在某一个恰如其分的时刻，瞬间就苏醒过来。在不足千分之一秒的时间里，迅速地顶破外壳，扎下盘根错节的庞大根系，然后再抖一抖，就刷的一声挺立出遮天蔽日的茂密枝丫与肥厚的枝叶。

接着，慢镜头一般缓慢地张开了血淋淋的巨大花盘。

这样的种子。一直沉睡在每一个人的心里。

等待着有一天，被某种无法用语言定义的东西，解开封印的咒语。

13

放在桌子上的手机嗡嗡地震动起来。

一只涂着五彩斑斓指甲油的手，伸过去拿起来，挂在手机上各种繁复的吊坠叮叮当当响成一片。

手机屏幕上显示着“发件人：唐小米。”

信息打开来，非常简单的三个字，清晰地映在发光的屏幕上。

“搞死她！”

## 悲伤逆流成河　第六回

我在梦见你。

我在一次又一次不能停止地梦见你。

梦中的我们躺在河水上面，平静得像没有呼吸没有心跳的木偶。

或者亡去的故人。

01

也不太记得他们说过人的梦是没有颜色还是没有声音。

如果是没有颜色的话——

自己的梦里明明就经常出现深夜所有电视节目结束时出现的那个七彩条的球形符号。也就是说，经常会梦见自己一个人看电视看到深夜，一直看到全世界都休眠了，连电视机也打出这样的符号来，告诉你，我要休息了。

而如果是没有声音的话——

自己的梦里又经常出现教室里课本被无数双手翻动时的哗啦哗啦的声响，窗外的蝉鸣被头顶的电扇转破敲碎，稀疏地砸到眼皮上，断断续续，无休无止。空气里是夏天不断蒸发出的暑气，闷得人发慌。连黑板也像是在这样潮湿闷热的天气里长出了一层灰白色的斑点来。下课后的值日生总是抱怨。然后更用力地挥舞黑板擦。那种刷、刷、刷的声音。

还有那些来路不明的哭泣的声音。有的时候是哽咽。有的时候是呜咽。有的时候是啜泣。有的时候是饮泣。然后一天一天地，慢慢变成了呐喊。

是这样吗？

真的是这样吗？

梦里什么都有吗？

02

齐铭从办公室抱回昨天老师已经批好的作业，然后朝教室走。刚上到楼梯，走进走廊，窗户外面就刷刷地飘过一大堆白色的塑料袋。

没有坠下去，却被风吹到了更高的天上。

其实也不知道它们为什么会飞得那么高。没有翅膀，也没有羽毛。

仅仅就是因为轻么？仅仅就是因为没有重量么？

于是就可以一直这样随风漂泊么？

春天的风里卷裹着无数微小的草籽。

它们也像那些轻飘飘的白色塑料袋一样，被吹向无数未知的地域。

在冷漠的城市里死亡，在潮湿的荒野里繁盛。

然后再把时间和空间，染成成千上万的，无法分辨的绿色。

梦里曾经有过这样的画面，用手拨开茂盛的柔软蒿草，下面是一片漆黑的尸骸。

03

快走到教室门口的时候，预备铃在走廊尽头那边响起来。

冬天难得的日光，照进高大的窗户，在地面上投出巨大的光斑。

尘埃浮动在空气里，慢镜头一样地移动成无数渺小的星河。

像是在地理课上看过的幻灯片里的那些微小的宇宙。

教室里一团闹哄哄的声音。

走进门的时候，就看到了聚拢在一起的人群，透过肩膀与肩膀的缝隙，看到的是站在人群中间的唐小米。依然是那张无辜而美好的面容。

齐铭挤过人群朝自己的座位走过去，经过唐小米的座位的时候看到了她那张面目全非的桌子。长短不一的粉笔头和黏糊糊的白色粉末，都被风干后的胶水固定在桌面上，有好事的男生用笔去戳，“哦哟，粘得这么牢啊，这桌子废掉了。”

“唐小米你得罪谁啦？”有女生投过来同情的眼光。

“我不知道啊……”依然是那样无辜而美好的口气和表情，像是最纯净的白色软花，在清晨的第一道光线里开得晶莹剔透。

齐铭转过头，把一沓作业本放到讲台上，然后坐回到自己的座位，拿出第一节课的课本，顺手把扭蛋放进书包。他抬起头看看易遥的座位，依然是在漏风的窗户边上，空荡荡的，像是从来都没有人坐过一样。有一束光从窗外树叶的缝隙里投过来，定定地照着桌面的一小块区域。

昨晚没有睡好。或者更精确一点说，是昨晚并没有睡。

齐铭抬起手揉了揉发红的眼眶。视线里的一切被叠上一层透明的虚影，像失了焦的镜头。

上课铃把聚拢在一起的嘈杂人群驱散开来回到自己的位子重新坐好。只剩下唐小米依然站在自己的位置上，仰着一张无辜的脸。

“唐小米，上课了。”班主任推了推眼镜，提醒着。

“老师，我的桌子……”

班主任转过身来，在看清楚她一塌糊涂的桌面之后，胸腔明显大了一圈，“怎么会这样？谁做的？”

唐小米摇摇头。

“昨天是易遥锁的门，”坐在后面的劳动委员靠在椅背上，转着手上的自动铅笔，“问问易遥应该知道嘛，不过……”随即把头转向易遥空着的座位。

像是有虫子爬进了血管，一寸一寸令人恶心地朝心脏蠕动着。

“易遥没来上课？”班主任的脸色变得难看起来。

教室里寂静一片。没有人接话。

只是各种各样的表情从每个人脸上浮现起来。带着各自的想法，形象而生动地表达着内心。

“算了，没有关系，应该也不是谁故意的吧。我下课后自己弄干净就可以了。”唐小米抬起手把垂到脸庞的头发绕回耳后。

——算了。

——没有关系。

——应该也不是谁故意的吧。

——我下课后自己弄干净就可以了。

每一句话都像是黑暗里闪着绿光的匕首，刷刷地朝着某一个目标精准地刺过去。

黑暗中弥漫的血腥味道，甜腻得可以让人窒息了。

“那，老师，我放学后再来弄这个桌子，我先用易遥的桌子可以吗？”唐小米抬起头，认真地询问着，“反正今天她也没来上课，我先借用一下吧？”

“嗯，你先搬过去。”班主任翻开讲义，这起小小的事故算是告一段落了。但末了他依然加了一句，“真是太不像话了。”

有男生自告奋勇地去把易遥的桌子搬了过来，小心地帮唐小米摆好，然后又把那张面目全非的桌子拖到窗户边上重重地一放。

唐小米坐下来，对着那个男生微笑着说了“谢谢”，美好的表情在日光里显得透明般柔和。

04

终于爬进心脏了。那条肥硕的恶心的虫子。

被撕咬啃噬的刺痛感。顺着血液传递到头皮，在太阳穴上突突地跳动着。

05

“他没有戴领带哎！为什么教务主任就不抓他？不公平！”

“他眼睛真好看，睫毛像假的一样。”

“他鼻子很挺呢。”

“你好色哦！”

“啊？”

这样的对话会每天都发生在学校聚拢的女生群体里，无论在上海还是在全国其他任何一个城市。而以上的一段对话指向的目标，是现在正靠在教室门口朝里张望的顾森西。

他一只手搭在门框边上，探着半个身子朝教室里望，找了半天，终于放弃了，伸手抓过身边一个正低着头走进教室的女生，因为太过大力，女生张着口尖叫起来。顾森西也被吓了一跳，赶紧放开手，摊着双手表示着自己的“无害”，问：“易遥在吗？”

黑板边上正和一堆女生聚在一起谈话的唐小米转过头来，眯着眼睛打量了一会顾森西，然后嫣然一笑，“她没来上课。”

“欸？为什么？”顾森西皱了皱眉。

“我怎么知道呀，可能在家里……”唐小米顿了顿，笑得更加灿烂，“养身子吧。”

窃窃的笑声从教室各处冒出来。像是黑暗里游窜的蛇虫鼠蚁。

却比它们更加肆无忌惮。无论是抬起手捂住嘴，还是压低了声音在喉咙里憋紧，都放肆地渲染着一种惟恐别人没有看到、惟恐别人没有听到的故意感。

——就是笑给你听的。

——我就是故意要笑给你听的。

顾森西把表情收拢来，静静地看向面前笑容灿烂的唐小米，唐小米依然微笑着和他对视着，精致的眉毛、眼睛，鲜艳的嘴唇，都用一种类似孔雀般又骄傲又美丽的姿势，传递着“怎么样”的信息。

顾森西慢慢咧开嘴角，露出好看的牙齿，白得像一排陶瓷，冲着唐小米目不转睛地笑。唐小米反倒被他笑得有点头皮发麻，丢下一句“神经病”走回自己的座位。

顾森西邪邪地扯着一边的嘴角，看着被自己惹毛的唐小米，正想再烧把火浇点油，回过头就看到站在自己面前的男生。

抱着一沓收好的作业本，整齐系在领口的黑色领带，干净的白衬衣，直直的头发整洁地排成柔软的刘海。

"你班长啊？"顾森西对面前一表人才的男生下了这样的定义。

不过却没有得到回答，齐铭把重重的作业本换到另外一只手，说："你找易遥干吗？"

顾森西耸耸肩膀，也没有回答，露出牙齿笑了笑，转身走了。

走了两步他回过头来，似笑非笑地对齐铭说："你问这个，干吗？"

06

易遥赶到学校的时候已经是上午最后一节课了，易遥费力地把自行车停进满满当当几乎要扑出来的车棚，拔下钥匙往教室赶。

所有的学生都在上课，只有从教室里零星飘出来的老师讲解的声音回荡在空寂的校园里。曾经也有过这样的经历，在寂静的校园，连树叶晃动，都能听到清晰的回声。

整个校园像是一座废弃的白色医院。

易遥走到教室门口，喊了报告。

老师转过脸来，从易遥背着的书包领悟到原来这不是"这节课迟到的学生"而是"今天旷课一上午"的学生。于是脸色变得格外难看。停下来讲了几句，才让易遥进来上课。

易遥走到座位上，刚想从肩膀上取下书包的双手停在一半，目光牢牢地钉在课桌上没办法移开。过了一会儿，易遥猛地转过身来，对唐小米吼："唐小米，把你的桌子给我换回来！"

所有人包括老师在内都被易遥的声音吓了一跳，在最初几秒的错愕过去之后，老师的脸涨得通红，"易遥你给我坐下！现在在上课你吼什么！"

唐小米慌忙地站起来，支吾着解释："对不起，老师，是我的错，我以为今天易遥不来上课，就临时把我被别人弄脏的桌子和她换了一下。”然后回过头，对易遥弯腰点了点头表示抱歉，“我现在就和你换回来。”

唐小米把弄脏的桌子拖回到自己的座位上，正准备坐下，然后突然恍然大悟般地抬起头，“咦？你怎么知道这桌子是我的啊？”

坐下来的易遥突然僵直了后背。

没办法转头。或者说不用转头，都可以想象得出那样一张充满了纯真疑惑的面容。

也可以想象，这样的一张面容，在周围此起彼伏的“哦……”“啊？”“嗯……”的各种情绪的单音节词里，是怎么样慢慢地变成一张得意而骄傲的脸，像一面胜利的旗帜一样，在某个制高点上迎风招展，猎猎作响。

齐铭低着头，连抬头的力量都没有。

窗外是春寒料峭的天空。

呼啸的风声，隔着玻璃，清晰地刮过耳边。

07

“红烧肉！师傅多加一勺啊别那么小气嘛！”

“最讨厌青菜。”

“肥肉好恶心啊。”

食堂窗口前的队伍排到了门口，每天中午都是这样。动作慢一点的学生，只能选择一些剩下的很难吃的菜。

齐铭和易遥站在队伍的最后面。齐铭探出身子望了望前面依然很长的队伍，微微叹了口气。倒是易遥，无所谓地站着，脸上也没什么表情。

隔着一行差不多的位置，站着唐小米。

最后一节课因为出现了波折，所以老师也只能以拖堂来弥补被损失的时间。导致现在这样集体排在队伍很后面的情况，也是理所当然。

不过几分钟后，唐小米就扬着灿烂的笑容，把饭盒递给了队伍非常前面的男生。不知道是哪个班级的，笑嘻嘻地接了过去，并且详细地询问了需要什么菜。

易遥别过脸来，正好对上齐铭看过来的目光。

食堂墙上的大挂钟指向一点。

人群渐渐稀少了。窗口里的师傅收拾着被掏空的巨大铝盆，咣当咣当的声音有点寂寥地回荡在食堂巨大的空间里。

“对了，早上顾森西来找过你。”

“谁？”

“顾森湘的弟弟，你那天掉进池里不是和他一起么？”

“哦。”想起来了是谁，“他找我干吗？”

“我问了，他没说。”

“哦。”易遥一边答应着，一边从饭盒里挑出来不吃的肥肉，还有茄子。

“要吃牛肉么，”齐铭把自己的饭盒朝易遥推了推，“我从家里带的。”

“嗯，不用。”易遥摇摇头，然后刚要说什么，就朝旁边弯下腰去。过了一会儿抬起身来，扯过一沓厚厚的纸巾捂到嘴上。

“你到底打算怎么办！”齐铭压低声音，有点恼火地问道。

“你别管了，”易遥把饭盒盖上，“我自己有办法。”

“你有屁办法！”齐铭忍着不想发火，把头转到一边，“你要钱没钱，要经验没经验……我告诉你，你别傻啊！你要是打算生下来……”

“你别傻了，”易遥挥挥手，不想再和他讨论下去，毕竟不是什么能摆到台面上来说的事情，而且谁知道空气里竖着多少双耳朵，“你要我生我也不会生。”

易遥站起来，拿着饭盒朝食堂背后的水槽走去。走了两步转过身，笑容带着淡淡的嘲讽，“你那话说的，好像你很有经验似的。”

08

午休的时候，学校里总是呈现着一种被慵懒笼罩的氛围。

像是把蜂蜜调和进热牛奶，然后慢慢地搅拌着，持续蒸发的甜腻香味和热气。

篮球场上有一两个男生，篮球砸到水泥地上啪啪的声音，在学校里短促地回响着。

春天正午的太阳光依然很斜，树木和人都被拉出长长的影子，指往北，或者南？易遥也不太分得清楚，这反正是自己曾经做错的一道地理题。评讲试卷的时候自己记得还用红笔画过，眼下依然没有办法回忆得起来。

也就是说，下次考试，还会出错。

洗手池也没什么人了。

易遥本来想把饭倒掉，但看了看饭盒，里面的饭菜几乎没有怎么动过，就合上盖子，准备带回家去。也没有等还在洗碗的齐铭，就一个人先走了。

“我想一个人散散步。”

易遥对齐铭摆了摆手，自己朝教室走过去。

其实也不太想回教室。

唐小米那张鲜花一样的脸看久了真的忍不住想要往上泼硫酸。

易遥从教学楼边上绕过去，教师办公楼背后有一条几乎没人的林阴道。两边的梧桐大得不像话，像是奇幻世界中原始森林里的那些盘根错节的古木。

易遥一边走，一边用手揉着右边额头。手指穿过头发可以摸到鼓起来的一大块，上面是已经结了疤的伤口。昨天晚上的事情一直在脑海里回放着，像被人按下了无限循环的按钮，林华凤扯着自己的头发一遍一遍地往墙上撞。

“易遥。”

有人叫她。不过她并没有听到，依然朝着前面走。

直到第二声更响亮的呼唤传进耳朵，易遥才回过头去，不过后面却没有人。四处张望了一下，就看到一楼窗户里，咬着一只笔正冲着自己微笑招手的顾森西。

09

——你在老师办公室里干吗?

——做试卷。

——你一个人?

——嗯，上次考试没去，老师罚我一个人重做。

——哦。

——帮我做。

——啊?

——啊。

——我为什么要帮你做?

——你就说你做不做嘛？

不知道是从哪面窗户玻璃折射过来的光，易遥膝盖上摊开来的试卷上面，一小块亮白色的光斑轻微地晃来晃去，看上去像是物理实验里面用放大镜点火，那一块纸感觉随时都会变黑然后就冒起青色的火焰来。

易遥坐在窗户下面的水泥台阶上，把试卷摊在膝盖上。

“喂，”头被东西敲了敲，正好敲到伤口的地方，易遥抬起头还没开口，里面的顾森西就递出一本大开本的厚书，“拿去垫着写。”

易遥过了几秒钟，伸手接过来垫在试卷下面，说：“先说好，我成绩也不好，如果做不及格，你别来抱怨。”

“嗯。”顾森西点点头，一只手肘撑在窗台边上，托着腮，低头望着易遥头顶露出的一星点白色的头皮。

“对了，”易遥抬起头，想起什么，“你早上来教室找过我？”

“嗯。”

“有事啊？”

“上次你把你的学生卡放在我的外套口袋里了，就是你掉进水里那天。”顾森西从口袋里掏出学生卡，伸手递给她。

“等会吧，做完了你再给我。”

说完易遥就不说话了，低头继续在草稿纸上画来画去。

“你头发很多哎。”顾森西没话找话。

“你闭嘴，你再烦我就不做了。”

头顶上安静下来。

易遥挪了挪，背靠着墙壁，在草稿纸上飞快地刷刷地写着一串一串的数字。

顾森西在她头顶咧开嘴笑了笑，不过易遥也看不到。

"把试卷给我。"

"我还没做完。"等话出了口，才反应过来刚才那句话并不是顾森西的声音。易遥抬起头，窗户里面站着自己不认识的老师，眼镜反着光，连眼神都看不到。

其实不用看也知道是烧满怒火的目光。

易遥慢慢地站起来，心里想，嗯，运气真好。

易遥和顾森西并排站在教室里。

易遥低着头，挺平静。顾森西在边上，也挺平静。

倒是老师胸腔剧烈起伏着，讲两句就大口大口喝水，易遥看着他觉得哪有这么严重，就算自己家里祖坟被挖了也不需要气成这样。

"你为什么要帮他做试卷？"老师龇着满嘴因为抽烟而变黄的牙，冲着易遥吼，口水几乎要喷到易遥脸上来。

易遥厌恶地皱了皱眉，也没有回答。只是心里想，是啊，我还想知道呢，我为什么要帮他做试卷。

10

足足被骂了半个小时。最后以"明天一人写一份检查交上来"作为结束。

易遥走出办公室就直接朝教室走，也不管顾森西在背后"喂喂"地叫个不停。

"喂，"顾森西扯了扯领口松垮的领带，"对不起嘛。"

易遥停下来，转过身来望着顾森西，停了会儿，然后抬了抬眉毛，"晚上回家，记得把我那一份检查一起写。"

顾森西耸了耸肩膀，转过身朝自己的教室走过去。手插进口袋的时候，摸到硬卡。

又忘记还给她了。

那放学后去找她吧。这样想着，顾森西朝自己班级走去。

也许是生气的关系，走到教学楼与教务楼中间的那条贴满各种公告的长廊时，易遥一阵剧烈的恶心，胃里陡然翻上来一股酸水从喉咙冒出来流进口腔。于是俯身吐在边上的痰盂里。

直起身来的时候，才看到前面几步的那块公告栏前面，聚满了一堆不多却也绝对不少的人。

易遥从来不关心这种热闹，她擦了擦嘴角然后从人群边上走过去，但却被漏进耳朵的几句对白定住了脚步。

“谁这么不要脸啊？”

“姓名那一栏不是写着嘛，易遥。”

“易遥是谁？哪个年级的啊？”

“你连易遥也不知道啊，最近学校里风传的那个外号叫‘一百块’的啊。”

像从空气里突然甩过来鞭子，重重地抽在脸上。

易遥挤进人群，慢慢靠近公告栏，身边的人被撞开的时候，反应都先是一副“谁啊”的生气表情，然后在看清楚挤进来的人是谁之后，都默默地退到旁边闭嘴站着，把胳膊抄在胸前，用一副似笑非笑的表情等待着。

等周围的人都安静下来之后，只剩下站在易遥前面的两个离公告板最近的两个女生还在继续讨论着。“你说菜花是什么东西？”“哎呀你少恶心啦，我要吐了啦。”直到被后面的人扯了扯衣服暗示她们，她们才转过身来看到面无表情的易遥。

11

一整条安静的走廊。

消失了声音。消失了温度。消失了光线。消失了那些围观者的面容和动作。时间在这里变成缓慢流动的河流。黏稠得几乎无法流动的河水。还有弥漫在河流上的如同硫磺一样的味道与蒸汽。

走廊慢慢变成一个巨大的隧道般的洞穴。

不知道连接往哪里的洞穴。

12

预备铃响的时候易遥伸出手撕下了那张贴出来的写着自己名字的病历单。周围的人发出嗡嗡的声音，一边议论着一边四下散开来。

易遥慢慢地把那张有点泛黄的纸撕下来。在手心里捏成一团，然后丢进旁边的垃圾桶里，转身朝教室方向走过去。

走到楼梯口的时候，她停了下来。站了一会，然后回过头快步地走回去。

她弯下腰，伸手进垃圾桶里，拼命地找着刚才的那张纸。

那张病历单被重新摊开来，上面是医生们共有的龙飞凤舞难以辨认的字迹。但印刷上去的题头依然清晰地透露着所有的信息。

“第二人民医院妇科。”

以及里面有几个可以看得清楚字迹的词条，“性病”，“炎症”，“梅毒”，“感染”。

易遥抬起手把病历单撕开，然后再撕开，像是出了故障的机器人一样停也停不下来。直到已经撕成了指甲盖大小的碎片，无法再撕了，她才停下来，然后把手心里的一大团碎纸朝着边上的洗手池扔进去。哗啦拧开水龙头，开到最大。

水柱朝下用力地冲刷在水池底上，像是水管被砸爆一样喷出来的巨大水流，卷动着那些碎纸，从下水口旋涡一样地被吸扯进去。水柱砸出来的哗啦哗啦的巨大声响在整条走廊里被反复地扩音，听上去像是一条瀑布的声音。

一直放了差不多一分钟，易遥才抬手拧好水龙头。

那一瞬间消失掉的声音，除了水声，还有易遥咽回喉咙里的声响。

剧烈起伏的胸腔，慢慢地回归了平静。

易遥吸了吸鼻子，把弄湿的手在衣服上擦了擦，胸口面前被溅湿了一大片，不过没有关系。

有什么关系呢。

她拖着长长的被踩在脚下面的裤子，飞快地朝教室跑过去。

走廊重新变成安静的洞穴。

13

是连接往哪儿的洞穴呢？

14

走进教室的时候已经差不多要上课了。

易遥踏进门的时候，教室里嘈杂的人声突然安静下来。

易遥并不在意这些，她平静地走回自己的座位，经过唐小米身边的时候，迅速伸出手紧紧地抓了一大把她散在后背上的头发。

那一下真的是用尽了全身的力气。

易遥觉得自己的手几乎都没有知觉了。

尖叫着的唐小米连带着人从椅子上被扯下来重重地摔倒在地上，易遥回过身，扯了扯衣服的拉链，说："啊真对不起，跑太快了，拉链钩住你的头发了。"

唐小米疼得脸色发白，额头上跳着一根青色的血管。面前的易遥一脸诚恳，也没办法说出多么恶毒的话来。起码没办法当着全班的面说出来，毕竟她的表情和语气，永远都应该是符合"无辜而又美好"这样的形容词，不是么。

易遥轻轻扬了扬嘴角，然后走回自己的座位，"疼么？"易遥回过头来，认真地问她。

唐小米深吸了一口气，脸上愤怒的表情像是迅速瓦解的薄冰，而后，那种熟悉的美好笑容又出现在了她的脸上。

那种迷人的，洋溢着美好青春的笑容。

黑暗里盛开的巨大花盘。

"不疼，"唐小米撩了撩头发，停了几秒，然后把目光从易遥脸上慢慢往下移，"反正我不疼。"

15

如果有什么速度可以逼近光速的话，那么一定是流言。

就算不用想象，易遥也可以知道对于这样一所以优秀教学品质而闻名的中学来说，自己身上发生的事情具有多么爆炸的话题性。

一个人的嘴唇靠近另一个人的耳朵，然后再由另一个人的嘴唇传递向更多的耳朵。而且，传递的事实也如同受到了核辐射的污染一样，在流传的过程里迅速地被添油加醋而变得更加畸形。

易遥想起曾经在一次生态保护展览上看到过的被核辐射污染后生下来的小动物，三只眼睛的绵羊标本和五条腿的蟾蜍。

都静静地在玻璃橱窗里安静地看向所有参观它们的人群。

课间休息的时候，易遥上完厕所，在洗手池把水龙头打开。

外面冲进来一个看上去年纪很小的低年级的女生，正要跑进格间的时候，被站在易遥身边同样也在洗手的一个女生叫住了。

易遥从镜子里也可以看到那个女生先把目光瞄了瞄自己，然后又扬了扬下巴瞄向女生准备进去的格间。

于是被暗示的女生轻易地明白了对方的意思，转身拉开了隔壁一间的门。关上门的时候，还对她说了声“好险，谢谢你了”。

易遥关上水龙头，从口袋里掏出纸巾擦干了手，扯着嘴角笑了笑，转身出了洗手间。

16

下午最后一节课。

越靠近傍晚，太阳的光线就越渐稀薄。

易遥抬起头望向窗外，地平线上残留着半个赤红的落日。无限绚丽的云彩从天边滚滚而起，拥挤着顶上苍穹。

世界被照耀成一片迷幻般的红色。

易遥抬起手腕，还有十分钟下课，这个时候，口袋里的手机震动起来。她低下头，在桌子下面翻开手机盖，然后看到发件人“齐铭”。

“下课后我要去数学竞赛培训，你先走。”

易遥正要回复，刚按出“知道了”三个字，又有一条新的短消息进来，易遥没有理睬，把“知道了”三个字发回给齐铭。

发送成功之后，易遥打开收件箱，看到后面进来的那条信息，依然是齐铭的短信，不过内容是：“还有，别和她们计较。”

易遥看着这条短信没有说话，半天也不知道回什么。而且刚刚发出那一条“知道了”看上去也像是对“别和她们计较”的回答。

如果按照内心的想法的话，那么，对于“别和她们计较”的回答，绝对不会是“知道了”，而一定会是“不可能”。

易遥笑了笑，合上手机，继续望向窗外的那片被夕阳染成红色的绚丽世界。

17

顾森西再一次站在易遥教室门口的时候，依然没有看到易遥。

教室里没有剩下几个人。

一个扎着马尾的女生在擦着黑板。

顾森西冲着她喊了声：“喂，易遥在不在？”

然后教室后面一个正在整理书包的女生从课桌中站起来，声音甜美地说：“你又来找易遥啦？”

顾森西循着声音望过去，唐小米头发上的红色蝴蝶结在夕阳下变得更加醒目。

“嗯，”顾森西点点头，张望了一下空旷的教室，像在最后确定一遍易遥并没有在教室里，“她回家了？”

“你说易遥啊，”唐小米慢慢地走过来，“她身子不是不舒服吗，应该看病去了吧。”

顾森西并没有注意到唐小米的措辞，也许男生的粗线条并不会仔细到感觉出“身体”和“身子”的区别。他皱了皱眉，说：“她病了？”

唐小米没有理他，笑了笑，就从他身边擦了过去，走出教室门，转进了走廊。

正要下楼梯，唐小米口袋里的手机震动起来。

她翻开手机的盖子，然后看到发件人的名字的时候突然扬起嘴角笑起来。

打开信息，内容是：“她又去那儿了。”

唐小米合上手机，转身往回走。

“喂。”

顾森西回过头，看到又重新折回来的唐小米。

“你要不要去看看她啊，她在医院呢。”

“哪家医院？”顾森西转过身，朝唐小米走过去。

18

易遥把白色的纸袋放进书包。然后摸索下陈旧的楼梯。

腐朽的木头的味道，依然湿淋淋地包裹住全身。

偶尔踩到的损坏的木板，发出吱吱的声音来。

昏暗的阁楼里，只有一盏25瓦左右的黄色灯泡在发亮。有等于无。阁楼一半完全沉在黑暗里，另外一半虚虚地浮在灰蒙之上。

只有出口的地方，涌进来傍晚的红色光线。

跨出阁楼的门，易遥揉了揉湿漉漉的眼睛，然后看到站在自己面前的顾森西。

他望向自己的表情像是一幅模糊的油画，静止得看不出变化。

直到他抬起头，用一种很好看的男生动作抓了抓头发，微微地一笑，“哈，原来真的这样。”

19

在某些瞬间，你会感受到那种突如其来的黑暗。

比如瞬间的失明。

比如明亮的房间里被人突然拉灭了灯。

比如电影开始时周围突然安静下来的空间。

比如飞快的火车突然开进了幽长的隧道。

或者比如这样的一个天空拥挤着绚丽云彩的傍晚。那些突然扑向自己的黑暗，像是一双力量巨大的手，将自己抓起来，用力地抛向了另一个世界。

易遥再一次抬起手，揉了揉更加湿润的眼睛，说：“嗯，是这样啊。”

眼眶像是漏水的容器。只是找不到缺口在哪儿。于是就只能更加用力地揉向眼眶。

“就是这样啊。”易遥甚至微微笑起来。

说完，她看到了站在顾森西背后十米开外，朝着自己露出甜美微笑的唐小米。

## 悲伤逆流成河　第七回

你是不是很想快点离开我的世界？
用力地认真地，想要逃离这个我存在着的空间？

01

走进弄堂的时候天已经变得很黑了。

厚重的云朵把天空压得很低。像擦着弄堂的屋顶一般移动着。

楼顶上的尖锐的天线和避雷针，就那样哗哗地划破黑色云层，像撕开黑色的布匹一样发出清晰的声响。

黑色的云朵里移动着一些不知道是什么东西的模糊光团。隐隐约约的红色的黄色的绿色的紫色的光晕。

在云与云的缝隙里间歇出没着。

易遥把车停好，然后走进弄堂。右手死死地抓紧着书包一边的肩带，用尽力气指甲发白。像溺水的人抓紧手中的淤泥与水草。

自己也不知道为什么这样用尽力气。

觉得像是有什么东西在飞速地离开自己的世界。所以想要抓紧一些，更紧一些。紧得透不过气也没有关系。

只要不要离开自己的世界。

02

呛人的油烟从两旁的窗户里被排风扇抽出来直直地喷向对面同样转动的油腻腻的排风扇。凝固成黑色黏稠液体的油烟在风扇停止转动的时候，会一滴一滴从叶片上缓慢地滴向窗台。易遥差不多每个星期都要用洗洁精擦一次。那种手指上无论洗多少次也无法清除的油腻感，刻在头皮的最浅层，比任何感觉都更容易回忆起来。

易遥穿过这样的一扇又一扇黑色的窗户，朝自己家里走去。

走到门口的时候朝齐铭家看了看，暖黄色的灯光从窗户投射出来，像一摊夕阳一样融化在弄堂过道的地面上。

很多时候也会觉得，齐铭也像是夕阳一样，是温暖的，也是悲伤的，并且正在慢慢慢慢地，朝地平线下坠去，一点一点地离开自己的世界，卷裹着温暖的光线和美好的时间一起离开自己的世界。

是悲伤的温暖，也是温暖的悲伤吧。

也许这样的时刻，齐铭正拿着碗，面前是热气腾腾的饭菜，身边是李宛心那张呵护备至到让人觉得虚伪的脸。或许他已经吃完了晚饭，随手拧亮写字台上的台灯，翻开英文书的某一页，阅读着那些长长的词条。或者他抬起头，露出那张夕阳一样悲伤而又温暖的脸。

易遥突然被冲上喉咙的哽咽弄得有点措手不及。她抬起手揉揉眼睛，用钥匙打开自己家的门。

门里是意料之中的黑暗。

冰冷的黑暗，以及住在不远处悲伤的温暖。

它们曾经并列在一起。

它们曾经生长在一起。

它们还在一起。

它们会不会永远在一起？

03

易遥关上门，转身的时候闻到自己头发上一股浓浓的油烟味道，忍不住一阵恶心。刚要转身走进厕所，就听到房间里传来的冷冰冰的声音。

“这么晚才回来。你干脆死外面算了。”

易遥没有搭话，走进厕所把刚刚涌上来的酸水吐进马桶。出来的时候看到厨房里什么都没有动过，没有菜没有饭，整个厨房冷冷清清的，像一个冒着冷气的仓库一样。

易遥把书包放在沙发上，对房间里躺着的林华凤说：“你还没吃饭么？”

“你死在外面不回来，吃什么饭。”

易遥扯了扯嘴角，“照你这副样子，我死在外面的话，你应该就接着死在里面。”

易遥挽起头发，转身走进厨房准备做饭。

从房间里扔出来的拖鞋不偏不斜地砸在自己后背上，易遥像没有感觉一样，从柜子里拿出米袋，把米倒进盆里拧开水龙头。

水龙头里喷出来的水哗哗地激起一层白色的泡沫。

有些米粒粘在手背上。

从厨房望出去，可以看见齐铭房间的窗户透出来的橘黄色的灯光。窗帘上是他低着头的影子，安静得像一幅恬淡的水墨。

易遥低下头，米里有一条黑色的短虫浮到水面上来，易遥伸出手指把它捏起来，捏成了薄薄的一片。

04

易遥从包里把那个从诊所里带回来的白色纸袋拿出来塞在枕头底下，想了想又摸出来塞进了床底下的那个鞋盒里。后来想家里有可能有老鼠，于是又拿出来锁进了衣柜。

关上衣柜的门，易遥拍拍身上的尘土，胸腔里心跳得太剧烈，像要从喉咙里跳出来了。

易遥摸出手机，打开新信息，写了一句“你别相信她们说的”，还没写完就啪啪啪地删掉了，又重新输了句“你相信我吗”，写好了停了半天，还是没有发。光标又重新移动回初始位置。

最后易遥打了句“明天可以把学生卡还给我吗？我来找你”，然后在收件人里选择了“顾森西”，按了发送。

那个信封的标志闪动了几下之后消失了。屏幕上出现“消息发送成功”的提示。易遥把手机放在写字台的玻璃上，屏幕一直安静地没有再亮起来。

过了十分钟，易遥抬起手用袖子擦掉脸颊上的眼泪。她吸了吸鼻子，打开书包开始写作业。

玻璃板下面是易遥从小时候到现在的照片，有一滴眼泪，正好落在一张照片中易遥的脸上。

那是易遥刚进初中时班级的集体照片。所有的人都站在三层的红色教学楼前面。蓝色的校服在阳光下反射出年少时纯洁的光芒。照片里的易遥淡淡地微笑着，身后是一脸严肃的齐铭。他英俊的五官被剧烈的阳光照出了峡谷般深深的轮廓。狭长的阴影覆盖着整个眼眶。

好多年就这样过去了。

连一点声音都没有留下来。

像是宇宙某一处不知道的空间里，存在着这样一种巨大的旋涡，呼呼地吸纳着所有人的青春时光，年轻的脸和饱满的年月，刷刷地被拉扯着卷向看不见尽头的谷底，被寄居在其中的怪兽吞噬。

易遥觉得自己就像是站在这样的旋涡边缘。

而思考的问题是，到底要不要跳下去呢。

05

早上喝完一碗粥之后，易遥把碗筷收拾好放进厨房。

林华凤在房间里不知道在整理什么东西。

易遥轻轻打开衣柜的门，把那个白色纸袋拿出来，然后再掏出里面两个更小的装着药片的纸袋。

白色的像维生素片一样的很小的那种药片是药流用的，另外一种稍微大一点的药片是用来帮助子宫扩张的。

一天一次，每种各服用一片，连续服用三天。每天必须定时。第三天的药需要到诊所去吃，吃好后就一直需要等在医院里，然后听医生的指导。

前两天不会有剧烈的反应，稍微的不舒服是正常范围，如果有剧烈的不适就需要联系医生。

把这些已经烂熟于心的话在脑海里又重新复述了一遍之后，易遥把药片放进嘴里，一仰头，就着一杯水喝了下去。

低下头的时候看见林华凤站在门口望着自己，“你在吃什么？”

“学校发的，”易遥把杯子放好，“驱虫的药，明天还得吃一次。”

说完手机在口袋里震动起来，易遥翻开盖子，是齐铭的短信，“我要出发上学了，你呢？”

易遥回了句“弄堂口等”，就转身进房间拿出书包背在背上，从林华凤身边走过去，打开门走进弄堂。

“我上课去了。”

林华凤站在门口，看着易遥渐渐走远的背影，表情在早晨还很淡薄的阳光里深深浅浅地浮动起来。

易遥的脚步声惊起了停在弄堂围墙上的一群鸽子，无数灰色的影子啪啪地扇动着翅膀飞出天线交错的狭窄的天空。

弄堂口的齐铭单脚撑着地，跨在单车上用一只手发着短信，看见易遥推着车过来，就把手机放回口袋里，从肩膀上把书包顺到胸前，从里面掏出一袋热牛奶。

“不想喝。”易遥摆摆手。也不知道是心理作用还是因为刚刚吃了药的关系，易遥觉得微微有些胸闷。她深吸了一口气，跨上车，“走吧。”

骑出弄堂之后，易遥轻轻地说：“我吃过药了。你也不用再整天逼问我怎么办了。”

“吃了什么？”齐铭并没有很明白。

“我说我吃过药了，”易遥把声音提高了些，“堕胎的，药。”

身后并没有传来回答，只是耳朵里传来的清晰的刹车的声音，以及小手臂突然被铁钳夹住般的疼痛感。

易遥好不容易把单车稳住没有连人带车翻下来，回过头有点生气地望向齐铭，“你疯啦？！”易遥甩了甩手，“你放开我！”

“你才疯了！”齐铭抓着易遥的手陡然加大了力量，指关节绷出骇人的白色。齐铭咬着牙，情绪激动，可是声音却压得很低，“你知不知道药流很容易就大出血，搞不好你会死的你知道吗？你搞什么！”

“你放开我！”易遥提高声音吼道，“你懂个屁！”

“你才懂个屁！我上网查过了！”齐铭压低声音吼回去，两条浓黑的眉毛迅速在眉心皱出明显的阴影，狭长的眼睛变得通红。

易遥停止了挣扎，任由齐铭抓着自己的手。

时间像是有着柔软肉垫的狮子般脚步轻盈，从两人的身边缓慢而过。易遥甚至恍惚地听到了秒针滴答的声音。只剩下手臂上传来的疼痛的感觉，在齐铭越来越大的力气里，变得越发清晰起来。齐铭的眼睛湿润得像是要淌下水来，他哆嗦地动了动嘴唇，却没有再说出话来。

红绿灯像背景一样在两人的头顶上换来换去，身边的车流人流像是嘈杂的河流。

也不知道过去了多长时间。

易遥慢慢地从齐铭的手里抽回自己的手臂。

她揉了揉被抓出来的红色指痕，低下头轻轻地说："那你说，我还有别的办法吗？"

说完她转身跨上车，然后慢慢地消失在纷乱而嘈杂的滚滚人海里。

齐铭趴在自行车上，用力弯下了嘴角。

地面上啪啪地掉下几滴水，在柏油马路上渗透开来。

口袋里的手机突兀地响起来，齐铭掏出手机，看见电话是顾森湘打的。

齐铭接起电话，说了声"喂"之后，就小声地哭起来。

06

走进教室之后易遥就明显感觉到一种不同往日的兴奋的味道弥漫在周围的空气里。直到自己打开笔袋时看到昨天记下的便条，上面写着下午的科技馆之行。

原来只需要上上午的课，整个下午的课都被参观科技馆的活动代替。易遥看着自己装满全天课本的沉甸甸的书包叹了口气。

刚坐下来，就看到唐小米走进教室。易遥随便看了看，就看到了她在校服外套下的另外一件外套，校服裙子下面的另外一条裙子。

没必要为了一个科技馆的活动而费尽心机吧。易遥扯着嘴角不屑地笑了笑，低头准备第一节课的课本。

课间操的时候易遥请了假，跑去厕所检查了一下身体。发现也没有什么感觉。没有出现出血也没有出现剧痛。

易遥从厕所隔间出来，站在洗手池面前，她看着镜子里面的自己，皮肤简直好得不像话。

回到教室坐了会儿，空旷的教室只有易遥一个人。易遥想着早上吃下的药片到现在却没有任何反应，甚至有点怀疑是否有用。那么一丁点大小的药片居然就可以弄死一个胎儿，易遥想着也觉得似乎并不是完全靠得住。

从窗户望出去，可以看见满满一个操场的人，僵硬而整齐划一地朝天空挥舞着胳膊。易遥觉得有点肚子饿了，于是起身下楼去学校的小卖部。

包子或者牛奶都显得太腻，易遥买了一个馒头和一瓶矿泉水，然后慢慢地走回教室。

所有的学生都在操场上做课间操，头顶的空气里是从来没有改变过的那个毫无生气的女声，拖长声音喊着节拍，与激扬的音乐显得格外疏离。

走到一半的时候音乐结束了，学生嘈杂的声音慢慢从远处传来，像渐渐朝自己涌来的潮水一样越来越嘈杂。易遥从小路拐进那条通往教学楼的林阴大道，汇进无数的学生人群里。

远远地看到齐铭走在前面，背影在周围的女生里显得高大起来。顾森湘走在他的边上，手里是齐铭的一件白色的外套。冬天里齐铭经常穿着的那件，穿在身上的时候鼓鼓的像一只熊。不过却不知道是准备还给齐铭，还是齐铭刚刚给她。

天气已经渐渐热了起来，已经不会感觉冷了吧，而且早上来的时候，也没有看到齐铭有带这件衣服。所以应该是还给齐铭的吧。

那，又是什么时候借给顾森湘的呢？

易遥远远地走在后面，无数的人群从她后面超过她，直到后来林阴道上易遥落在了人群的最后面。

远远地看着齐铭侧过来低头看着顾森湘的侧面，在无数的人群里，变得格外清晰。像是被无数发着光的细线描绘了轮廓的边缘，泛出温柔的白光来。而他旁边的顾森湘，正在眯着眼睛微微地笑着。不同于唐小米那样扩散着浓郁芳香的笑容，而是真正干净的白色花朵。闻不到香气，却可以清楚地知道是清新的味道。

像有一把锋利的刀片迅速地在心脏表面极浅极浅的地方突然划过，几乎无法觉察的伤口，也寻找不到血液或者痛觉。

同时想起的，还有另外一张一模一样的脸。

易遥被吞下去的馒头噎住了喉咙，食道和呼吸道像是突然被橡皮筋扎紧了一样连呼吸都不行。易遥拧开矿泉水的瓶子仰头喝了几大口水，憋得通红的脸才慢慢地回复苍白。被呛出的眼泪把视线弄得模糊一片。

易遥拧好盖子，抬起头已经看不到齐铭和顾森湘的背影。易遥朝教室走去，刚走了两步，就突然朝道路边的花坛弯下腰剧烈呕吐起来。

胃被扯得发痛，刚刚吃下去的馒头变成白花花的面团从口腔里涌出来。这种恶心的感觉让易遥更加剧烈地呕吐起来。

后背和手心都开始冒出大量的冷汗来。

从腹部传来的痛觉像山谷里被反复激发的回声渐渐变得震耳欲聋。有一把掉落在腹腔中的巨大锋利剪刀，咔嚓咔嚓地迅速开合着剪动起来。

恐惧像巨浪一样，将易遥瞬间没顶而过。

07

最后一节课是体育课。

老师吹出的口哨的声音清脆地回荡在空旷的操场上空，带着不长不短的回声，让本来就空旷的操场显得更加萧索。

跑道周围开始长出无数细细的蒿草，天空被风吹得只剩下一整片干净的蓝，阳光没有丝毫阻挡地往下照耀。

晴朗世界里，每一寸地面都像是被放大了千万倍，再细小的枝节，也可以在眼睛中清晰地聚焦投影。

如果从天空的视角看下来，操场被分割为几个区域，有一个区域的班级在踢球，有一个区域的班级在100米直道上练习短跑，而在沙坑边的空地处，散落着几张墨绿色的大垫子，穿着相同颜色运动服的学生在做着简单的柔韧体操。前滚翻或者跳跃前滚翻之类的。

一个足球跳了几下然后就径直滚进了草丛里，人群里一片整齐的抱怨。随后一个男生从操场中央跑过去捡球。他额头上一层细密的汗珠在阳光下变得很亮。

易遥坐在操场边的台阶上，经过了之前的恐惧，易遥也不敢再有任何剧烈的动作，所以以“痛经”为理由向体育老师请了假。尽管眼下已经没有了任何不适的感觉，一个小时之前像要把整个人撕开一样的剧痛消失得无影无踪。

春天永远是一个温暖的季节。气流被日光烘得发出疲倦的暖意，吹到脸上像洗完澡之后用吹风机吹着头发。

易遥在明亮的光线里眯起眼，于是就看到了踢球的那群人里穿着白色T恤的顾森西。他刚刚带丢了脚下的球，看样子似乎有些懊恼，不过随即又加速跑进人群。

易遥看着顾森西，也没有叫他，只是定定地看着，他白色的T恤在强烈的光线下像一面反光的镜子一样。

易遥收回目光，低下头看着面前自己的投影。风吹乱了几缕头发，衣领在风里立得很稳。

其实也并不是多么熟悉的人，却还是微微地觉得心痛。但其实换过来想的话，也还好是不太熟悉的人，如果昨天遇见自己的是齐铭，那么这种伤心应该放大十倍吧。不过假如真的是齐铭的话，哪里会伤心呢，可以很轻松地解释，甚至不用解释他也可以知道一切。

易遥想着，揉了揉眼睛。身边坐下来一个人。

大团热气扑向自己。

易遥回过头，顾森西的侧面一半在光线下，一半融进阴影里。汗水从他额头的刘海一颗一颗地滴下来。他扯着T恤的领口来回扇动着，眉毛微微地皱在一起。

易遥把自己手中的矿泉水朝他递过去，顾森西没说什么伸出手接过，仰头咕嘟咕嘟喝光了里面的半瓶水。

易遥看着顾森西上下滚动的喉结，把头埋进膝盖上的手心里哭了。

男生准备着体操练习，女生在隔着不远的地方休息，等待男生练好后换她们。

齐铭帮着老师把两床海绵垫子叠在一起，好进行更危险的动作练习。弯下腰拖垫子的时候，听到班里同学叫自己的名字，抬起头来看见几个男生朝着一边努嘴，不怀好意地笑着。齐铭回过头去，看到站在边上的顾森湘。她手里拿着两瓶矿泉水。

在周围男生的起哄声里，齐铭有点不好意思地笑起来。他朝顾森湘跑过去，问，你怎么在这里啊。

顾森湘笑了笑，说，刚好看见你也在上体育课，就拿瓶水过来。

齐铭接过她递过来的水，拧开盖子后递回给她，然后把她手里另外一瓶拿过来，拧开喝了两口。

顾森湘从口袋里掏出手帕来，问道，擦汗吗？

齐铭脸微微红起来，摆摆手连声说着不用了不用了。

低头讲了几句之后和对方挥了挥手又跑了回来。

年轻的体育老师也忍不住调侃了几句，齐铭也半开玩笑地回嘴说他“为师不尊”。于是班上的人嘻嘻哈哈地继续上课。

而本来应该注意到这一幕的唐小米却并没有把注意力放在这边。她望着坐在操场边上的易遥，以及易遥边上那个五官清晰的白T恤男生，表情在阳光里慢慢地消失了。

直到有几个女生走过来拉她去买水，她才瞬间又恢复了美好如花的表情，并且在其中一个女生指着远处的易遥说“她怎么不过来上课”的时候，轻松地接了一句“她嘛，当然要养身子咯”。

另外一个女生用尖尖的声音笑着，说：“应该是痛经了吧，嘻嘻。”

唐小米微微笑了笑，说：“痛经？她倒希望呢。”

“嗯？”尖声音有点疑惑，并没有听懂唐小米的意思。

“没什么，快买水去，我要渴死了。”

08

“布告栏里贴出来的那个东西是真的？”顾森西眼睛望着操场的中

央，尽量用一种很平静的声音问道。

“假的。”易遥回过头去看着他的侧脸。是比齐铭的清秀更深刻的侧面，线条锐利到会让人觉得有点凶。

“那你跑去那种鬼地方做什么？”低低的声音，尽力压制的语气，没有发怒。

“你要听吗？”易遥低下头来望着台阶前面空地上，他和自己浓黑的影子。

“随便你，”顾森西有点不耐烦，挥了挥手没有继续说，过了会儿，他转过头来，盯着易遥的脸认真地说，“你说，我想要听听看。”

09

世界上其实是存在着一种叫做相信的东西的。

有时候你会莫名其妙地相信一个你并不熟悉的人。你会告诉他很多很多的事情，甚至这些事情你连你身边最好的死党也没有告诉过。

有时候你也会莫名其妙地不相信一个和你朝夕相处的人，哪怕你们曾经一起分享并且守护了无数个秘密，但是在那样的时候，你看着他的脸，你不相信他。

我们活在这样复杂的世界里，被其中如同圆周率一样从不重复也毫无规则的事情拉扯着朝世界尽头盲目地跋涉而去。

曾经你相信我是那样的肮脏与不堪。

就像曾经的他相信我是一个廉价的婊子。

我就是这样生活在如同圆周率般复杂而变化莫测的世界里。

慢慢地度过了自己的人生。

其实很多时候，我连自己都从来没有相信过。

春天把所有的种子催生着从土壤里萌发出来。其实即将破土而出的，还有很多很多我们从来未曾想过的东西。

它们移动在我们的视线之外，却深深地扎根在我们世界的中心。

10

“谁的？”顾森西的声音很含糊，闷闷地从胸腔里发出来。

“什么？”

“我说那孩子，谁的？”顾森西抬高了音调，凶着表情吼过去。

“以前认识的一个男孩子。”易遥低着头，脸上是发烧一样滚烫的感觉。

“挺操蛋的，那男的。”顾森西站起来，把手里的空矿泉水瓶朝操场边缘的草地用力扔过去。瓶子消失在一片起伏的蒿草中。

易遥抬起头，看见顾森西因为叹气而起伏的胸膛。

眼泪又啪啪地掉在脚下白色的水泥地上。

“那布告栏又是怎么回事？”顾森西回过头来。

“不知道，可能是唐小米做的吧，她一直很讨厌我。但那张病历单上的字也不是她的，她的字写得好看很多，”易遥用手擦掉眼角的眼泪，“不过也说不准，可能她叫别人代写的也不一定。”

“有可能，上次说你一百块一次那个事情也是她告诉我的啊。”顾森西重新坐下来，两条长腿朝前面兀自伸展着。“不过，她干吗那么讨厌你？”

“因为她喜欢齐铭，而她以为齐铭喜欢我。”

“哪个是齐铭？”顾森西朝易遥班级上课的那堆人里望过去。

“站在老师边上帮老师记录分数的那个。”易遥伸出手，在顾森西眼睛前面指着远处的齐铭。

“哦，我见过他，”顾森西斜着嘴角笑起来，“眉清目秀的，我姐姐认识他的。你们这种女生，都喜欢这种男的。”顾森西不屑地笑起来。

易遥刚要说什么，顾森西就站起来拍拍裤子，“我差不多下课啦，以后聊。”然后就朝着操场中央的人群里跑去，白T恤被风吹得鼓起来，像要发出哗哗的声音。他抬起袖子也不知道是擦了擦额头还是眼睛，然后飞快地冲进了踢球的人群里，成为一个小小的白点，和其他无数个微小的白色人影一样，难以分辨。

11

午饭的时候易遥也没有和齐铭在一起。其实也不是刻意不和他在一起，只是体育课结束的时候齐铭帮着老师把用好的海绵垫子收回体育用品储藏室，之后就没有碰见他，而且他也没有发短信叫自己一起。

所以易遥一个人排在食堂的队伍里。

排出的长龙朝前面缓慢地前进着。

易遥回过头去看到旁边一行，在自己的前面，唐小米扎在脑后的醒目的蝴蝶结。易遥本来想转过头，但正好唐小米回过头来和后面的另外的女生打招呼，余光看到了独自站在队伍里面的易遥。

唐小米上下打量了几下易遥，然后扬起眉毛，“喂，今天怎么一个人呢？”

12

出发时间是下午一点半。

整个年级的学生黑压压地挤在学校门口，陆续有学校的专车开到门口来把一群一群的学生载去科技馆。

易遥班级人多，一辆车坐不下，剩下的小部分人和别的班级的人挤一起。

易遥就是剩下的小部分人。

齐铭作为班长跟着上一辆车走了，走的时候打开窗户拿出手机对易遥晃了晃说："到那边发短信，一起。"易遥点了点头。车开走后收回目光就看到站在自己身边的唐小米。作为副班长，她必然要负责自己在内的这少数人的车辆。

唐小米冲她"喂"了一声。

然后接着说："我帮你选个靠窗的位置好哦？吐起来方便一点哦。"

易遥面无表情地看着她，也没有说话，就那样毫不示弱地看着，有一种"你继续啊"的感觉。

"别误会，我只是怕你晕车，"唐小米也不是省油的灯，"没别的意思。"

那些巨大的花瓣像一张张黑色的丝绸一样缠绕过来，裹紧全身，放肆而剧烈的香气像舌头一样在身上舔来舔去。易遥差点又想吐了，尽力忍了忍没有表现在脸上。

但唐小米的目光在那千分之一秒里清晰地聚了焦。她笑靥如花地说："你看，我说吧。"

上车之后易遥找了个最后的座位坐下来。然后把外套盖在自己头上睡觉。

车颠簸着出发了。从浦西经过隧道，然后朝世纪公园的方向开过去。道路两边的建筑从低矮的老旧公房和昏暗的弄堂慢慢变成无数的摩天大楼。

从大连隧道钻出地面，金茂大厦的顶端在阳光的照耀下发出近乎让人觉得虚假的强光来。

旁边的环球金融中心顶上支着两座巨大的吊臂，好像离奠基仪式也没有过去多久的时间，而眼下也已经逼近了金茂的高度。

再过些时候，就会成为上海新的第一高楼了吧。

经过了小陆家嘴后，摩天大楼渐渐减少。车窗外的阳光照在脸上，烫出一股让人困倦的温度。易遥脱下外套，扯过来盖住脸。

外套留下的缝隙里，依然可以看见车内的情形。易遥在衣服下面睁开眼睛，透过缝隙看着前面无数黑色的后脑勺。看了一会儿有点发困，于是闭上眼睛打算睡觉。而这个时候，刚好听到前面几个另外班级的女生小声的谈论，虽然听不清楚讲了什么，但是“一百块”和“睡觉”这样的字眼却清晰地漏进耳朵里来。易遥睁开眼睛，看见前面两个女生正在回过头来朝自己指指点点。

而在那两个女生座位的斜前方，唐小米眉飞色舞的脸庞散发着兴奋的光芒。

易遥把外套从头上扯下来，站起来慢慢朝前面走过去，走到那两个女生的面前停下来，伸出手指着其中一个女生的鼻子说：“你嘴巴再这么不干净，我就把它撕得缝也缝不起来。”

那女生吓得朝座位里一缩，“你想干吗。”

易遥轻轻笑了笑，说：“想让你嘴巴干净些，我坐最后面都闻到冲天的臭味。”

唐小米刷地站起来，厉声说：“易遥你这是干什么？”

易遥转过身，把手指到唐小米鼻尖上，“你也一样。”

唐小米气得咬紧牙齿，腮帮上的咬肌变成很大一块。

唐小米生气之下脸涨得通红，却也不太好当着两个班的人发作。

倒是她后面的一个戴眼镜的男的站起来，说：“欺负我们班的女生？你算老几啊？”

易遥看了看他凹下去的脸颊瘦得像一只螳螂一样，不屑地笑了笑说：“你还是坐下吧。”

说完转身朝车后的座位走去。

那男的被易遥说得有点气结，坐下来小声说了句“嚣张什么呀，陪人睡的烂婊子”。

正在走回车后面的易遥停下脚步，然后转过身径直走到那男生面前，用力地抬起手一耳光抽了下去。

五个手指的红印迅速从男生脸上浮现起来，接着半张脸就肿了起来。易遥根本就没打算轻轻扇他。

在经过那男生的三秒钟错愕和全车的寂静之后，他恼怒地站起来抡起拳头朝易遥脸上砸过去。

“我操你妈逼！”

13

齐铭听到后面的刹车声的时候把头探出窗户，看见易遥坐的后面那辆车在路边停了下来。齐铭皱着眉毛也只能看清楚车厢内乱糟糟移动的人影。

估计出了什么故障吧。齐铭缩回身子，摸出手机给易遥打电话。

电话一直响了很久也没有人接，齐铭挂断了之后准备发一个信息过去问问怎么车停下来了，正好写到一半，手机没电了，屏幕变成一片白色，然后手机发出“嘀嘀”几声警告之后就彻底切掉了电源。

齐铭叹了口气，把手机放回书包里，回过头去，身后的那辆车已经看不见了。

左眼皮突突地跳了两下，齐铭抬起手揉了揉，然后闭上眼靠着车窗玻璃睡了。

窗外明亮的阳光烫在眼皮上。
很多游动的光点在红色的视网膜上交错移动着。

渐渐睡了过去。
于是也就没有听见来自某种地方呼喊的声音。

你没有听见吧？
可是我真的曾经呐喊过。

## 悲伤逆流成河　第八回

为了什么而哭泣呢？
也就只能这样了吧。

01

有时候会觉得，所有的声响，都是一种很随机的感觉。

有时候你在熟睡中，也听得见窗外细小的雨声，但有时候，你只是浅浅地浮在梦的表层，但是窗外台风登陆时滚滚而过的响雷，也没有把你拉出梦的层面。

所有的声响，都借助着介质传播到更远的地方。固体、液体、气体，每时每刻都在传递着各种各样反复杂乱的声波。叹气声，鸟语声，洒水车的嘀嘀声，上课铃声，花朵绽放和凋谢的声音，一棵树轰然被锯倒的声音，海浪拍打进耳朵的声音。

物理课上曾经讲过，月球上没有空气，所以，连声音也没办法传播。无论是踢飞了一块小石子，还是有陨石撞击到月球表面砸出巨大的坑洞，飞沙走石地裂天崩，一切都依然是无声的静默画面。像深夜被按掉静音的电视机，忙忙碌碌却很安静的样子。

如果月球上居住着两个人，那么，就算他们面对面，也无法听见彼此的声音吧。是徒劳地张着口，还是一直悲伤地比画着手语呢？

其实这样的感觉我都懂。

因为我也曾经在离你很近很近的地方呐喊过。

然后你在我的呐喊声里，朝着前面的方向，慢慢离我远去。

也是因为没有介质吧。

连接着我们的介质。可以把我的声音，传递进你身体的介质。

02

车厢里的嘈杂让顾森西一直皱紧着眉头。

耳朵里像是铁盒子里被撒进了一把玻璃珠，乒乒乓乓地撞来撞去。

男生讨论的话题无非是火影和死神的动画分别追到了第几集，最近网上发布了PS3的消息不知道什么时候才能买。

身后的女生所谈论的话题更是肤浅到了某种程度。一群拙劣地模仿日剧里夸张的讲话口气的女生聚拢在一起，用动画片和偶像剧里的表情动作彼此交谈，做作地发出惊讶的"欸"的声音。

顾森西听了有点反胃。

干脆直接滚去做日本人好了。别在中国呆着。

而现在她们正聚拢在一个拿着MP4的女生周围看着最新一期的《少年俱乐部》。连续不断此起彼伏的尖叫声和"卡哇伊卡哇伊"的叫喊让顾森西想伸出手去掐住她们的脖子让她们闭嘴。

而且最最受不了的就是那一副做作的样子。连听到对方的一句"昨天买了新的草莓发卡"也会像看见恐龙在踢足球一样发出一声又尖又长的"欸——"。

顾森西用手指揉着皱了大半天的眉头。揉了一会儿终于还是爆发了。他站起来扭过身，冲着身后的那群女生吼过去：“你们小声点！叫得我头都要裂了！”

拿MP4的那个女生抬起头来，不屑地笑笑，说：“你在这里抖什么抖呀，不就是经常在学校外面打架嘛，做啥？你要打我啊？你来试试看啊，小瘪三。”

顾森西“嗤”了一声，转过身坐回自己的座位，“十三点。”他翻了翻自己的书包，掏出上次踢球膝盖受伤时从医务室拿的一团棉花，撕开揉成两团，塞进了耳朵里。

然后抱着胳膊，把身子坐低一点，仰躺着看外面的风景。

已经开到了不繁华的区域。

但是依然是宽阔的八车道。和浦西那边细得像是水管一样的马路不同，浦东的每一条马路都显得无比宽阔。但这样的开阔让四周都显得冷清。

顾森西一直都觉得浦东像科幻电影里那种荒无人烟的现代工业城市。偶尔有一两个人从宽阔的马路上穿过，走进摩天大楼的阴影里。

正想着，远处慢慢走过来一个人影。

顾森西再仔细看了看，就“噌”地站起来，冲到司机位置大声叫司机停车。

## 03

顾森西还没等车门完全打开就跳下了车，易遥只顾着低头走路，突然看见自己面前出现的人影时也吓了一跳。等看清楚了是顾森西后易遥松了口气，“你搞什么啊？”

顾森西看着易遥肿起来的太阳穴，紫色的淤血有差不多一枚硬币那么大，不由得急了，“我才是问你搞什么！你和人打架了？”

易遥也没说话，只是一直用手揉着额头。

身后车上的人开始催促起来，司机也按了几声尖锐的喇叭。顾森西拉着易遥，“走上我们班的车。”

易遥甩开顾森西的手，朝后面退了退，“不要了，我要回家。”

顾森西转过头来不耐烦地说：“你这样子回什么家，上来！”说完一把拉着易遥上了车。

易遥硬着胳膊，整个人不由分说地被拖了上去。

顾森西叫自己身边的同学换去了别的空着的座位，然后让易遥坐在自己边上。

顾森西看着身边头发被扯得散下来的易遥，额头上靠近太阳穴的地方肿起来一大块淤青，叹了口气，然后从书包里掏出跌打用的药油。

“你随身带这个？”易遥看了看瓶子，有点吃惊，随即有点嘲笑，“你倒是做好要随时打架的准备了。”

“你就别废话了。”顾森西眉心皱成一团，他把瓶子拧开来，倒出一点在手心里，然后两只手并在一起飞快地来回搓着。

易遥刚想说什么，就被顾森西扳过脸去，“别动。”

一双滚烫的手轻轻地覆盖在肿起来的地方。刚刚还在发出胀痛的眼角，现在被发烫的手心覆盖着。温度从太阳穴源源不断地流淌进来，像是刷刷刷流窜进身体的热流。

顾森西看着易遥什么也没说，只是静静地闭着眼睛，过了会，顾森西感觉到手心里淌出更加滚烫的眼泪来。

顾森西拿开手，凝神看了看，低沉的声音小声地问，痛啊？

易遥咬着下嘴唇，没有点头，也没有摇头，一声不响地沉默着，只是眼泪像豆子一样啪嗒啪嗒地往下掉。

顾森西有点不知所措，拧好瓶盖，坐在边上也没有说话。

窗外整齐的鸽子笼一样的房子刷刷地朝后面倒退而去。

身后有几个多嘴的女生在说一些有的没的，顾森西听了一会，然后转过身把装瓶子的那个纸盒用力砸过去，啪的一声砸在女生旁边的车窗上。

女生扯开架势想要开骂，看到顾森西一张白森森的脸张了张口，有点胆怯地重新坐了下来。易遥低着头，像是没有看到一样。手放在座位的下面，用力抠着一块突起来的油漆。

04

科技馆外面的空地上停了七八辆公车，而且后面陆续还有车子开过来。都是学校的学生。

密密麻麻的人挤在科技馆的门口，嘈杂的声音汇聚拢来，让人觉得是一群骚动而疯狂的蝗虫。

齐铭等车子停稳后下车来，朝车子驶来的方向张望着，等了一会，看见了开过来的大巴士。车上的人陆续地下来，然后就加入了人群，把嘈杂的人群变得更加嘈杂。

直到最后一个人走下车子，齐铭也没有看见易遥。

唐小米下了车，正准备招呼着大家和前面一辆车上的同学汇合，就看到穿着白衬衣的齐铭朝自己跑过来，阳光下修长的身影，轮廓清晰的五官让唐小米心跳加快了好多。

齐铭站在她的面前，低下头来微笑地打了下招呼，唐小米也优雅地笑着说“你们先到了哦”。齐铭点点头说：“嗯。”然后他朝空荡荡的巴士里最后又张望了一下，问唐小米："看见易遥了么？"

唐小米灿烂的表情在那一瞬间有点变得僵硬，随即很自然地撩了撩头发，说："易遥半路下车回家去了。"

"回家？"齐铭似乎不太相信的样子，从口袋里掏出手机想要打，看到漆黑的屏幕才想起手机没电了。"那个，"齐铭对唐小米扬了扬手机，"你手机里有易遥的电话吗？"

"没有哦，"唐小米抱歉地笑了笑，"她从来不和班里同学来往吧。"

齐铭低头沉默了几秒钟，然后抬起头，"谢谢你。我们带同学进去吧。"

"嗯。"

05

顾森西和易遥下车后，拥挤在科技馆门口的学生已经进去了一大半，四下也变得稍微安静了一点。只是依然偶尔会有女生细嗓门的尖叫或者笑声，在科技馆门口那个像是被陨石砸出来的巨大的凹地里来回震动着。

顾森西揉揉耳朵，一脸反感的表情。

凹陷处放着浑天仪的雕塑。

几条龙静静地盘在镂空的球体上。后面是巨大的像是来自未来的玻璃建筑。

科技馆高大得有点不近人情，冷漠而难以接近的感觉。

这是科技馆建成以来易遥第一次真正地走进来参观。以前经常会从外面经过时看到这座全玻璃的巨大弧形建筑。而现在真的站在里面的时候，每一层的空间就几乎有学校五层教学楼那么高。易遥仰着头目不转睛地看着。

“你以前来过吗？”顾森西站在易遥边上，顺着易遥的目光抬起头。

“没有，第一次来。”

“我也是，”顾森西从口袋里掏出钱包，“走吧，买票去。”

“买什么？”易遥显得有些疑惑，“学校不是发过参观票了吗？”

“我是说看电影，”顾森西抬起手，易遥顺着他的手看过去，“那边的那些电影，一起去吧。”

那边的电子牌上，“球幕电影”、“4D影院”、“IMAX巨幕影院”等种类繁多的名字吸引着无数的人在购票窗口前面排队。易遥又把目光看向那些价目表：《海底火山》40元，《回到白垩纪》60元，《昆虫总动员》40元，《超级赛车手》40元。

看完后易遥摇了摇头，笑了笑说：“我不要看。”但其实真正的原因是因为“没那么多钱”，不过也不太方便说得出口。

顾森西回过头看着电子屏，一副非常想看的样子，回过头来看了看易遥，“你真不想看？”易遥再次肯定地摆了摆手。顾森西说：“那我去看了。”说完朝买票的窗口走过去。

易遥摸出手机发了个短信给齐铭，问他“你在哪儿”。过了半天没有得到答复。于是易遥打了个电话过去，结果听到手机里“您所拨打的用户已关机”的声音。

挂上电话抬起头，顾森西站在自己面前，他递过来两张电影票，《海底火山》。

易遥抬起头望着顾森西，顾森西没等她开口，就抬了抬眉毛，“不喜欢也没办法了，只剩下这个了。其实我是想看恐龙的，霸王龙——”顺手就学了学狰狞的样子，等到看到易遥脸上的怪表情顾森西赶紧停下来，有点尴尬，好像确实是太幼稚了，“呵呵……”

06

易遥从来没有见过这样的电影院。

其实准确地说，也只有很小的时候，才有去电影院的经历，长大了之后，就几乎没有再去过了。除了偶尔学校会组织在多功能会议厅里播放一些让人昏昏欲睡的科教电影之外，长大之后，易遥几乎就没有真正意义上去电影院看过电影。

而眼前的这一个，就算是在电视里，或者诡异荒诞的想象中，也没有看到过。

粉红色的荧幕。

整个电影院被放进一个巨大的粉红色的球体内部。

柔和得近乎可爱的粉红色光线把里面的每一个人都笼罩得很好看。

很多学生掏出手机对着头顶的巨大的粉红色圆弧穹顶拍照。依然是听到了“卡哇伊卡哇伊”的声音。同样一定也会看到的是对着手机镜头嘟起来装可爱的嘴。

顾森西拿着手中的票，然后寻找着座位号码，找到了排数后就推着易遥朝中间走。顾森西的手自然地搭在易遥的肩膀上，在身后慢慢地推着易遥朝前移动，沿路已经入座的人的脚纷纷收进座位底下，顾森西点着头，抱歉地一路叫着“借过”走过去。

易遥突然冒出个念头，有点想回过头去看看顾森西现在的样子。但是放在自己肩膀上的手太过自然，如果自己转过头去，未免有点太亲热了。

2号和4号在正中间。仰起头正好看到穹顶的中心，像是经度纬度的白色线条聚拢在那一个点上。

易遥低下头来正好看到身边顾森西仰望着穹顶的侧脸，粉红色的光线下就像是一个陶瓷做成的干净少年一样。

周围光线渐渐暗下来，一片整齐的兴奋的声音，然后随着音乐响起慢慢小了下去。周围安静一片，粉红色的穹顶变成一片目光穿透不过的黑暗。

电影进行了几分钟后，门口一束手电筒的光弱弱地在巨大的空间里亮起来，两个人慢慢朝里面走，应该是迟到了的人吧。电影几乎都是深海里黑暗的场景，所以也没有光线，看不清楚是谁。只是依稀分辨得出一前一后两个人慢慢朝座位上走。

荧幕上突然爆炸出一片巨大的红光，海底火山剧烈喷发，蒸汽形成巨大水泡汹涌着朝水面翻腾上去。整个大海像煮开了一般。

在突然亮起的红光里，齐铭白色的衬衣从黑暗中清晰地浮现出来，顾森湘跟在他的后面，两个人终于找到了位置坐下来。

顾森西顺着易遥的目光看过去，也没看到什么，不由得伸出手在她眼前晃了晃，“喂，看什么呢？”

“看电影啊，”易遥回过头有点不屑，“还能看什么。”

两张一模一样的脸。

有时候觉得真别扭。

07

真正进来之后，才会觉得科技馆简直大得有点可怕了。

看完电影出来之后，易遥和顾森西开始随着慢慢移动着的人流参观各个展厅。

从最开始的热带雨林，然后一层一层地往上面走。

走到“地壳的秘密”那一个展厅的时候，易遥觉得有点累了。步子渐渐慢了下来。最后终于靠着墙壁停下来。不过顾森西倒是很感兴趣。好像男生对于“古代地壳变化”和“水晶的形成与开发”都比女生的兴趣来得浓厚。

甚至在那个用简陋的灯光和音效构造起来的“火山喷发模拟装置”前面，顾森西也是瞪着他那双本来就很大的眼睛小声地说着：“哦——厉害！”而且看得出他还握紧拳头，很激动。真是有点意外。这应该算是这个平日学校里冷酷叛逆的问题学生“另类的一面”吧。

顾森西回过头看见停下来的易遥，于是转身走回来，“怎么啦？”

易遥摆摆手，也没答话，靠着墙壁继续休息。

顾森西似乎也是有点累了，于是也没说话，走到易遥旁边，两个手肘朝后撑着栏杆发呆。

两个人前面一点的地方聚集着大概二十几个人。顾森西跑到前面去看了一下，然后回来对易遥说：“前面是地震体验馆哎！”

易遥：“然后呢？”

顾森西明显很兴奋：“然后你就不想去体验一下吗？”

似乎一次只能容纳四十个人进行体验。

所有的人进入一个宽敞的电梯里，头顶是激光刷刷闪过的光线，模拟着飞速的下降感。电梯广播里的女声用一种很轻快的声音说着“各位旅客欢迎乘坐时光机，我们现在在地下四千米的地方”。易遥想时光机不是野比康夫家的抽屉么。还在想着，电梯门就咣当一声打开了。

出乎易遥意料之外的，是这个地震体验馆模拟得挺像回事的。

四十个人沿着一条散发着硫磺味道的在广播里称为“废弃的矿坑”的隧道往前走着，灯光，水汽，嶙峋的矿石，采矿的机器，其实已经可以算作真实的类似电影般的体验了吧。而且鼻子里还有清晰的硫磺味道。

走到一道铁索桥中间的时候，好像前面路被堵死了的样子，所有的人都停了下来。周围也没有光线，连站在自己身边的人的脸也没有办法看得清楚。

易遥把眼睛睁得很大，也没办法看清楚顾森西站在哪里。周围都是伸手不见五指的黑暗。易遥的手轻轻地把衣角捏起来。

“我在这里呢。”

黑暗里，自己头顶处的地方响起来的低沉而温柔的声音。

“没事的。”

更低沉的，更温柔的声音。像哄小孩的声音一样。

易遥还没来得及回话，脚下的地面就突然剧烈地震动起来。整个铁索桥开始左右摇摆，黑暗里小声的惊呼此起彼伏。不时有一道一道强光像闪电一样炸开来，头顶的岩石层崩裂的声音就像是贴着头皮滚动的巨大闷雷。

易遥一个踉跄，重心不稳朝边上一倒，慌乱中突然抓住了一双有力的手。

易遥抬起头，顾森西轮廓分明的侧脸在突然闪现的强光里定格。有些被小心掩饰着的慌张，但更多的是坚定的表情。

易遥还没来得及反应，脚下就开始了更加剧烈的地震。

一声响亮的尖叫声从前面传来，易遥抬起头，在突然被闪光照亮的黑暗空间里，顾森湘长长的头发从齐铭的胸口散下来。

顾森湘把脸埋在齐铭的胸口上，手抓着齐铭肩膀的衣服，用力得指关节全部发白。

而与之形成对比的，是齐铭放在顾森湘背后的手，手指平静却依然有力量。它们安静地贴在她发抖的背上。

地震是在一瞬间就停止的。

灯光四下亮起。周围是人们此起彼伏的劫后余生的叹息声。
亮如白昼的空间里，齐铭和顾森湘安静地拥抱着。

就像所有好莱坞的灾难电影里，劫后余生的男女主角，一定都会这样拥抱着，直到亮起电影院里的顶灯，浮起煽情的主题曲，工作人员拉开安全出口的大门。
甚至连渐渐走出矿坑的人群，都像是电影院散场时的观众。

天时地利人和，烘托着这样安静的画面。

08

在很小的时候，易遥还记得刚刚上完自然课后，就拿着家里的放大镜，在弄堂的墙边上，借着阳光在地面上凝聚出那个被老师叫做“焦点”的光斑。
墙角的一只瓢虫，慢慢地爬动着。
易遥移动着光斑去追那只瓢虫。瓢虫受到惊吓于是立马把身体翻过来装死。
易遥把明亮的光斑照在瓢虫暴露出来的腹部上，过了一会儿，就从腹部流出亮亮的油来，之后就冒起了几缕白烟，瓢虫挣扎了几下，就变成了一颗烧焦的黑色小硬块。
易遥手一软，放大镜掉在了地上。

那个场景成为了很长一段时间里，易遥的噩梦。

直到现在，易遥都觉得所谓的焦点，都是有两种意思的。

一种是被大家关注着的，在实现聚焦的最中心的地方，是所谓的焦点。

就像那一天黑暗中彼此拥抱着的顾森湘和齐铭，在灯光四下亮起的瞬间，他们是人群里的焦点。

而一种，就是一直被灼烧着，最后化成焦炭的地方，也是所谓的焦点。

就像是现在的自己。

被一种无法形容的明亮光斑笼罩着，各种各样的光线聚拢在一起，定定地照射着心脏上某一处被标记的地方，一动不动的光线，像是细细长长的针，扎在某一个地方。

天空里的那面巨大的凸透镜。

阳光被迅速聚拢变形，成为一个锥形一样的漏斗。

圆形光斑照耀着平静的湖面。那个被叫做焦点的地方，慢慢地起了波澜。

终于翻涌沸腾的湖水，化作了缕缕涌散开来的白汽，消失在炽热的空气里。

连同那种微妙的介质，也一起消失了。

那种连接着你我的介质。那种曾经一直牢牢地把你拉拢在我身边的介质。

化成了翻涌的白汽。

09

第二天早上依然是吃着那两种药片。

放下水杯的时候，易遥甚至有点滑稽地觉得，自己像是在服那种武侠小说里的慢性毒药。每天的那个时辰服下，连服数日，则暴毙身亡。

只不过死的不是自己而已。

10

中午吃饭的时候，本来是易遥自己一个人。

刚坐下来就远远听到有人小声叫自己的名字。

再也熟悉不过的声音。

齐铭坐下来，看了看易遥碗里仅有的几片素菜，轻轻地叹了口气，“还是吃不下东西么？”

易遥点了点头，心不在焉地用筷子拨着碗里的青菜。

“那有没有不舒服？”齐铭脸上的表情很关切，“我是说……吃了那个药之后。”

易遥摇摇头，说没有。

其实也的确是没有。从昨天到现在，除了在走回教室的路上那突如其来的刀绞一样的剧痛之外，几乎就没有任何的感觉。

但易遥刚刚说完没有之后，就像是遭报应一样，胃里突然一阵恶心。

易遥捂着嘴，另一只手从口袋里掏纸巾，两张电影票从口袋里掉出来。

“昨天你也去看那个球幕啦？”

“穷人就不能看电影么？”易遥把嘴里的酸水吐掉，不冷不热地说。

“你说什么呢！”齐铭有点不高兴。

话说出口后，易遥也觉得过分了些。于是口气软了下来，找了个台阶下，“看了，看的《海底火山》。”

齐铭脸色变得好看些，他从自己的口袋里也掏出两张电影票，看了看票根，说：“我们看的是同一场哎。不过我迟到了。开头讲了些什么？”

“无非就是科学家本来觉得不应该有生物出现的地方，其实却有着很多的生物，屏幕上看好像是一些虾子吧，忙忙碌碌来来去去的样子，反正就是说再恶劣的生活环境下，都会有神奇的生物存活下来。”

易遥说完看了看齐铭，“就这样。”

“哦。”齐铭点点头，用筷子夹了口菜送进嘴里。

“其实你进来的时候并没有迟到多久，开场一两分钟而已，所以不会错过什么。”

“嗯。”齐铭低头吃饭。过了好一会儿，齐铭慢慢地抬起头，脸上没有什么表情，他盯着易遥的脸，问：“你看到我进场的？”

易遥点点头，说：“是啊。”

11

四周是完全而彻底的黑暗。

没有日。没有月。没有光。没有灯。没有火。没有萤。没有烛。

没有任何可以产生光线的东西。

从头顶球幕上笼罩下来的庞大的黑暗。以及在耳旁持续拍打的近在咫尺的水声。

汩汩的气泡翻涌的声音。窸窸窣窣不知来处的声音。

突然亮起的光束，笔直地刺破黑暗。

当潜水艇的探照灯把强光投向这深深的海沟最底层的时候，那些一直被掩埋着的真相，才清晰地浮现出来。

冒着泡的火红滚烫的岩石，即使在冰冷的海水里，依然是发着暗暗的红色。

喷发出的岩浆流动越来越缓慢，渐渐凝固成黑色的熔岩。

在上面蠕动着的白色的细管，是无数的管虫。

还有在岩石上迅速移动着的白色海虾。它们的壳被滚烫的海水煮得通红。甚至有很多的脚，也被烫得残缺不全。

它们忙碌而迅速地移动着，捕捉着在蕴含大量硫磺酸的有毒的海水中可以吸食的养分。

这样恶劣的环境里。

却有这样蓬勃的生机。

12

是不是无论在多么恶劣的环境里，都依然有生物可以活下去呢？

无论承受着多么大的痛苦，被硫酸腐蚀，被开水烫煮，都依然可以活下去呢？

那么，为什么要承受这些痛苦呢？

仅仅是为了活下去吗？

13

四张电影票安静地被摆放在桌子上。

如果这四张票根，被一直小心地保存着。那么，无论时光在记忆里如何篡改，无论岁月在皮肤上如何雕刻，但是这四张票根所定义出的某一段时空，却永恒地存在着。

在某一个相同的时间，相同的地方，相同的光线和音乐。

无论是我和他，还是她和你，我们都曾经在一个一模一样的环境里，被笼罩在一个粉红色的温柔的球幕之下。

唯一不同的只是我和他并排在一起。你和她并排在一起。

这像不像是所有青春电影里都会出现的场景呢？

连最深最深的海底，都有着翻涌的气泡不断冲向水面。不断翻涌上升的白汽。连续而永恒地消失着。

那些我埋藏在最最深处，那些我最最小心保护的连接你我的介质。连续而永恒地消失着。

连躲进暗无天日的海底，也逃脱不了。

还挣扎什么呢。

14

齐铭吃完了一碗饭，起身去窗口再盛一碗。

易遥望着他的背影眼睛湿润得像一面广阔的湖。

齐铭放在桌子上的手机响了起来，易遥低下头看了看屏幕，就再也没办法把目光移动开来。

屏幕上显示的来电人的名字是：湘湘。

不是顾森湘。

是湘湘。

易遥抓起手机按了挂断。然后迅速拨了自己的号码。

在自己口袋里的手机振动起来的同时，易遥看见了出现在手机屏幕上的自己的名字：易遥。

不是遥遥。

是易遥。

尽管连自己也会觉得遥遥这个名字恶心。可是，恶心总是要比伤心好吧。

易遥挂断了打给自己的电话，抬起头看到齐铭。

易遥把手机递给他，“刚顾森湘打你电话，响了一会儿就挂了。”

齐铭把手机拿过来，拨通了顾森湘的号码。

“喂，你找我啊？”齐铭对着电话说话，顺手把饭盒放到桌上。

“你干吗挂我电话啊？”电话里传来的声音。

齐铭回过头看了看易遥，然后对电话里的人说：“哦，不小心按错了。我先吃饭，等下打给你。”

挂掉电话之后，齐铭一声不响地开始埋头吃饭。

易遥站起来，盖上饭盒走了。

齐铭也没抬头，继续朝嘴里扒进了几口饭。

易遥走出食堂，抬起袖子擦掉了脸上的眼泪。

一脸平静地走回了教室。

# 悲伤逆流成河　第九回

全世界起伏的巨大的潮汐。

01

那种不安的感觉在内心里持续地放大着。

该怎么去解释这种不安呢?

不安全。不安分。不安稳。不安静。不安宁。不安心。

身体里像是被埋下了一颗定时炸弹。随着时间分秒地流逝，那种滴答滴答的声音在身体里跳动着，格外清晰地敲打在耳膜上。对于那种不知道什么时候就突然到来的爆炸，所产生的不安。不知道什么时候，自己的世界就会崩裂成碎片或者尘埃。

其实身体里真的是有一颗炸弹的。不过马上就要拆除了。

但是电影里拆除炸弹的时候，剪下导线的时候，通常会有两种结局：一种是时间停止，炸弹被卸下身体；另一种是在剪掉的当下，轰然一声巨响，然后粉身碎骨。

易遥躺在床上，听着身体里滴答滴答的声音，安静地流着眼泪。

齐铭埋头吃饭的沉默的样子，在中午暴烈的阳光里，变成漆黑一片的剪影。

02

这天早上起来的时候，易遥与往常并没有什么不同。

倒是林华凤坐在桌子边喝粥的时候，发出了一两声叹息来。

易遥微微皱了皱眉，本来没想问，后来还是问出了口："妈，你怎么了？"

林华凤放下碗，脸色很白。她揉了揉胸口，说："人不舒服，我看我是发烧了。你今天别去学校了，陪我去一下医院吧，我等下打电话给你老师，帮你请个假。"

易遥点点头，然后继续喝粥，喝了两口，突然猛地抬起头来，说："今天不行。"

林华凤本来苍白而虚弱的脸突然变得发红，她吸了口气："你说什么？"

"今天不行。"易遥咬了咬嘴唇，把筷子放下来，也不敢抬起眼睛看她，顿了顿又说，"要么我陪你到医院，然后我再去上课。"

"你就是恨不得我早点死！我死了你好去找那个该死的男的！"林华凤把筷子重重地摔在桌上，头发蓬乱地顶在头上。

"你不要借题发挥，"易遥平静地说，"我是今天有考试。"想了想，易遥又说："话又说回来，出门走几分钟就是医院，我上次发烧的时候，不是一样被你叫去买米吗？那二十斤重的大米，我不是一样从超市扛回来……"

话没说完，林华凤一把扯过易遥的头发，抄起筷子就啪啪地在易遥头顶上打下去，"你逼嘴会讲！我叫你会讲！"

易遥噌地站起来，顺手抢过林华凤手里的筷子朝地上一扔，"你发什么疯？你有力气打我你怎么没力气走到医院去？你喝杯热水去床上躺着吧！"

易遥扯过沙发上的书包，走到门口伸手拉开大门，"我上午考试完就回来接你去医院，我下午请假陪你。”

说完易遥关上门，背影消失在弄堂里。

林华凤坐了一会儿，站起来把碗收进厨房。

刚走进厨房门的时候，脚下的硬塑料拖鞋踩在地砖上一滑，整个人朝前面重重地摔下去。

瓷碗摔碎的声音，以及两只手压在陶瓷碎片上被割破时林华凤的尖叫声，在清晨的弄堂里短短地回响了一下，就迅速消失了。

03

易遥走到弄堂口的时候看见了跨在自行车上等自己的齐铭，他看见易遥走过来，就顺过背后的书包，掏出一袋牛奶。

易遥摇了摇头，齐铭伸出来的手停在空气里，也没有放回去。

易遥看着齐铭，“我真的不喝，你自己喝吧。”

齐铭一抬手把牛奶丢进路边的垃圾桶里。

“你发什么神经！”

齐铭扭过头，木着一张脸跨上车子，“走吧，去学校。”

易遥转身把自行车转朝另一个方向，“你先走吧，我不去学校。”

“你去哪儿？”齐铭转过身来拉住易遥的车座。

“打胎！”易遥丢下两个字，然后头也不回地骑走了。

04

易遥大概在手术室外面的椅子上坐了半个小时，才从里面出来一个护士。她取下口罩看了看易遥递过来的病历，然后问她："今天的最后一次吃了吗？"

易遥摇摇头。

护士转身走进房间里面，过了会拿着一个搪瓷的茶盅出来，递给易遥，说："那现在吃。"

易遥从口袋里拿出最后一次的药片，然后捧着那个杯口已经掉了好多块瓷的茶盅，喝下了几大口水。

护士看了看表，在病历上写了个时间，然后对易遥说了句"等着，痛了就叫我"之后，就转身又走进房间里去了。

易遥探过身从门缝里看到，她坐在椅子上把脚跷在桌面上，拿着一瓶鲜红的指甲油小心地涂抹着。

易遥忐忑不安地坐在昏暗的走廊里。

那种定时炸弹滴答滴答的声音渐渐变得越来越清晰。易遥用手抓着胸口的衣服，感觉快要呼吸不过来了。

05

顾森西在易遥的教室门口张望了很久，没有发现易遥，看见坐在教室里看书的齐铭，于是扯着嗓子叫起他的名字来。

齐铭走到教室门口，顾森西问他："易遥呢？"

"生病了，没来上课，"齐铭看了看顾森西，说，"在家休息呢。"说完就转身走回座位，刚走了两步，就听见门口唐小米的声音："休息什么呀，早上来上学的路上还看见她生龙活虎地骑着自行车朝医院跑。"

齐铭回过头，正好看见唐小米意味深长的笑，“那个，医院。”

顾森西看了看唐小米，一句话也没说就走了。

齐铭走到唐小米面前，低下头看着唐小米，“你不要乱讲。”

唐小米抬起头：“我讲错了什么吗？生病了是该去医院啊，在家呆着多不好。只听过养身子，但没听过养病的，把‘病’养得越来越大，怎么得了！”

说完撩了撩头发，走进教室去了。

齐铭站在教室门口，觉得全身发麻。

就像是看见满地毛毛虫一样的全身发麻的感觉。

06

易遥掏出口袋里正在振动的手机，翻开盖子，看见顾森西的短信：你又去那里干吗！！！

连着三个感叹号。

易遥想了想，打了四个字“你别管了”就发了回去。看见信息发送成功之后就退出了画面。

安静的待机屏幕上，一条齐铭的信息也没有。

易遥把电源按钮按了下去，过了几秒钟，屏幕就漆黑一片了。易遥把手机丢进包里的时候，隐隐地感觉到了腹腔传来的阵痛。

“阿姨，我觉得……肚子痛了。”易遥站在门口，冲着里面还在涂指甲油的护士说。

护士回过头来看了看易遥，然后又回头看了看还剩三根没有涂完的手指，于是对易遥说：“才刚开始，再等会儿。还有，谁是你阿姨？乱叫什么呀！”

易遥重新坐回长椅上，腹腔里的阵痛像潮水一样一波一波地往上涨。

又过了十分钟后，易遥重新站在门口叫着“护士小姐”。

护士涂完最后一根指甲，回过头来看看易遥满头细密的汗水，于是起身从玻璃柜子里拿出一个小便盆一样的东西递给易遥，“拿着，去厕所接着，所有拉出来的东西都接在里面，等下拿给我看，好知道有没有流干净。”

之后她顿了一顿，说：“没有流干净的话，要清宫的。”

易遥什么都没说，低头接过那个白色的搪瓷便盆，转身朝厕所走去。

易遥坐在马桶上，一只手扶着墙壁，另一只手拿着便盆接在下面。

易遥满头大汗，嘴唇被咬得没有一点血色。

像是有一只钢铁的尖爪伸进了自己的身体，然后抓着五脏六腑一起活生生地往身体外面扯，那种像要把头皮撕开来的剧痛在身体里来回爆炸着。

一阵接一阵永远没有尽头的剧痛。

像来回的海浪一样反复冲向更高的岩石。

开始只是滴滴答答地流出血水来，而后就听见大块大块掉落进便盆里血肉模糊的声音。

易遥咧着嘴，呜呜地哭起来。

07

上午快要放学的时候，齐铭收到顾森湘的短信：“放学一起去书店么？”

齐铭打了个“好”字。然后想了想，又删除掉了，换成“今天不了，我想去看看易遥，她生病了”。

过了会儿短信回过来：“嗯好的。帮你从家里带了胃药，放学我拿给你。你胃痛的毛病早就该吃药了。”

齐铭露出牙齿笑了笑，回了个“遵命”过去。

发送成功之后，齐铭拨了易遥的电话，等了一会儿电话里传来“您拨打的用户已关机”的声音。

齐铭挂断电话，抬起头望着窗外晴朗的天空，白云依然自由地来去，把阴影在地面上拖曳着，横扫过每一个人的头顶。

08

易遥恢复意识的时候，首先是听见了护士推门的声音，然后就是她尖着嗓门的叫声：“哦哟，你搞什么呀，怎么躺在地上？”

然后就是她突然拔得更高的声音：“你脑子坏掉啦！不是叫你把拉出来的东西接到小便盆里的吗？你倒进马桶里，你叫我怎么看！我不管，你自己负责！”

易遥慢慢从地上爬起来，看了看翻在马桶里的便盆，还有马桶里漂浮着的一摊血肉模糊的东西，也不知道自己是什么时候就昏过去的。只记得从马桶上摔下来的时候，头撞在墙壁上咚的一声。

易遥抓着自己的裤子，有点发抖地小声问：“那……我该怎么办？”

护士厌恶地看了易遥一眼，然后伸手按了冲水的按钮把那摊泛着红色泡沫的血肉模糊的东西冲进了马桶。“怎么办？清宫呀！不过我话说在前面，清宫是很伤身体的，如果你已经流干净了，再清宫，很容易会大出血，我不负责的！”

易遥抬起头，问的第一句话，不是有没有危险，也不是会不会有后遗症，而是：“清宫的话，需要额外加钱么？”

护士拿眼睛扫了扫紧紧抓着裤子的易遥，说：“清宫不用加钱，但是你需要麻醉的话，那就要加钱。”

易遥松了口气，抓紧裤子的手稍微松开来一点，摇头说：“我不要麻醉。”

易遥躺在手术台上，头顶是曾经看过的泛黄的屋顶。依然是不知道蒙着一层什么东西。

耳边断续响起的金属撞击的声音。

易遥抓着裤子的手越抓越紧。

当身体里突然传来冰冷的感觉的时候，易遥的那句“这是什么”刚刚问出口，下身就传来像要把身体撕成两半的剧烈的痛感，易遥喉咙里一声呻吟，护士冷冰冰地回答：“扩宫器。”说完又用力扩大了一下，易遥没有忍住，一声大叫把护士吓了一跳。“你别乱动。现在知道痛，当初就不要图舒服！”

易遥深吸了一口气躺着不动了，闭上眼睛，像是脸上被人抽了一耳光一样，易遥的眼泪沿着眼角流向太阳穴流进漆黑的头发里。

一根白色的塑料管子插进了自己的身体，易遥还没来得及分辨那是什么东西，就看见护士按下了机器上的开关，然后就是一阵吸尘器一样的巨大的噪音，和肚子里千刀万剐的剧痛。

易遥两眼一黑，失去了知觉。

## 09

再一次醒过来的时候，易遥躺在休息室的病床上。

“你醒了？”护士走过来，扶着她坐起来，“已经清干净了，你可以回家了。”

易遥点点头，然后慢慢地下床，弯腰穿好自己的鞋子。直起身来的时候头依然很晕。

像是身体里一半的血液都被抽走了一样，那种巨大的虚脱感从头顶笼罩下来。

易遥低声说了声“谢谢”，然后背好自己的书包拉开门走出去。

走到门口的时候，护士摘下口罩，叹了口气，有点同情地说：“你回家好好休息几天，能不动就别动，千万别剧烈运动，别吃冰的东西，也别碰冷水。最好今天明天都不要洗澡。这几天会少量地流血的，然后慢慢会减少。如果一直都没有减少，或者出血越来越多，你就赶快去医院。知道吗？”

易遥点了点头，忍着眼泪没有哭，弯下腰鞠了个躬，背着书包走了出去。

易遥摸着扶手，一步一步小心地走下昏暗的楼梯。

两条腿几乎没什么力气，像是盘腿坐了整整一天后站起来时的麻痹感，完全使不上劲儿。

易遥勉强用手撑着扶手，朝楼梯下面走去。

走出楼道口的时候，易遥看到了站在门口的顾森西。

顾森西被自己面前的易遥吓了一跳，全无血色的一张脸，像是一张绷紧的白纸一样一吹就破。嘴唇苍白地起着皱纹。

“你……”顾森西张了张口，就没有说下去。

其实不用说出来，易遥也知道他的意思。易遥点点头，用虚弱的声音说：“我把孩子打掉了。现在已经没事了。”

“你这哪叫没事。”顾森西忍着发红的眼眶，走过去背对易遥蹲下来，“上来，我背你回家。”

易遥摇了摇头，没有动。过了会儿，易遥说：“我腿张不开，痛。”

顾森西站起来，翻了翻口袋，找出了一张二十块的，然后飞快地走到马路边上，伸手拦了一辆车，他抬起手擦掉眼泪，把易遥扶进车里。

10

弄堂在夕阳里变成一片血红色。

顾森西扶着易遥走进弄堂的时候，周围几个家庭妇女的目光在几秒钟内变换了好多种颜色。最后都统一地变成嘴角斜斜浮现的微笑，定格在脸上。

易遥也无暇顾及这些。

掏出钥匙打开门的时候，看见林华凤两只手缠着纱布躺在沙发上。

“妈你怎么了？”易遥走进房间，在凳子上坐下来。

“你舍得回来啦你？你是不是想回来看看我有没有死啊？！”林华凤从沙发上坐起来，披头散发地看着站在自己面前高大的顾森西。

“你是谁？”林华凤瞪着他。

“阿姨你好，我是易遥的同学。”

“谁是你阿姨，出去，我家不欢迎同学来。”

“妈！我病了，他送我回来的！你别这样。”易遥压制着声音的虚弱，刻意装得有力些。

“你病了？你早上生龙活虎的你病了？易遥你别以为我不知道你在想什么，你以为你病了就不用照顾我了？就应该老娘下床来伺候你了？你逼丫头脑袋灵光来兮的嘛！”

“阿姨，易遥她真的病了！”顾森西有点听不下去了。

“册那，你以为你是谁啊你！滚出去！”林华凤走过来把顾森西推出门，然后用力地把门摔得关上。

林华凤转过身来，看见易遥已经在朝房间里走了。她顺手拿着沙发上的一个枕头朝易遥丢过去，易遥被砸中后背，身体一晃差点摔下去。

“你想干什么？回房间啊？我告诉你，你现在就陪我去医院，我看病，你也看病，你不是说自己病了吗，那正好啊，一起去！”

“妈，”易遥转过身来，“我躺一会儿，我休息一下马上就起来陪你去医院。”

11

顾森西站在易遥家门口，心情格外地复杂。

弄堂里不时有人朝他投过来复杂的目光。

转身要离开的时候，看见不远处正好关上家门朝易遥家走过来的齐铭。

“你住这里？”顾森西问。

“嗯。你来这里干吗？”

“我送易遥回来，她……生病了。”

齐铭看了看顾森西，没有再说什么，抬起手准备敲门。

顾森西抓着齐铭的手拉下来，说，“你别敲了，她睡了。”

“那她没事吧？”齐铭望着顾森西问。

“我不知道。”

齐铭低着头在门口站了一会儿，然后转身走了回去。

顾森西回头看了看易遥家的门，然后也转身离开了。

12

躺下来还没有半个小时，易遥就听见林华凤的骂声。

好像是在叫自己做饭什么的。

易遥整个人躺在床上就像是被吊在虚空的世界里，整个人的知觉有一半是泡在水里的，剩下另一半勉强清楚着。

“妈，我不想吃。冰箱里有饺子，你自己下一点吧，我今天实在不想做。”

“你眼睛瞎了啊你！”林华凤冲进房间一把掀开易遥的被子，“你看着我缠着纱布的手，怎么做？怎么做！”

被掀开被子的易遥继续保持着躺在床上的姿势。

和林华凤对峙着。

像是挑衅一样。

站在床面前的林华凤呼吸越来越重，眼睛在暮色的黄昏里泛出密密麻麻的红血丝来。

在就快要爆发的那个临界点，易遥慢慢地支起身子，拢了拢散乱的头发，“你想吃什么？我去做。”

易遥走去厨房的时候抬眼看到了沙发上的书包。

她走过去掏出手机，开机后等了几分钟，依然没有齐铭的短信。

易遥把手机放回书包里，挽起袖子走进了厨房。

从柜子最上层拖下重重的米袋，依然用里面的杯子舀出了两杯米倒进淘米盆里。

拧开水龙头，哗啦啦地冲起一盆子脏兮兮的白色泡沫来。

易遥把手伸进米里，刚捏了几下，全身就开始一阵一阵发冷地开始抽搐起来。

易遥把手缩回来，然后拧开了热水器。

做好饭后易遥把碗筷摆到桌上，然后起身叫房间里的林华凤出来吃饭。

林华凤顶着一张死人一样的脸从房间里慢慢走出来，在桌子边上坐下来。

易遥转身走进房间，“妈我不吃了，我再睡会儿。”

“你唱戏啊你！你演给谁看啊？”林华凤拿筷子的手有些抖。

易遥像是没反应一样，继续朝房间走。

掀开被子躺进去的时候，易遥说：“我就是演，我也要演得出来啊。”

说完躺下去，伸手拉灭了房间里的灯。

在黑暗中躺了一会儿，就突然听见门被咣当撞开的声音。

林华凤乱七八糟语无伦次的咒骂声，夹杂在巴掌和拳头里面，雨点一样地朝自己打过来。

也不知道是林华凤生病的关系，还是被子太厚，易遥觉得也没有多疼。

其实经过白天之后，似乎也没有什么痛是经受不了的了吧。

易遥一动不动沉默地躺在那里，任林华凤发疯一样地捶打着自己。

“你装病是吧！你装死是吧！你装啊！你装啊！”

空气里是林华凤大口喘息的声音，在极其安静的房间里面，像是电影里的特技音效，抽离出来脱离环境的声音，清晰而又锐利地放大在空气里。

安静的一分钟。

然后林华凤突然伸手抄起床边的凳子朝床上用力地摔下去，突然扯高的声音爆炸在空气里。

“我叫你妈逼的装！”

13

眼皮上是强烈的红光。

压抑而细密地覆盖在视网膜上。

应该是开着灯吧。可是睡觉的时候应该是关上了啊。

易遥睁开眼睛，屋子里没有光线，什么都没有，可是视线里依然是铺满整个世界的血红色。

窗户，床，凳子，写字台，放在床边的自己的拖鞋。所有的东西都浸泡在一片血红色里，只剩下更加发黑的红色，描绘出这些事物的边缘。

易遥拿手指在眼睛上揉了一会儿，拿下来的时候依然不见变化。视线里是持续的强烈的红色。手上湿漉漉的黏稠感，易遥想自己也没有哭，为什么手上会是湿的，低下头闻了闻，浓烈的血腥味道冲得易遥想呕。

易遥伸出手掐了掐自己的大腿，清晰的痛觉告诉自己并不是在做梦。

易遥一把掀开被子，整个床单被血液泡得发涨。满满一床的血。

动一动，就从被压出的凹陷处，流出来积成一小摊血泊。

一阵麻痹一样的恐惧感一瞬间冲上易遥的头顶。

挣扎着醒过来的时候，易遥慌乱地拉亮了房间里的灯，柔和的黄色光线下，干净的白色被单泛出宁静的淡黄色。易遥看看自己的手，苍白的手指，没有血的痕迹。

易遥憋紧的呼吸慢慢扩散在空气里。

像一个充满气的救生艇被戳出了一个小洞，一点一点地松垮下去。易遥整个人从梦魇里挣扎出来，像是全身都被打散了一样。

静了一会儿，就听到林华凤房间里的呻吟声。

易遥披了件衣服推开门，看见林华凤一动不动地躺在床上。

"林华凤。"易遥喊了一声。

房间里安静一片，没有回答，只有林华凤断续的呻吟的声音。

"妈！"易遥推了推她的肩膀。依然没有反应，易遥伸出手摸了摸她的额头，就突然一声大喊："妈！"

14

易家言被手机吵醒的时候，顺手拿过床头的闹钟看了看，凌晨3点半。易家言拿过手机看了看屏幕，就突然从床上坐起来，披了件衣服躲进厕所。

电话那边是易遥语无伦次的哭声，听了半天，才知道林华凤发烧已经昏迷了。

握着电话也没说话，易家言在厕所的黑暗里沉默着。电话里易遥一声一声地喊着自己。

爸爸。爸爸。

爸爸你来啊。爸爸你过来啊。我背不动妈妈。

爸爸，你别不管我们啊。

易遥的声音像是朝他心脏上投过来的匕首，扎得生疼。

他犹豫了半天，刚开口想说"那你等着我现在过来"，还没说出口，厕所的灯闪了两下，就腾地亮了起来。

易家言回过头去，脸色苍白而冷漠的女人站在门口，"你说完了没？说完了我要上厕所。"

易家言一狠心，对电话里撂下了一句“你让你妈喝点热水，吃退烧药，睡一晚就没事了”。然后就挂断了电话。

15

“嘟嘟”的断线声。

像是把连接着易遥的电线也一起扯断了。

易遥坐在地上一动不动，像是一个被拔掉插头的机器。手机从手上掉下来摔在地上，后盖弹开来在地上蹦了两下不再动了。

16

李宛心怒气冲天地拉开大门的时候，看见了站在门口满脸挂满眼泪的易遥。

开始李宛心愣了一愣，随即怒气立刻像火舌刷刷蹿上心头：“你大半夜的发什么神经！”

“齐铭在吗……我找齐铭……阿姨你叫叫齐铭……”易遥伸出手抓着李宛心的衣服，因为哭泣的原因口齿也不清楚。

“你疯了吗你！”李宛心探出身子，朝着易遥家门吼，“林华凤你出来管管你女儿！大半夜的来找我儿子！这像什么话！你女儿不要脸！我儿子还要做人！”

“阿姨！阿姨我妈病了。我背不动她……阿姨你帮帮我啊……”

李宛心甩开抓着自己衣服的易遥，一下把门轰地摔上了。

回过头骂了句响亮的“一家人都是疯子”，转过身看见站在自己背后烧红了眼的齐铭。

没等齐铭说话，李宛心伸出手指着齐铭的鼻子：“我告诉你，你少管别人家的闲事，弄堂里那些贱女人七嘴八舌已经很难听了，我李宛心还不想丢这个人！”

齐铭没理她，从她旁边走过去准备开门。

李宛心一把扯着齐铭的衣领拉回来，抬手就是一巴掌。

17

齐铭拿出手机打易遥的电话，一直响，没有人接。

估计她大半夜地从家里冲出来也没带手机。

齐铭挂了电话走到自己房间门口用力地踢门，李宛心在外面冷冰冰地说，你今天如果出去开门，我就死在你面前。

齐铭停下动作，立在房间门口没有再动了。过了会齐铭重新抬起腿，更加用力地朝房门踢过去。

弄堂里很多人家的灯都亮起来了。

有几个爱看热闹的好事的女人披着睡衣顶着一头乱糟糟的鬈发站在门口，看着坐在齐铭家门口哭泣的易遥，脸上浮现出来的各种表情可以统统归结到“幸灾乐祸”的范畴里面。

甚至连齐铭都听到一声“自古多情女子薄情郎啊，啧啧啧啧。”应该是弄堂一端的女人朝着另一端的人在喊话。

李宛心利索地站起来拉开大门，探出身子朝刚刚说话的那个女的吼过去：“薄你妈逼！你那张烂嘴是粪坑啊你！”然后更加用力地把门摔上。

易遥瘫坐在地上，像是周围的事情都和自己无关了一样。

也看不出表情，只有刚刚的眼泪还挂在脸上。

齐铭把自己的窗子推开来，探出去刚好可以看到穿着睡衣坐在自己家门口的易遥。

齐铭强忍着没有哭，用尽量平静的声音喊易遥。

喊了好几声，易遥才慢慢转过头，无神地看向自己。

“易遥你别慌。你听我说，打电话。打急救电话，120！快回家去打！”

“没事的！你听我说没事的！你别坐在这里了！”

“易遥！易遥！你听得见吗？”

易遥慢慢地站起来，然后快步朝家里跑过去。

经过齐铭窗户的时候，看也没看他一眼。

齐铭看着易遥跌跌撞撞奔跑的身影消失在自己的视线里面，那一瞬间，他像是觉得她再也不会回到自己的世界里了。

齐铭离开窗户，慢慢地蹲下来，喉咙里一片混沌的呜咽声。

18

凌晨四点的弄堂。

冷清的光线来不及照穿凝固的黑暗。

灰蒙的光线拖曳着影子来回移动。

刚刚沸腾起来的弄堂又重新归于一片宁静。女人们嘀咕着，冷笑着，渐次关上了自己家的门。

拉亮的灯又一盏一盏地被拉灭了。

黑暗中慢慢流淌着悲伤的河流。淹没了所有没有来得及逃走的青春和时间。

你们本来可以逃得很远的。

但你们一直都停留在这里，任河水翻涌高涨，直到从头顶倾覆下来。

连同声音和光线，都没有来得及逃脱这条悲伤的巨大长河。

浩淼无垠的黑色水面反射出森冷的白光，慢慢地膨胀起来。月亮牵动着巨大的潮汐。

全世界都会因为来不及抵抗，而被这样慢慢地吞没么？

悲伤逆流成河　第十回

那些被唤醒的记忆，沿着照片上发黄的每一张脸。

重新附上魂魄。

01

其实这个世界上，并没有什么是一定可以伤害到你的事情。

只要你足够冷酷，足够漠然，足够对一切事情都变得不再在乎。
只要你慢慢地把自己的心，打磨成一粒光滑坚硬的石子。
只要你把自己当做已经死了。
那么，这个世界上，就再也没有东西可以伤害到你了。

不想再从别人那里感受到那么多的痛。那么就不要再去对别人付出那么多的爱。

这样的句子如果是曾经的自己，在电视里或者小说上看到的时候，一定会被恶心得冒出胃酸来。可是当这一切都化成可以触摸到的实体，慢慢地像一团浓雾般笼罩你的全身的时候，你就会觉得，这些都变成了至理名言，闪烁着残酷而冷静的光。

02

几天过去了。似乎身体并没有出现流产后的大出血现象。手术之后的第一天还是像来例假时一样流了些血，之后一天比一天少。

身体里那颗一直滴答跳动着的定时炸弹似乎已经停了下来。

晚上也渐渐地不再做梦。不过也并不是很沉很深的睡眠。总是像浅浅地浮在梦的表层。耳朵眼睛都保持着对声音和光线依然敏锐的捕捉能力。偶尔有飞虫在房间里振动了翅膀，易遥就会慢慢地在黑暗里睁开眼睛，静静地盯着看不清楚的天花板，直到再次潜进梦的表层。

林华凤只在医院住了一天，就挣扎着死活要回家。

那天晚上120急救就花掉四五百块钱。林华凤一分钟也不想在医院呆下去。

回到家虚弱了两天，然后也慢慢地恢复了。

同样恢复了的，还有林华凤对易遥砸过去的拖鞋，以及那句熟悉的“你怎么不去死”。易遥也不太想躲了，任由拖鞋砸在自己的身上甚至是脸上。只是在每次听到林华凤说“你怎么不去死”的时候，她会在心里想，也许那天就让你死在家里才是正确的选择。

恨不得你去死。就像你恨不得我去死一样。

对于你而言，我是个多余的存在，那么，你那种希望我死的心情，我可以明白。就像我自己的孩子一样，它也是期待之外的突然意外，所以，我也希望它去死，而且，它也真的被我弄死了。

这样的心情，你应该也可以明白吧。

其实谁死都是迟早的事情。

易遥每次看着林华凤的时候，心里都是翻涌着这样黑暗而恶毒的想法。无法控制地席卷着大脑里的每一个空间，膨胀得没有一丝罅隙来存放曾经稍纵即逝的温暖。

03

其实也是非常偶然的机会。易遥听到了唐小米打电话时的对话。

当时易遥正在厕所的隔间里把卫生棉换下来，已经第四天了，换下来的卫生棉上已经没有多少血迹。

穿好裤子的时候，隔壁隔间传来打电话的声音，是唐小米。

易遥本来也没打算要听，刚要拉开门走出去的时候，听到隔壁唐小米嬉笑着说："不过表姐，你也太能干了点吧，那张病历单怎么弄来的啊？那么逼真。你知道我们学校现在管易遥那贱人叫什么吗？叫一百块。笑死我了……"

唐小米从厕所隔间出来的时候，看见正在水斗前面洗手的易遥，脸色瞬间变得苍白。

"真是巧啊，"易遥从镜子里对着唐小米微微一笑，"你说是吗？"

唐小米尴尬地扯了扯嘴角，露出一个比哭还难看的笑容。

回到教室的时候，易遥找到齐铭。她问他借了手机想要给妈妈发个消息，因为自己的手机没电了。

易遥啪啪地迅速打完一条短信，然后发送了出去。

把手机递还给齐铭的时候，齐铭没有抬起头，只是伸出手接了过去，然后继续低头看书。易遥淡淡地笑了笑，没所谓地走回到自己的座位上面。

唐小米发现自己手机振动之后就把手机掏出来，翻开盖子看见屏幕上的发件人是"齐铭"时突然深吸了一口气。

她关上手机朝齐铭的座位望过去，齐铭低着头在看书。光线从他的右边脸照耀过来，皮肤上一层浅浅的金色绒毛像是在脸上笼罩着一层柔光。

唐小米深呼吸几口气，然后慢慢地回到自己的座位上。

在几米远处的易遥，此时慢慢收回自己的目光低头扯着嘴角微笑起来。

刚刚她用齐铭的手机发送的短消息是："下午两点上课前，学校后门的水池边见。有话想要告诉你。"

收件人是唐小米。

04

中午下课的时候，齐铭正好和易遥一起走出教室门口。齐铭看了看面前的易遥，正在犹豫要不要叫她一起吃饭，还没有开口，易遥已经头也不回地走出教室去了。

齐铭站在门口，手拉在书包带上，望着易遥慢慢走远直到消失在走廊的尽头。

手机响起来的时候，齐铭拿起来，听了两句，回答对方："嗯好。我去你教室找你吧。"

易遥没有去食堂吃饭。去小卖部买了一袋饼干和一瓶水，然后慢慢走回了教室。

趴在走廊上朝下面看过去，操场上散着小小的人影来来回回移动着。阳光从围绕操场一圈的树木枝桠中间照耀过来，在操场灰色的地面上洒下明亮的光斑，被风吹得来回小距离地移动着。

空气里是学生广播站里播放的广播小组选出来的歌曲。易遥也知道那小组，都是一些可以用粉红色来形容的，把自己打扮成14岁样子的做作的女生，翻看着日韩的杂志，用动画片里的语气说话，热衷于去街上对着机器可爱十连拍。

空气里的歌是倖田来未。日本最近红得发紫的性感女人。

其实不带着任何偏见去听的话，她的歌也不会让人觉得难受。

易遥探出头，就看见慢慢走进楼道口的齐铭和他身边的顾森湘。易遥没有表情地半闭上眼睛，躲避着照进眼睛里的强烈光线。

还没有到夏天，所以空气里也没有响亮的蝉鸣。只是阳光一天比一天变得刺眼。正午的影子渐渐缩短为脚下的一团。不再是拉长的指向远处的长影。

记忆里的夏天已经遥远到有些模糊了。就像是每一天在脑海里插进了一张磨砂玻璃，一层一层地隔绝着记忆。

只剩下远处传来的工地的杂音，好像是学校又修建了新的教学楼。一声一声沉闷的打桩的声音，像是某种神秘的计时，持续不断地从远方迎面而来。

易遥把脚跨到栏杆上面，用力地把身体探出去，头发被风刷地一下吹开来。易遥刚刚闭上眼睛，就听见耳边响亮的尖叫声。

易遥回过头去看见站在自己面前的不认识的女生，看了一会儿就呵呵地笑起来："你以为我要干吗啊？吓得那么厉害。"

女生也没有说话，只是用手抓着自己的裙子。

"你以为我想死吗？"易遥问。

对方没有回答，转身快速地跑掉了。

"死有什么可怕的，活着才痛苦呢。"易遥冲着逃走的女生甚至哈哈大笑起来。

"那你就去死啊你，等什么！"身后传来响亮的讥笑声音，易遥回过头去看见唐小米。

和早上不同的是，现在的她如果仔细看的话，就会看出来上过粉底，也搽了睫毛膏。头发上还别上了有着闪亮水钻的发卡。

易遥看着面前的唐小米，某种瞬间领悟过来的微笑在嘴角浮现起来：“等你啊。”

05

易遥坐在座位上看书，当书页上被突然投下一块黑影的时候，易遥抬起头来，看见站在自己面前黑着一张脸的齐铭。

“让开，我看书呢。”易遥不冷不热地说完，把书移向有阳光的地方。

齐铭伸出手啪的一声把书合上。

易遥皱起眉头：“你发什么神经，别没事儿找事儿啊你。”

齐铭从口袋里拿出手机，翻开盖子调出已发信息的其中一条，然后伸到易遥鼻子面前，“是你在找事儿吧。”

易遥看了看屏幕上自己发给唐小米的那条短信，没有说话。

齐铭眼睛渐渐红起来，像是被火炙烤着一样，血丝像要把眼眶撑裂了。

易遥撩撩头发坐下来，刚想说“对不起”，眼角的余光就看到了站在教室门口的唐小米。

刚刚还在学校水池边等了半个钟头一直到要上课了才不得不赶回来上课的唐小米。

在中午的时候抽空精心化好了妆的唐小米。

甚至连对白和表情都设计好了的唐小米。

此刻静静地站在教室门口，看着拿着手机对着易遥发怒的齐铭。

那一瞬间，她什么都明白了。分布在身体里的复杂的电路，被迅速接通了电流，刷刷地流过身体，哔啵作响。

上课铃把所有的人催促回了座位。

老师推开门的时候，每个人都从抽屉里拿出书来。

唐小米从抽屉里拿出那本不用的英文词典，从背后朝易遥头上用力地砸过去。

当教室里所有的人被词典掉在地上"啪"的一声巨响惊起的时候，每个人都看到了趴在桌子上用手按住后脑勺无法出声的易遥。

过了很久易遥也没有动，直到老师在讲台上发了火，问"怎么回事"时，易遥才抬起头来。

她拿下手看了看手心里几条沿着掌纹渗透开来的淡淡的血丝，然后回过头看了看身后的唐小米，果然是那样一副意料中的惊讶的表情，和她周围的所有人的表情一样。

易遥回过头，起身捡起地上的词典，对老师说："老师后面扔过来一本词典，不过不知道是谁扔的，砸到我了。我刚痛得没说出话来，对不起啊。"

老师看了看易遥，伸出手做了个"坐下吧"的手势。

唐小米在背后咧着嘴冷笑起来。

老师刚要转身继续上课，易遥又突然站了起来，她翻了翻词典，然后转过身用响亮的声音说："唐小米？这上面写着唐小米。唐小米，是你的书吧？"

易遥伸出去的手停在半空中，等待着唐小米接过去。

那一刻，唐小米觉得伸向自己的那本词典，就像是一把闪着绿光的匕首。而面前易遥那张凝固着真诚笑容的脸，像一个巨大的黑洞一样吞噬了所有的光线和声音。

06

如果易遥在把词典伸向唐小米的那一刻转头看一看的话，她一定会看见在自己身后的齐铭，他望向自己的目光，就像是在漏风的房间里燃烧的蜡烛，来回晃动着，在最后的一瞬间熄灭下去，化成一缕白烟消失在气流里。

07

黄昏时寂寞而温暖的光线。

嘈杂的放学时的人声像是海水一样起伏在校园里。

风吹着树叶一层接一层地响动而过。

沙沙的声音在头顶上一圈一圈地荡漾开来。

齐铭擦过易遥身边，看也没有看她，径直朝走廊尽头的楼梯走去。

易遥伸出手拉住他的衣服下摆。

“你是不是觉得我很过分？”易遥望着转过身来的齐铭说。

“过分？”齐铭的脸被夕阳覆盖着，有一层昏黄的悲伤的色调，“你觉得仅仅是过分而已吗？你这样和她们又有什么区别。”

齐铭背好书包，转身走了，走了两步回过头来，“你不觉得其实你自己，也是很恶毒的吗？”

08

在还是很小的时候，大概小学四年级。

有一次在学校的游园会上，齐铭和易遥一起在一个捞金鱼的游戏前面玩耍。易遥探出头去看鱼缸里的金鱼的时候，头上的发卡突然掉进了水里。

齐铭什么都没说，就挽起了袖子把手伸进鱼缸里，在水底摸了几下，就捞出了易遥的发卡。

那个时候是寒冷的冬天，齐铭的手臂从水里抽出来的时候在风里被吹得通红。

而现在，他也像是若无其事地把手伸进水面一样，在无数词语组合而成的汪洋里，选择了这样一枚叫做“恶毒”的石头，捞起来用力地砸向自己。

易遥把书一本一本地放进书包里，扣好书包扣子的时候觉得脸上很痒。她抬起手背抹了抹脸，一手湿答答的眼泪。

易遥飞快地抓起书包，然后朝学校门口用力地奔跑过去。

跑到停放自行车的车棚门口的时候，正好看见推着车子出来的齐铭。还有站在他身边的顾森湘。

易遥站在齐铭面前，擦了擦汗水，没有丝毫退缩地望着齐铭的眼睛说：“我们一起回家。”

不是“我们一起回家吗”。

也不是“我们一起回家吧”。

而是“我们一起回家”。

就像是背诵着数学课本上那些不需要被论证就可以直接引用的公理。自然而又肯定地说着，我们一起回家。

易遥的手用力地抓紧着书包。

齐铭低着头，过了一会儿，他抬起头来看了看易遥，说：“你先回家吧。我还有事。”

易遥没有让开的意思，她还是站在齐铭的面前，定定地望着面前的齐铭，抓着书包的双手微微颤抖着，没有血色的苍白。在那一刻，易遥前所未有地害怕，像是熟悉的世界突然间180度地水平翻转过去，面目全非。

顾森湘看着面前的易遥，心里有些自己也说不清原因的难过。她抬头看了看齐铭，说：“要么我先……”

齐铭摇了摇头，把车头掉了个方向，朝身后伸出胳膊抓起顾森湘的手，轻轻地用力一握，“我们走。”

## 09

曾经被人们假想出来的棋盘一样错误的世界。

江河湖海大漠山川如同棋子一样分布在同一个水平面上。

而你只是轻轻地伸出了手，在世界遥远的那一头握了一握。于是整个棋盘就朝着那一边翻转倾斜过去。所有的江河湖泊，连同着大海一起，所有的潮水朝着天边发疯一样地奔腾而去。曾经的汪洋变成深深的峡谷，曾经的沙漠高山被覆盖起无垠的水域。

而现在，就是这样被重新选择重新定义后的世界吧。

既然你做出了选择。

既然你把手放在了世界上另外一个遥远的地方。

10

易遥把自行车拿出来，才发现钥匙忘记在教室里了。

她把车放回去，转身回教室拿钥匙。

学校的人已经渐渐散去了，剩下很少的住读生打闹着，穿过操场跑回寝室。

易遥刚刚跑上楼梯，迎面一个耳光用力地把她抽得朝墙壁上撞过去。一双闪亮地镶着水晶指甲的手又甩了过来，易遥抓住抽过来的手腕，抬起头，面前是一个画着浓浓眼影的女人。她身后背着书包安静站着的人是如纯白花朵般盛开的唐小米。

易遥转身朝楼下飞快地跑，刚跑出两步，就被那个女人抓着头发扯了回来。她伸出双手抓着易遥的两个肩膀，用力地扯向自己，然后在那瞬间，抬起了自己的膝盖朝易遥肚子上用力地顶过去。

11

顾森湘看着坐在路边绿地椅子上的齐铭，也不知道该说些什么来打破眼下的沉默。

从刚刚半路齐铭停下来坐在这里开始，已经过去半个小时了。

“你会不会觉得我刚才特别无情？”齐铭抬起头，声音闷闷的。

“你们怎么了？”顾森湘在齐铭身边坐下来。

“我也不知道，”齐铭把头埋进屈起来的膝盖里，“就觉得好想逃开她，好想用力地远远地逃开她。可是我不是讨厌她，也不是嫌弃她。我也不知道怎么去说那种感觉。”

顾森湘没有打断他的话，任由他说下去。

——该怎样去定义的关系？爱情吗？友谊吗？

——只是当你生命里，离你很近很近的地方，存在着一个人。她永远没有人珍惜，永远没有人疼爱，永远活在痛苦的世界里，永远活在被排挤被嘲笑的空气中。她也会在看见别的女孩子被父母呵护和被男朋友照顾时心痛得转过脸去。她也会在被母亲咒骂着“你怎么不去死”的时候希望自己从来没有来过这个世界。她也会想要穿着漂亮的衣服，有很多的朋友关心，有美好的男生去暗恋。她也会想要在深夜的时候母亲可以为自己端进一碗热汤而不是每天放学就一头扎进厨房里做饭。她也会想要做被捧在手心里的花，而不是被当做可以肆意践踏的尘。

——当这样的人就一直生活在离你很近很近的地方的时候，当这样的人以你的幸福生活作为镜像，过着完全相逆的生活来成为对比的时候，她越是默默地忍受着这一切，你就越是没办法抽身事外。

——你一定会忍不住想要去帮她擦掉眼泪，一定会想要买好多好多的礼物塞进她的怀里，你一定会在她被殴打哭泣的时候感受到同样的心痛，你也一定会在她向你求救的时候变得义无反顾，因为你想要看到她开心地微笑起来，哪怕一次开心地微笑起来。又或者不用奢求微笑，只要可以抬起手擦掉眼泪，停止哭泣也好。

——小时候你看见她被她妈妈关在门外不准她吃饭，你想要悄悄地把她带回家让她和自己一起吃点东西，可是你的母亲却怒气冲冲地把她请出了家门。你偷偷地从窗户递出去一个馒头，然后看见她破涕为笑，拿过馒头开心地咬起来，可是只咬了一口，她妈妈就从家里冲出来一抬手把那个馒头打落在地上然后连着甩了她两个耳光，你看见她看着地上的馒头用力抿着嘴巴却没有哭出声音，只是眼睛里含满了沉甸甸的眼泪。

——你也看见过她突然就从家门里冲出来哭着逃跑，因为年纪太小而跌跌撞撞又摔在地上，周围弄堂里的女人们并没有去牵她起来，而是在她的周围露出幸灾乐祸的讥笑的目光，然后她站起来，又被追出来的林华凤扯住头发拉回去再甩两个耳光。

——更小的时候你看见她有一天追着提着箱子离开弄堂的父亲一直追到门口，她父亲把她推开然后关上了车门头也不回地走了。她坐在马路边一直哭到天黑。天黑后她回家，门关着，母亲不让她进门，她拍着大门哭着求她妈妈让她进去，不要也丢下她。

——长大后她学会义无反顾地去爱人。但是却并没有遇见好人。她怀着孩子去找那个男人的时候，却看见那个男人和另外一个女人在房间里相敬如宾夫妻般恩爱。

——你陪着她一起慢慢长大，你看着她一路在夹缝里艰难地生存下来。

——你恨不得掏出自己的全部去给她，塞给她，丢给她，哪怕她不想要也要给她。

——这样的她就像是身处在流沙的黑色旋涡里，周围的一切都哗哗地被吸进洞穴。她就陷在这样的旋涡里。伸出手去拉她，也只能随着一起陷下去而已。而如果放开手的话，自己就会站得很稳。就是这样的感觉。

——就是这样站在旋涡边上，眼看着她一天一天被吸纳进去的感觉。

——甚至当有一天，她已经完全被黑色的旋涡吞噬了，连同着她自己本身，也已经变成了那个巨大的黑色旋涡时。

——好想要远远地逃开。逃离这片卷动着流沙的无情的荒漠。

顾森湘看着面前呜呜哽咽不停的齐铭，心脏像是被人用力地抓皱了。

她伸出手摸了摸齐铭干净而散发着洗发露味道的头发。一滴眼泪掉下来打在自己的手背上。

——你难道没有感觉到，其实我对你，也是恨不得掏出自己的全部去给你，塞给你，丢给你，哪怕你不想要也要给你吗？

齐铭抬起头，揉了揉已经红成一圈的眼眶，把口袋里振个不停的电话接起来，刚说了一声“喂”，整张脸就一瞬间苍白一片。

电话里易遥的声音像垂死一般。

“救我。”

12

齐铭冲回学校的时候，所有的人都觉得他发疯了。

他飞一样地朝教室那一层的厕所跑去。跑到门口的时候犹豫了一下，然后一低头冲进了女厕所。

齐铭望着厕所里一排并列的八个隔间，慢慢走到其中一个隔间前面。齐铭伸手推了推，门关着。齐铭低头看下去，脚边流出来一小股水流一样的血。齐铭一抬腿，把门用力地踢开了。

沾满整个马桶的鲜血，还有流淌在地上积蓄起来的半凝固的血泊。

空气里是从来没有闻到过的剧烈的血腥味道，甜腻得让人反胃。

齐铭的脚踩在血泊里，足有一厘米深的血水，淌在地面上。

坐在角落里的易遥，头歪歪地靠在隔板上，头发乱糟糟地披散开，眼睛半睁着，涣散的目光里，看不出任何的焦距。血从她的大腿间流出来，整条裤子被血水泡得发涨。

齐铭下意识地想要伸出手去探一探她的呼吸，却发现自己全身都像是电击一样麻痹得不能动弹。

13

就像还在不久之前，齐铭和易遥还走在学校茂盛的树阴下面，他们依然在教室的荧光灯下刷刷地写满一整页草稿纸。偶尔望向窗外，会发现长长的白烟从天空划过，那是飞机飞过天空时留下的痕迹。

就仿佛仅仅是在几个月之前，他刚刚从书包里拿过一袋牛奶塞到她的手里，用低沉却温柔的声音说，给。

就似乎只是几天之前，齐铭和易遥还在冬天没有亮透的凛冽清晨里，坐在教室里早自习。头顶的灯管发出的白光不时地跳动几下。

就如同昨天一样，齐铭和易遥还和全校的学生一起站在空旷的操场上，和着广播里陈旧的音乐与死气沉沉的女声摆动着手脚，像机器人一样傻傻地附和节拍。他们中间仅仅隔着一米的距离。在偌大的操场上，他和她仅仅只隔着一米的距离。她望着天空说，真想快点离开这里。

他抬起头说，我也是，真想快点去更远的远方。

却像是黑暗中有一只手指，突然按下了错误的开关，一切重新倒回向最开始的那个起点。

就像那些切割在皮肤上的微小疼痛，顺着每一条神经，迅速地重新走回心脏，突突地跳动着。

就像那些被唤醒的记忆，沿着照片上发黄的每一张脸，重新附上魂魄。

就像那些倒转的母带，将无数个昨日，以跳帧的形式把心房当做幕布，重新上演。

就像那些沉重的悲伤，沿着彼此用强大的爱和强大的恨在生命年轮里刻下的凹槽回路，逆流成河。

悲伤逆流成河　第十一回

她把他留在闷热的黑暗里。看着他倒退着，渐渐离开自己的世界。

收获之后被烧焦的荒野。

01

消毒水的味道一直刺激着鼻腔里的黏膜。

一种干净到有些残酷的感觉轻轻地落到皮肤上。

无法摆脱的空虚感。

或者说是虚空也可以。

这样幽长的走廊，两边不规则地打开或者关上的房门。头顶是一盏一盏苍白的顶灯。把整条走廊笼罩在一种冷漠的气氛里面。

像是连接往另外一个世界的虚空的通道。偶尔有医生拿着白色的搪瓷托盘慢慢地从走廊无声地经过，然后不经意地就转进某一个病房。

从某个病房里面传出来的收音机的声音，电台里播放的武侠评书，虽然说书人用着抑扬顿挫的激动声音表达着情绪，可是在这样的环境里，却变得诡异起来。过了一会儿又变成了缓慢的钢琴曲。

走廊尽头的地方，有一个坐着轮椅的老人正在慢慢地滑动过来。

以前总是听人家说，医院这样的地方，是充满着怨气的。每天都可能有人死亡，每天也会有人离死亡更近一步。

所以在这里出现的人们，无论是医生还是病人，都是一张冷冰冰的脸，其实就算你有再多的生气，再灿烂的笑容，当你慢慢走过这样一条被惨白的荧光照成虚空的走廊时，你也会像是慢慢靠近死亡一样，变得冷漠而无情起来吧。

齐铭和顾森湘坐在抢救病房的外面。

玻璃窗里面，易遥躺在白色的床上。头发被白色的帽子包起来，脸上套着氧气罩。头顶上是一袋红色的血浆，连接下来的细小的透明的胶管，把被葡萄糖与各种药剂稀释后的血浆汩汩地输进易遥的胳膊。

放在旁边的心跳仪上，那个指针安静而稳定地上下起伏着。

安稳而没有危险的黄色电子波浪。

齐铭坐在玻璃窗的下面，一直把头埋在膝盖上的手心里，看不出表情。但也没有感觉到格外悲痛。

就像是一个因为太过疲惫而不小心睡着的人。

直到走廊上响起一阵暴躁的脚步声，齐铭才慢慢地抬起头，远远地看见林华凤怒气冲天的脸。

## 02

林华凤的声音在这样虚空的走廊上显得说不出的尖锐。

“这逼丫头又怎么了？天生赔钱货！”

“医院是自己家啊！钞票太多了是哦！”

“天天住医院！死了算了！我帮她烧灶香！”

一直骂到抢救室的门口，看见坐在椅子上的齐铭，才停了下来。她站在齐铭面前，没好气地问：“她怎么了？”

齐铭也没回答，只是把头朝玻璃窗里望了望。

林华凤顺着齐铭的目光朝里面看进去。目光刚刚接触到里面套着氧气罩正在输血的易遥，就突然歇斯底里地叫起来。

医生赶过来的时候，林华凤正好在破口大骂地逼问着齐铭是不是有人打了易遥。看见医生过来，林华凤陡地转过身对着医生，问："我女儿怎么了？被人打了是不是？妈逼的还有王法吗？哪个畜生！"

走在最前面的那个中年妇女看起来似乎是主治医生，她慢慢地摘下口罩，慢条斯理地看了林华凤一眼，眼睛里是厌恶而不屑的神色，"你激动什么啊？你安静会儿吧。这医院又不是只有你们家一家病人。"

林华凤把包往椅子上一扔，"你怎么讲话呢你！"

医生皱着眉头，没打算继续和她计较，只是拿出手中的记录夹，翻到易遥的那一页，翻着白眼说："你女儿前几天做过药物流产，清宫的时候损伤了子宫内壁，刚刚可能又受到了撞击或者拉扯之类的外伤，所以现在是属于流产后的大出血。"说完合上夹子，又补了一句，"不过现在已经没事了。"

林华凤的表情突然慢慢收拢起来，她冷静的表情盯着医生，"你刚刚是说，流产？"

"是，流产。"医生重复了一句，然后就走了，留下一句"你再大声嚷嚷就叫人把你带出去了"。

林华凤望了望躺在里面依然昏迷的易遥，又回过头看了看坐在椅子上抱着头没有说话的齐铭，眼神在虚空的白色光线里变得难以猜测。

同样望向齐铭的，还有刚刚一直坐在他身边的顾森湘。

她慢慢地站起来，手心里一层细密的汗。

曾经散落一地的滚动的玻璃珠，突然被一根线穿起来，排成了一条直线，笔直地指向以前从来看不出来的事实。

顾森湘看着面前的齐铭，他还是抱着头没有说话。

林华凤慢慢地跨了两步，站在齐铭跟前，她低下头，似笑非笑地看着齐铭，说："以前我还真把你看走眼了哦。"

顾森湘站起来，抓起自己的书包转身离开，她觉得自己再呆一秒钟人就会爆炸了。

转过身的时候一只手轻轻地抓住了自己。

是齐铭的手。

他抓着顾森湘的手慢慢地拉向自己的脸。顾森湘的手背上一片湿漉漉的冰凉。齐铭小声地说："不是我。"

顾森湘没有动，但是却没有再迈出去步子。她转过身来看着面前脆弱得像个小孩一样的齐铭，心里说不出的心痛。

"不是你？"林华凤突然扯高的尖嗓门，"你以为你说不是你我就信啊？我们家易遥整天除了你，几乎就没跟男生说过话，不是你是谁？别以为我们易遥单纯好欺负，她是好欺负，但是她妈可没那么好欺负！你把手机拿来。"

齐铭没有动，林华凤突然扯过他的外套翻他的手机，"我叫你把手机拿来！"

林华凤翻出齐铭的手机，在通讯录里找到李宛心的号码，拨了过去，电话响了几声之后就听见李宛心"宝贝儿你怎么还没回来啊"的声音从电话里传来。

林华凤冷笑一声："李宛心，我是林华凤。"

03

李宛心和齐铭爸心急火燎地赶到医院的时候正好看见林华凤指着齐铭的头顶骂出一连串的脏话，而自己的儿子坐在椅子上，抱着头一声不吭。李宛心就像是一颗炸药被突然点着了。

“林华凤你嘴巴怎么那么臭啊你！你做婊子用嘴做的啊！”

齐铭爸一听这个开场就有点受不了，赶紧躲开免得听到更多更年期女人所能组合出的各种恶毒语句。他转身朝医生办公室走去。身后是越来越远的女人的争吵声。

“妈逼李宛心你说什么呢？你以为你们全家是什么货色？你男人在外面不知道养了多少野女人，你以为大家都不知道吗？现在好了，你儿子有样学样，搞到我们易遥身上来了。今天不把话说清楚，谁都没完。我们母女反正豁出去不要面皮了，就是不知道你们齐家一家子丢不丢得起这个人！”

“你把话给我说清楚了！婊子！我儿子有的是小姑娘喜欢，你们家那阴气裹身的易遥送我们我们都不要，晦气！看她那张脸，就是一脸晦气！该你没男人，也该她有爹生没爹养！”

“呵呵！你在这里说没用，”林华凤一声冷笑，“我们就问医生，或者我们就报警，我就要看看到底是谁的种！”

李宛心气得发抖，看着面前坐着一直一声不响的齐铭心里也没底。

弄堂里早就在传齐铭和易遥在谈对象，只是李宛心死活不相信，她看着面前沉默的儿子，心里也像是被恐惧的魔爪紧紧掐着。

她深吸一口气，转过身拉起自己的儿子。

“齐铭我问你，你看着我的眼睛说，易遥怀的孩子到底是不是你的？”

齐铭没有动。

“你说话啊你！”李宛心两颗黄豆一样大小的眼泪啪嗒啪嗒地滚出眼眶来。

齐铭还是没动。

身边的顾森湘别过脸去。两行眼泪也流了下来。她拿过书包朝走廊尽头的楼梯跑去。她连一分钟也不想继续呆在这里。

头顶是永远不变的惨白的灯光。灯光下齐铭沉默的面容像是石头雕成的一样。在他身边的李宛心，像是一瞬间老了十岁。她颤抖的嘴唇也不知道该说些什么。她一把瘫坐在旁边的椅子上，“作孽啊！作孽啊……”

林华凤趾高气昂地站在李宛心面前，伸出手推了推她的肩膀，“你倒是继续嚣张啊你，说吧，现在你打算怎么办？”

齐铭站起来一把推开林华凤，“你别碰我妈。”

他把李宛心扶起来，看着她的脸，说：“妈，你别急，孩子不是我的。我发誓。随便他们要报警也好，要化验也好，我都不怕。”

李宛心刚刚还一片虚弱的目光，突然间像是旺盛的火焰一样熊熊燃烧起来，她矫健地跳起来，伸出手指着林华凤的鼻子：“烂婊子，婊子的女儿也是婊子！你们一家要做公共厕所就算了，还非要把你们的脏逼水往我们齐铭身上泼……”

齐铭皱着眉头重新坐下去抱起了头。

那些难听的话像是耳光一样，不仅一下一下抽在林华凤的脸上，也抽在他的脸上。他转过头朝玻璃窗里面望过去，看见易遥早就醒了，她望向窗外的脸上是两行清晰的眼泪，沿着脸庞的边缘流进白色的被单里。

齐铭趴在玻璃上，对着里面动了动嘴，易遥看见齐铭的嘴型，他在对自己说：对不起。

## 04

家里的气氛已经紧张到了极点。

但是顾森西并没有因此而收敛起他那副无所谓的腔调。他躺在沙发上，把腿搁到茶几上，悠闲地翻着当天的报纸。森西爸在旁边戴着老花镜看电视。

森西妈站在门口，一直朝走廊张望着。两只手在面前搓来搓去。

已经快要八点了。顾森湘还没有回来。

森西妈一直在打她的电话，但是永远都是关机状态。

顾森西看着他妈在客厅里转来转去，哪儿都坐不稳，于是放下报纸，说："妈你就别急了，姐姐肯定是学校有事耽误了，她也是大人了，还能走丢了吗？"

"就是大人才更容易出事儿！她以前学校有事都会先打电话回来的，今天电话也没打，手机又关机，能不担心吗？！"

"那你在这儿一直火烧眉毛的也没用啊，你先坐下休息会儿吧。别等她回来了，你倒折腾出什么毛病来。"顾森西把报纸丢下，起身倒了杯水。

"你看看你说的这叫什么话！她是你姐姐呀！她这么晚了没回来你怎么就跟没事儿人一样啊？你们以前都一起回来，你今天又疯去哪儿野了没和你姐一起回家？"

"你别没事儿找事儿啊你！按你说的姐没回来还怪我了啊？"

"你管管你儿子！"森西妈突然拔高的尖嗓门朝正在看电视的森西爸吼过去，"你看他眼里哪有我这个妈！"

森西爸放下遥控器，说："森西你也是，和妈妈讲话没大没小的。"

顾森西回到沙发上看报纸，懒得再和母亲计较。

刚刚把报纸翻到娱乐版，走廊里就传来电梯开门的声音。森西妈像是突然被通了电一样跳起来朝门外冲，然后走廊里就传来母亲大呼小叫的声音："哎哟湘湘啊，你怎么不打个电话啊，你要急死妈妈呀。哦哟，我刚刚就一直眼皮跳啊，还好你回来了，不然我就要报警了啊。"

顾森西放下报纸，走进厨房去把饭菜端出来。

吃饭的时候，顾森湘一直低着头。

森西暗中偷偷看了看姐姐，发现她眼圈红红的。他在桌子下面踢了踢她，然后凑过去小声问："干吗，哭鼻子啦？"

顾森湘只是摇摇头，但是那颗突然滴到碗里的眼泪把大家都吓了一跳。

最先爆发的就是森西妈。她联想着今天这么晚才回家的经过，又看看面前哭红了眼眶的女儿，各种爆炸性的画面都在脑海里浮现了一遍。"湘湘……你可别吓妈妈啊……"母亲放下了筷子。

顾森湘可能也是觉得自己失态，于是擦了擦眼泪，说："妈我没事，就是今天一个女同学突然大出血，被送进了医院。她是因为之前做了流产，所以引起的。我就是看着她可怜。"

顾森西突然站起来，把桌子震得直晃。

"你说的是易遥么？"顾森西问。

"是啊。"顾森湘抬起头。

顾森西转身离开饭桌，拉开门就想要往外走。走到一半突然折回来问："她现在在哪儿？"

全家人还没反应过来，没有弄清楚是怎么回事情，只是当顾森西发了疯。

唯独明白过来的是顾森湘。她看看面前紧张的弟弟，然后又想了想现在躺在医院的易遥，还有齐铭的摇头否认。她看着顾森西的脸，心重重地沉了下去。

"你坐下吃饭。"顾森湘板着一张脸。

"你告诉我她在哪儿啊！"顾森西有点不耐烦。

"我叫你坐下！"顾森湘把筷子朝桌子上一摔。

包括顾森西在内的所有人，都被她吓住了。就连母亲和父亲也知道，顾森湘从来都是袒护这个宝贝弟弟的，今天突然的反常也让人摸不着头脑。

顾森西赌气地拉开椅子坐下来，虽然不服气，但是看见面前脸色发白的姐姐，也不敢招惹。

一家人沉默地吃完了饭。

顾森湘没有像往常一样起来收拾桌子，而是把碗一推，拉着顾森西进了房间。

她把门关上，回过头来问顾森西："你是不是有事瞒着我？"

"姐你怎么啦？"顾森西有点委屈的声音。

"你和易遥什么关系？"顾森湘的脸色变得更加不好看了。

"姐你想什么呢？"似乎有点明白了，顾森西无奈地摊摊手。

"我问你，"顾森湘抓过弟弟的袖子，"易遥的孩子是不是你的？"

顾森西张了张口，刚要回答，门就被轰的一声踢开来。

门口站着铁青着一张脸的母亲。

还没等顾森湘说话，母亲就直接朝顾森西扑了过去，"你找死啊你！作孽啊！"

劈头盖脸落下来的巴掌，全部打在顾森西的身上。

顾森湘想要去挡，结果被一个耳光正好扇到脸上，身子一歪撞到写字台的尖角上。

05

易遥躺在床上。眼睛直直地望着天花板。

好像很多年一瞬间过去了的感觉。所有的日日夜夜，排成了看不见尾的长队。而自己站在队伍的最后面，追不上了。于是那些日日夜夜，就消失在前方。剩下孤单的自己，留在了岁月的最后。

好像一瞬间就老了十岁一样。易遥动了动身体，一阵虚弱的感觉从头皮传递到全身。无数游动的光点幻觉一样浮游在视界里面。屋内是黄昏里渐渐暗下去的光线。厨房里传来稀饭的米香。

林华凤拿着勺子把熬好的稀饭盛到碗里，抬起手关了火，擦掉了脸上的泪。

她拿出来走到易遥的床前，“喝点粥。”

易遥摇摇头，没有起来。

林华凤拿着碗没有动，还是站在床面前等着。

“妈你别这样。”易遥闭上眼睛，两行眼泪从太阳穴流下去。

“我别怎样？我什么都没做，”林华凤拿着碗，“你现在知道疼，现在知道哭，你当初脱裤子时不是挺爽快的么？”

黑暗里易遥没有发出声音，只是用力地咬着嘴唇发抖。

“你就是贱！你就是彻底的贱！”林华凤把碗朝床边的写字台上用力地放下去，半碗稀饭洒了出来，冒着腾腾的热气。

“对，我就是贱。”易遥扯过被子，翻过身不再说话。

林华凤站在床面前，任由心痛像匕首一样在五脏六腑深深浅浅地捅着。

06

办公室里像是下雨前的天空。乌云压得很低，像是在每个人的头顶停留着。

易遥站在所有老师的中间，旁边站着林华凤。

年级组长喝了口茶，慢悠悠地看了看易遥，然后对林华凤说：“家长你也知道，出了这样的事情，学校也很难过，但是校规纪律还是要严格执行的。特别是对于我们这样一所全市重点中学而言，这样的丑事，已经足够上报纸了！”

“老师我知道，是我们家易遥胡来。但千万别让她退学。她还小啊，起码要让她高中毕业吧。”

“这位家长，她继续在学校上学，那对别的学生影响多大啊！天天和一个不良少女在一起，别的家长该有意见了。”一个烫着鬈发的中年妇女说。

易遥刚想抬起头说什么，就看见站在自己旁边的林华凤像一棵树一样笔直地跪了下去。

“妈你不用这样！”易遥的眼泪从眼眶里冒出来。

“妈逼的你闭嘴吧！”林华凤尖厉的声音，让办公室所有的人瞪大了眼睛。

黄昏时候响起的江上的汽笛。

每一次听见的时候，都会觉得悲伤。沉重的悠长的声音，在一片火红色的江面上飘动着。

易遥和林华凤一前一后地走着。

周围的便利商店咕咕冒着热气的关东煮，干洗店里挂满衣服的衣架，站立着漂亮假人模特的橱窗，绿色的邮局，挂满花花杂志的书报摊。黄昏时匆忙的人群心急火燎地往家赶。有弄堂里飘出来的饭菜的味道。亮着旋转彩灯的发廊里，染着金色头发的洗头妹倦怠地靠在椅子上。有飞机亮着闪灯，一眨一眨地飞过已经渐渐黑下来的天空。地面上有各种流动着的模糊的光，像是夏天暴雨后汇聚在一起的水流。这所有的一切被搅拌在一起，沉淀出黄昏时特有的悲伤来。

易遥望着走在前面一言不发的林华凤，也不知道该说什么。

在路口等红绿灯的时候，易遥小声地说：“妈，你刚才没必要对他们下跪。我其实也不是一定要念书的。”

易遥低着头，没听到林华凤回答，抬起头，看见她气得发抖的脸。她突然甩过手里的提包，朝自己劈头盖脸地打过来。

“我这么做是为了谁啊！”林华凤歇斯底里的叫声让周围的人群一边议论着，一边快速地散开来。

“我不要脸无所谓了！我反正老不死了！你才多大啊！你以后会被别人戳一辈子脊梁骨啊！”

易遥抬起手挡着脸，任由林华凤用包发疯一样地在大街上抽打着自己。手臂上一阵尖锐的疼，然后一阵湿漉漉的感觉袭过来。应该是被包上的铁片划破了。

易遥从挡住脸的罅隙里看出去，正好看见林华凤的脸。

在易遥的记忆里，那一个黄昏里林华凤悲伤欲绝的表情，她扭曲痛苦的脸，还有深陷的眼眶里积蓄满的泪水被风吹开成长线，都像是被放慢了一千万倍的慢镜头，在易遥的心脏上反复不停地放映着。

07

空旷的操场陆续地被从教学楼涌出来的学生填满。

黑压压的一大片。

广播里是训导主任在试音，各种声调的“喂”、“喂”、“喂”回荡在空气里。在队伍里躁动着的学生里有人清晰地骂着“喂你妈逼啊”。

躁动的人群排成无数的长排。

空气里的广播音乐声停了下来。整个操场在一分钟内安静下去。

每个星期都不变的周一例会。

主席台上站着训导主任，在他旁边，是垂手低头站立着的易遥。

主任在讲完例行的开场白之后，把手朝旁边的易遥一指："同学们，你们看到的现在站在台上的这位同学，她就是用来警告你们的反面教材。你们要问她干了什么？她和校外的不良人员胡来，发生性关系。怀孕之后又私自去堕胎。"

主席台下面的人群突然轰的一声炸开来，像是一锅煮开了的水，哗哗地翻腾着气泡。

易遥抬起头，朝下面密密麻麻的人群望过去。穿过无数张表情各异的面容，嘲笑的、惊讶的、叹息的、同情的、冷漠的无数张脸，她看见了站在人群里望着自己的齐铭。

被他从遥远的地方望过来。

那种被拉长了的悲伤的目光。

他的眼睛在阳光下湿漉漉的，像是一面淌着河流的镜子。

易遥的眼眶一圈一圈慢慢地红了起来。

训导主任依然在主席台上讲述着易遥的劣迹。唾沫在光线下不时地飞出来喷到话筒上。讲到一半突然没有了声音。他拿着话筒拍了拍，发现没有任何的反应。

主席台墙壁背后，顾森西把刚刚用力拔下来的几根电线以及插座丢进草丛里，然后转身离开了。

易遥像是消失了力气一样，慢慢地在主席台上蹲下来，最后坐在了地上。眼泪啪啪地掉在水泥地上，迅速渗透了进去。

齐铭抬起手，沿着眼眶用力地揉着。

08

已经放学了很久。

教室里已经走得没有什么人。齐铭站在教室门口，望着教室里逆光下的易遥。

夕阳在窗外变得越来越暗。橘黄色的光随着时间慢慢变成发黑的暗红。

教室里没有人拉亮荧光灯，空气里密密麻麻地分布着电影胶片一样的斑点。

易遥把书本一本一本地小心放进书包里。然后整理好抽屉里的文具，拉开椅子站起来，把书包背上肩膀。

走出教室门口的时候，从齐铭旁边擦肩而过。

“一起回家吧。”齐铭轻轻地拉住她。

易遥摇了摇头，轻轻拂开齐铭的手，转身走进了走廊。

齐铭站在教室门口，心里像是被风吹了整整一个通宵后清晨的蓝天，空旷得发痛。

收割之后的麦田，如果你曾经有站在上面过，如果你曾经有目睹过那样繁盛的生长在一夜之间变成荒芜，变成残留的麦秆与烧焦的大地。

那么你就一定能够感受到这样的心情。

易遥走出楼道的时候，看见了站在昏暗光线下的顾森西。

他沉默地朝自己伸过手来，接过了易遥手上的书包，把它放进他的自行车筐里。他推着车往外面走，沉闷的声音在说：“上来，我送你。”

易遥坐在顾森西的车上，回过头的时候，看见巨大的教学楼被笼罩在黄昏无尽的黑暗里面。夕阳飞快地消失了，路灯还来不及亮起。

这是最最黑暗的时候。

易遥看着面前朝自己倒退而去的大楼，以及看不见但是却可以清晰地感觉到的现在大楼里站在教室门口沉默的齐铭，心里像是有什么东西在飞快地分崩离析。就像是被一整个夏天的雨水浸泡透彻的山坡，终于轰隆隆地塌方了。

如果本身就没有学会游泳，那么紧紧抓着稻草有什么用呢。

只不过是连带着把本来漂浮在水面的稻草一起拉向湖底。多一个被埋葬的东西而已。

易遥闭上眼睛，把脸慢慢贴向顾森西宽阔的后背。

衬衣下面是他滚烫而年轻的肌肤。透出来的健康干净的味道，在黑暗里也可以清晰地辨认出来。

穿过学校的跑道。

穿过门口喧哗的街。

穿过无数个红绿灯的街口。

一直走向我永远都没有办法看清的未来。

顾森西眯起眼睛，感受到迎面吹过来的一阵初夏的凉风。后背被温热的液体打湿了一大片。

他用力地踩了几下，然后消失在茫茫的黑暗人海里。

09

生活里到处都是这样悲伤的隐喻。

如同曾经我和你在每一个清晨，一起走向那个光线来源的出口。

也如同现在他载着我，慢慢离开那个被我抛弃在黑暗里的你。其实在自行车轮一圈一圈滚动着慢慢带我逐渐远离你的时候，我真的是感觉到了，被熟悉的世界一点一点放弃的感觉。

在那个世界放弃我的时候，我也慢慢地松开了手。

再也不会有那样的清晨了。

10

林华凤死的时候弄堂里--个人都不知道。

她站在凳子上去拿衣柜最上面的盒子。脚下没有踩稳，朝后摔了下来，后脑勺落地，连声音都没有发出来就死了。

易遥打开门看见一片黑暗。

她拉亮了灯，看见安静地躺在地上的林华凤，她慢慢地走过去想要叫醒她，才发现她已经没了呼吸没了心跳。

易遥傻站在房间里，过了一会甩起手给了自己一个耳光。

11

几声沉闷的巨雷滚过头顶。

然后就听见砸落在房顶上的细密的雨声。

漫长的梅雨季节。

悲伤逆流成河　第十二回

记忆里你神色紧张地把耳朵贴向我的胸口听我的心跳声。
然后就再也没有离开过。

01

依然无数次地想起齐铭。

课间时。梦境里。马路上。

下起毛毛雨的微微有些凉意的清晨。把池塘里的水蒸发成逼人暑气的下午。

有鸽子从窗外呼啦一声飞向蓝天的傍晚，夕阳把温暖而熟悉的光芒涂满窗台。

很多很多的时候，齐铭的那张淡淡神色的脸，那张每时每刻都有温情在上面流转着的表情温和的面容，都会在记忆里浅浅地浮现出来。

虽然在时光的溶液里被浸泡得失去了应该完整无缺的细节，可是却依然留下根深蒂固的某个部分，顽强地存活在心脏里。

每天都有血液流经那个地方，然后再流向全身。

02

好像也没有办法寻找到回去的路径了。

就好像曾经童话故事里的小姑娘沿路撒好面包屑，然后勇敢地走进了昏暗的森林。但是当她开始孤单开始害怕的时候，她回过头来，才发现丢下的那些碎屑，已经被来往的飞鸟啄食干净了。

也是自己亲手养大了这样一群贪食的飞鸟。

所以终有一天，报应一般地吞噬了自己回去的路径。

就好像是偶然发现自己手腕上的手表突然停了。想要重新拨出正确的时间，却无法找到应该要指针停留的位置了。

根本没有办法知道眼下是几点。

因为你根本就不知道时间在什么时候就停滞不前了。

03

易遥很多时候还是会梦见妈妈。

很多个日子过去之后，她终于可以坦然地叫出妈妈两个字了。而之前每天呼喊林华凤三个字的日子，就像是被风卷向了遥远的海域。

其实林华凤死的时候是想去拿柜子最上面的一个铁皮盒子。盒子里什么都没有只有一个信封，信封上写着“遥遥的学费”。

信封里有一些钱，还有两张人身意外保险单，受益人是易遥。

好像是在之前的日子里，自己还因为齐铭手机上自己的名字不是“遥遥”而是“易遥”而生气过。但其实，在世界某一个不经意的地方，早就有人一直在称呼自己是遥遥。只是这样的称呼被封存在铁盒子里，最后以死亡为代价，才让自己听见。

易遥拒绝了法院建议的去跟着易家言生活。

她觉得自己一个人住在弄堂里也挺好。

只是弄堂里没有了齐铭而已。

因为没有了林华凤的关系，易遥和邻居的关系也从最开始的彼此针锋相对变成现在的漠不关心。有时候易遥看见别人拧开了自己家的水龙头，也只是不说话地去把它拧上而已。也不会说出林华凤一样难听的话语。

每天早上在天没亮的时候就离开弄堂，然后在天黑之后再回来。

躺在母亲的床上，睡得也不是不安稳。

夏天刚刚开始的时候，齐铭一家就搬进了装修好的高级公寓。

“听说那边可以看见江面呢。”易遥帮着齐铭整理箱子，顺口搭着话。

“是啊，你有空过来玩。”齐铭眯着眼睛笑起来。

“嗯。”离开的时候就简短地说了这样的一些话。

大概还有一些别的什么琐碎的对话吧，眼下也没办法记得了。

只记得齐铭离开的那一个黄昏下起了雨。弄堂的地面湿漉漉的。李宛心一边抱怨着鬼天气，一边拎着裙子小碎步往外面走。弄堂门口停着的货车上装满了家具。

经过易遥身边的时候，李宛心停下来，张了张口想要说什么，最后只是叹了口气，什么都没说就离开了。

其实这些易遥都懂。她心里都明白。

她站在家门口对齐铭挥手。暮色里的他和记忆里一样，永远都是那么好看。

温情脉脉的面容让人心跳都变得缓慢下来。

在学校里也不太能够碰见。

高一结束的时候年级分了快慢班。齐铭理所当然地去了快班，而易遥留下来留在原来的班级里。出乎意料的是唐小米考试严重失误，满心怨恨地留了下来。

依然是与她之间停止不了的摩擦。

但是易遥渐渐也变得不在乎起来。

偶尔课间的时候趴在走廊的栏杆上，可以望见对面楼道里穿着白衬衣的齐铭抱着作业朝办公室走。

依然可以从密密麻麻的人群里分辨出他的身影。依然是无论离地再远，都可以把目光遥远地投放过去。

易遥望着头顶的蓝天。

十八岁了。

04

因为同班的关系，大部分的时候，齐铭和顾森湘一起回家。少部分的时候，齐铭和易遥一起回家。

“怎么？被抛弃啦？”易遥牵着车，跟着齐铭朝学校外面走。

“嗯是啊，她留下来学生会开会。大忙人一个。”齐铭摸摸头发，不好意思地笑起来。

易遥看着眼前微笑着的齐铭，心里像是流淌过河流一样，所有曾经的情绪和波动，都被河底细细的沉沙埋葬起来。也不知道什么时候会被地壳的运动重新暴露在日光之下，也不知道那个时候是已经变成了化石，还是被消磨得什么都没有剩下。这些都是曾经青春里最美好的事情，闪动着眼泪一样的光，慢慢地沉到河底去。

一天一天地，看着脱离了自己世界的齐铭重新变得光明起来。

一天一天地焕发着更加夺目的光彩。

再也不用陪着自己缓慢地穿越那条寒冷而冗长的昏暗弄堂。

“走吧。”

“嗯。”齐铭点点头，抬起修长的腿跨上单车。

两个人汇合进巨大的车流里。

经过了几个路口，然后在下一个分岔的时候，挥挥手说了再见。

骑出去几步，易遥回过头去，依然可以看见夕阳下同样回过头来看着自己的齐铭。

于是就在暮色里模糊地笑起来。

大部分的时候，顾森西都会在楼道口牵着单车等着自己放学。

两个人骑着车，慢慢地消磨掉一个个黄昏。他也和齐铭一样，是个话不多的人。所以大部分时候，都是沉默的。或者是易遥讲起今天班里的笑话，顾森西听完后不屑地撇撇嘴。

也会和他一起坐在操场空旷的看台上吹风。或者看他踢足球。

初夏的时候，每到傍晚都会有火烧云。汗水打湿了T恤、洒在草地上的时候就变成了印记。

可能很多年之后再重新回来的时候，这些印记都会从地下翻涌出来，跳动在瞳孔里，化成伤感的眼泪来。

天空滚滚而过的云朵。

“昨天我去看过医生了。”顾森西喝着水，沉着一张脸。

“生病了？”易遥侧过头，看着他沿着鬓角流下来的汗水递了张毛巾过去。

“心脏不好，心跳一直有杂音，心率也不齐，搞不好活不长。”

"骗人的吧！"易遥抬起手拍他的头，"没事触什么霉头！"

顾森西打开她的手，不耐烦地说："没骗你，你不信可以自己听。"

易遥把脸贴到他的胸膛，整齐而有力的心跳声，刚刚想抬起头来骂人，却突然被环绕过来的双臂紧紧抱住无法动弹。

耳边是他胸腔里沉重有力的缓慢心跳。

一声一声的像是从天空上的世界传递过来。

学校的老校门被彻底拆除了。

连带着那一个荒废的水池也一起填平。

拆除那天好多的学生围着看，因为有定向爆破，听起来很像那么回事。顾森西站在远处，对身边的易遥说，当初我大冬天地从水池里帮你往外捞书的时候，你有没有一种"非他不嫁"的感觉啊？

易遥抬起脚踢过去，"我要吐了。"

然后就是轰隆一声，面前高大的旧校门笔直地坍塌下来。

耳朵上是顾森西及时伸过来的手。

所以几乎都没有听见爆炸时震耳欲聋的声响。

易遥抬起手按向脸庞，轻轻地放到顾森西的手上。

树叶在季节里茂盛起来。

阳光被无数绿色的空间分割。光斑照耀在白衬衣的后背上来回移动着。

不记得是第多少次和齐铭一起穿越这条两边都是高大香樟的下坡了。

"接吻过了？"

"啊？"齐铭吓了一跳，车子连带着晃了几下。

"我是说，你和顾森湘接吻了吧。"易遥转过头看向在自己身边并排而行的齐铭。他的脸在强烈的光线下慢慢地红起来。

“森西告诉你的吧？”

“嗯。”

“她还叫我不要说，自己还不是对弟弟说了。”齐铭低头笑起来。

“别得寸进尺啊，小心玩过火。”易遥微微地笑起来。

那是一种什么样的心情呢？

就像是在有着阳光灿烂的午后，在路边的露天咖啡座里，把一杯叫做悲伤的饮料，慢慢地倒进另外一杯叫做幸福的饮料里。缓慢地搅拌着，搅拌着，搅拌着。蒸发出一朵小小的云，笼罩着自己。

“她才不会让我得寸进尺，她保守得要死。上次亲了一下之后死活不让亲了。她不要太会保护自己哦。”

易遥的脸笑得有点尴尬。

反应过来之后的齐铭有点内疚地赶紧说：“我不是那个意思……”

易遥笑着摇摇头，“没事啊，她之前看过我流产的样子啊，肯定对男生防了又防，应该的。”

“对不起。”齐铭把头转到另外一边，有点不太想看易遥的脸。

“别傻了。”易遥挥挥手。

沿路风景无限明媚。

“谢谢你。”齐铭从旁边伸过来的手，在自己的手上轻轻地握了一下。

“谢我什么啊？”

“没什么……就是谢谢你。”

## 05

——其实我也知道，你所说的谢谢你，是谢谢我离开了你的世界。让你可以像今天这样再也没有负担地生活。

——我虽然会因为听到这样的话而感受到心痛。可是看见你现在幸福的样子，我也真的觉得很幸福。

——以前我每次听到都会不屑的歌曲，那天也让我流泪了。那首歌叫《很爱很爱你》。

06

其实青春就是些这样的碎片堆积在一起。

起床，刷牙，骑车去上课。

跟随着广播里的节奏慵懒地轮刮眼眶。偶尔躲过广播操偷跑去小卖部买东西。

今天和这个女生勾肩搭背，明天就因为某些琐碎到无聊的事情翻脸老死不相往来。

日本男生精致的脸和漫画里的男主角一样吸引人。

弄堂里弥漫着的大雾在夏天也不会减少。

公用厨房的水斗里，用凉水浸泡着绿色的西瓜。

就是这样一片一片装在载玻片和覆玻片之间的标本，纹路清晰地对青春进行注解与说明。

但其实也并不完全是这样。

就像易遥曾经经历过的人生一样。那些几乎可以颠覆掉世界本来坐标的事情，你以为就停止了么?

07

那天齐铭和顾森西一起收到顾森湘短信的时候，并没有意识到那是她死前最后发出来的三条短信中的两条。

“我讨厌这个肮脏的世界。”

——应该是遇见了不好的事情。齐铭想了想，打了回复：“那是因为我们都还保持着干净呢，傻瓜。”

“森西你要加油，你别惹妈妈生气了。我永远爱你。”

——应该又是妈妈在冲她数落自己的不是了吧。森西这样想着，回了一条：“知道啦。我也永远爱你，美女。”

顾森西从电梯走出来的时候就听见母亲撕心裂肺的哭声从家里传进走廊里。

顾森西赶紧跑过去，看见家门敞开着，母亲坐在沙发上，双手用力地捶着沙发的边缘，脸上鼻涕眼泪一片湿漉漉地渗进皱纹里。在看见顾森西的同时，母亲发出了更加尖厉的哭声来。

客厅的一角，父亲坐在凳子上，手撑着额头，眼泪一颗接一颗地从发红的凹陷眼眶里往外滚。

顾森西冲进姐姐的房间，刚把门推开，就弯下腰剧烈地呕吐起来。

满屋子浓烈的血腥气味。甜腻得像是无数深海的触须突然朝自己涌来，包裹着缠绕着自己，把剧烈的腥甜味道扎进身体的每一个细胞深处。

顾森湘安静地躺在床上，头歪向一边，眼睛定定地望着窗外的天空，瞳孔放大得让人觉得恐惧，床单被血泡得发涨，手腕处被割破的地方，像白色花瓣一样翻起来的碎肉触目惊心。

顾森西靠在墙壁上，张着口像是身体里每一个关节都跳了闸，太过剧烈的电流流过全身，于是就再也没办法动弹。

写字台上是一张纸。

上面是两句话。

和发给齐铭与自己的那两条短消息一模一样。

——我讨厌这个肮脏的世界。

——森西你要加油，你别惹妈妈生气了。我永远爱你。

08

顾森西没有去上课。

上午课间的时候易遥有打电话来，顾森西也不太想多说，随便讲了两句就挂断了电话。

他坐在顾森湘的房间里，望着干净的白色床单。

家里也没有人。母亲和父亲都住院去了。突然的打击让两个人都一下子老了十岁。特别是母亲，昨天晚上送进医院的时候，脸上苍白得像一张一吹就破的纸。送进医院之前，母亲尖厉的哭泣声一直没有停止过。

顾森西眼圈又红起来。他伸手拉开抽屉拿了包纸巾。

抽屉里是顾森湘的发卡、笔记本、手机。

顾森西拿起手机按开电源。盯着屏幕上作为桌面的那张自己和她的照片，心口又再一次地抽痛起来。

过了几秒钟，手机振动起来。两条短消息。

打开收件箱，一条是齐铭的，一条是自己的。

顾森西按开来，看到自己写的那句“知道啦。我也永远爱你，美女”，泪水又忍不住地往外涌。

顾森西正要关掉手机，突然看见了在齐铭和自己的两条短信下的一条来自陌生号码的短消息。顾森西看了看时间，正好是姐姐死的那一天。他把光标移到那条短信上。

“你是在和齐铭交往么？那下午两点来学校后门仓库吧。我有话想要告诉你。”

顾森西想了想，然后又按回到发件箱里，看见除了姐姐发给自己和齐铭的那两条消息之外，还有一条消息是：“你满意了吗？”而发送的对象，正是刚刚收件箱里的那个人。

顾森西看了看那个陌生号码，印象里好像看见过这串号码。

他拿出自己的手机，按照号码拨通了对方的电话。

在手机屏幕上的这串号码突然变成名字出现的时候，顾森西全身瞬间变得冰凉。

这串号码一直存在自己的手机里面。

它的主人是：易遥。

09

电话响起来的时候，易遥正在食堂吃饭。她看了看来电人是顾森西，于是把电话接起来。刚要说话，那边就传来顾森西冷漠的声音：

“你去自首吧。”

“你说什么？”易遥一时间没有反应过来。

“我是说，你去自首吧。”

说完这句话，对方就把电话挂了。

## 10

其实很多我们看来无法解释或者难以置信的事情，都没有我们想象中那么复杂，或者不可思议。

就像小时候，我们无论如何也没办法理解那些恶心的毛虫，竟然是美丽的蝴蝶们的“小时候”。

其实也没什么不可理解，那些虫子把自己层层裹进不透明的茧，然后一天一点渐渐改变，最后变成了五彩的蝶。

其实就算变成蝶后，也可以引发更加不可思议的事情来。比如它在大洋的此岸振动着翅膀，而大洋彼岸就随机地生成风暴。

其实事实远比我们想象中要简单。

只是我们没办法接受而已。

有一天易遥接到了一个陌生号码的短信，短信里说，如果她是齐铭的女朋友，那么就请她去学校仓库，有事情要告诉她。易遥下意识的反应就是对方“搞错了”，齐铭的女朋友应该是顾森湘，所以她随手按了按，就把这条消息转发给了顾森湘。她根本没有想到，这样一条口气平和甚至稍微显得有些礼貌的短信，会是顾森湘的死亡邀请卡。

至于顾森湘去赴约之后发生了什么不好的事情，谁都没办法知道了。只有顾森湘自己知道，还有让顾森湘遭遇那些肮脏的事情的人知道。

只是我们都知道，这些不好的事情，已经不好到了可以让顾森湘舍弃自己的生命，说出“我讨厌这个肮脏的世界”来。

## 11

易遥手脚冰凉地看着站在自己面前的顾森西。他冷冷地伸出手，说：

“那你把手机拿给我看，是谁发的那个信息，你把号码给我，我去找。”

易遥把眼睛一闭，绝望地说：“那条短信我删了。”

顾森西看着面前的易遥，终于哈哈大笑起来。

他抹掉了眼泪之后，对着易遥说：“你还有什么要说的吗？”

易遥低着头，“真的不是我。”

顾森西眼睛里盛着满满的厌恶的光，“易遥你知道吗，我姐姐经历的事情，都本来是属于你的，包括去死的人，都应该是你。”

易遥没有说话，风把她的头发突然就吹散了。

“我姐姐是个纯洁的人，什么都没有经历过，哪怕是一点点侮辱都可以让她痛不欲生，你把那条短信转发给她……我就当做真的有别人发给过你……你不觉得自己太恶毒了吗？”

易遥把因为泪水而粘在脸颊上的头发用手指捻开，“你的意思是不是，我就是个不纯洁的人，我就该去遭遇那一切，如果遭遇的人是我的话，我就不会自杀，我的命就比你姐姐的贱，你是这个意思吗？”

“你连孩子都打过了，你还不贱？”

“你就是恨不得我代替你姐姐去死？”

“对，我就是恨不得你代替我姐姐去死。”

胸腔里突然翻涌出来的剧痛，易遥有点呼吸不过来。眼泪迅速模糊了视线。那种已经消失了很久的屈辱感再次铺天盖地地涌来。

她深吸了一口气，然后伸出手拉向顾森西的衣角，“我知道你现在很生气……”

易遥刚说完一半，就被顾森西用力地朝后面推去，“你别碰我！”

朝后面重重摔去的易遥正好撞上骑过来的自行车，倒在地上的男生迅速地站起来，慌张地问易遥有没有事。

易遥朝着发出疼痛的膝盖上看过去，一条长长的口子朝外冒着血。
易遥抬起头，顾森西已经头也不回地走了。

12

从每一个心脏里蒸发出来的仇恨，源源不绝地蒸发出来的仇恨，那么多的痛恨我的人蒸发出来的仇恨。
无数个持续蒸发的日子，汇聚在我的头顶变成黑色的沉甸甸的云。
为什么永远没有止境呢？
为什么停不下来呢？
你们的那些持续不停地浇在我身上的，湿淋淋的仇恨。

我就是恨不得你去死。
我就是恨不得你代替她去死。

恨不得你去死。
恨不得你代替她去死。

你去死。
你去死。
你去死。
你去死。
你去死。
你去死。
你去死。
你去死。

你去死。

你去死。

你去死。

你去死。

你去死。

你去死。

13

齐铭看见手机来电的时候，犹豫了很久，然后才接了起来。

电话里易遥的声音听不出任何的感情，“齐铭你放学来找我，我有话要和你说。”

“易遥你去自首吧。”

对方明显沉默了一下，然后接着说：“……顾森西告诉你了？”

“你觉得他不应该告诉我吗？”

“我想见你，不是你想的那样的。”

“我不想看见你了……易遥，你去自首吧。”

“你什么意思？”

“没什么。我要挂了。”

“你无论如何也不肯见我是吗？”

齐铭没有说话，听着电话里传来那边呼呼的气流。

“……好，那我让你现在就见到我。”

“你说什么？”没有明白易遥的意思，齐铭追问着，但是对方已经把电话挂了。

齐铭背好书包，走出楼道，刚走了两步就听见头顶呼呼的风声。

齐铭抬起头，一个影子突然砸落在他的面前。

## 14

那种声音。

那种吞没了一切的声音。

那种在每个夜晚都把齐铭拖进深不见底的梦魇的声音。

那种全身的关节、骨骼、胸腔、头颅一起碎裂的声音。

那种可以一瞬间凝固全部血液，然后又在下一瞬间让所有血液失控般涌向头顶的声音。

持续地响彻在脑海里。

不休不止地咔嚓作响。

## 15

顾森西坐在沙发上。没有开灯，电视里播着今天的新闻。

他把身子深深地陷进沙发里。

闭上眼睛，视界里都是来回游动的白茫茫的光。

电视机里新闻播报员的声音听起来毫无人情味。

“昨天下午六点，在上海市某中学内发生一起学生跳楼自杀事件。自杀者名为易遥，是该学校高二学生。自杀原因还在调查中。图为现场拍到的死者的画面，死者今年刚满18岁。据悉，这是该学校一个月内的第二起自杀案件，有关部门已经高度关注。”

顾森西睁开眼睛，屏幕上易遥躺在水泥地上，血从她的身下流出来。

她目光定定地望着天，半张着口，像要说话。

顾森西坐在电视机前，沉默着，一动不动。

乌云从天空滚滚而过。

凌晨三点。月光被遮得一片严实。

黑暗的房间里，只剩下电视机上节目结束时那个蜂鸣不止的七彩条图案。

电视机哗哗跳动的光，照着坐在沙发上从下午开始就一动不动的顾森西。

16

弄堂里又重新堆满了雾。

清晨慢慢擦亮天空。陆续有人拉亮了家里昏黄的灯。

越来越多的人挤在公共厨房里刷牙洗脸，睡眼惺忪地望着窗外并没有亮透的清晨。

永远有人拧错水龙头。

弄堂里有两间已经空掉的屋子。

其他的人路过这两间屋子门口的时候，都加快脚步。

这个世界上每一分钟都有无数扇门被打开，也有无数扇门被关上。光线汹涌进来，然后又在几秒后被随手掩实。

不同的人生活在不同的世界里。红色的。蓝色的。绿色的。白色的。黄色的。甚至是粉红色的世界。

为什么唯独你生活在黑色的世界里。

黑暗中浮现出来的永远是你最后留在电视屏幕上的脸，呆呆的像要望穿屏幕的眼睛，不肯合上的口。欲言又止的你，是想对我说“原谅我”，还是想说“救救我”？

是想要对这个冷冰冰的，从来没有珍惜过你的世界，说一声“对不起”，还是一声“我恨你”？

顾森西站在弄堂的门口，望着里面那间再也不会有灯光亮起来的屋子，黑暗中通红的眼睛，湿漉漉的像是下起了雨。

## 17

记忆里你神色紧张地把耳朵贴向我的胸口听我的心跳声，然后就再也没有离开过。

悲伤逆流成河　最终回

不想要再听到那种声音在梦里突然锐利地响起来。

不想再听见那种声音了。

01

齐铭醒来的时候已经傍晚了，窗外万家灯火。坐在床上朝窗户外看出去，江面上有亮着灯的船在缓慢地移动着。

他起床走动了一圈发现爸妈也没有在家。应该是出门办事去了。

把电视打开看了看，满是无聊的搞笑和恶心的对白。他按下遥控器去厕所刷牙洗脸。

齐铭拿着毛巾擦着刚洗好的头发，走到写字台前，翻开笔记本在纸上刷刷地写了两行字，然后起身关好了所有的窗户，拉好了窗帘，之后他走到电话机前拔掉了电话线，然后又拉掉了家里的电闸。

他做完这一切之后，起身慢慢走向了厨房。

之后他就回到房间，躺在床上，在一片黑暗里慢慢地闭上了眼睛。

02

——黑暗中你沉重的呼吸是清晨弄堂里熟悉的雾。

——你温热的胸口。

——缓慢流动着悲伤与寂静的巨大河流。

全文完

## 悲伤逆流成河　番外篇

## 《黑暗源泉》

01

顾森西日记：

窗外下雨了。

我不太喜欢下雨的日子。湿淋淋的感觉像穿着没有晾干的衣服。

其实你离开也并没有过去很久的时间。

但关于你的好多事情我都想不起来了。我一直在问自己为什么。按道理来说，我不应该忘记你，也不太可能忘记你。对于一般人来说，发生这样的事情，应该会在心里留下一辈子都不会消失的痕迹吧。

可是真的好多事情，就那样渐渐地消失在了我的脑海深处。只剩下一层白蒙蒙的膜，浅浅地包裹着我日渐僵硬的大脑。让我偶尔可以回忆起零星半点。

今天生物课上，老师讲起来生物本能，我才了解了为什么，我可以这样迅速地忘记你。

老师说，任何生物，都有一种趋利避害的本能，会自然选择让自己不受伤的环境，自然选择让自己舒服的环境，自然选择让自己活下去的环境。

比如水里的草履虫，会迅速地从盐水里游向淡水；比如羚羊，会在旱季里飞快地从戈壁往依然有灌木生长的草原迁徙；比如人被针扎到，会迅速地在感受到疼痛之前就飞快地把手抽回；比如我，逼自己不要再去想起你。

因为我每次想到你的时候，就觉得痛苦得不得了。

所以每一个生命都是在顽强地保护着自己吧。

但那又是为什么，你们统统都选择了去死呢？

在最应该保护自己的时候，你们都不约而同地选择了放弃。不仅仅只是放弃了你们自己，而是连带着这个均匀呼吸着的世界，一起放弃了。

## 02

日子慢慢接近夏季。

上海的天空就很早地亮起来。六点多的时候，窗外的阳光已经非常明显。记忆里五点就已经彻底亮透的清晨，应该再过些时日就会到来。

顾森西坐在桌子边上吃早餐。

母亲依然在顾森湘平时习惯坐的那个座位上放了一碗粥。

顾森西看了看那个冒着热气的碗，没说什么，低下头朝嘴里呼呼地扒着饭。

电视的声音开得很小，只能隐约地听见里面在播报最近的股市行情以及房价变动。森西妈坐在沙发上一动不动，目光呆呆地盯在电视与沙发之间的某一处。也不知道在看什么。隔一段时间会从胸腔深处发出一声剧烈但是非常沉闷的叹气声。

其实听上去更像是拉长了声音在哭。

顾森西装作没有看到，继续吃饭。

风卷动着灰色的云从窗外海浪一样地翻滚而过。可能是窗户关太紧的关系，整个翻滚沸腾着气流的蓝天，听上去格外地寂静。

像把耳朵浸泡在水里。

这是顾森湘自杀后的第二十八天。

03

钟源走进教室之后，就发现自己的椅子倒在地上。

钟源环顾了一下周围，每个人都在忙着自己的事情。旁边的秦佩佩趴在桌子上，探出身子和前面的女生聊天，好像是在说昨天看完了《花样少年少女》，里面的吴尊真的是啊啊啊啊啊啊。

似乎没有人看到自己的椅子倒在地上。所以理所当然，也没有人会对这件事情负责。

钟源咬了咬牙，把椅子扶起来，刚要坐下去，就看见两个清晰的脚印。

女生36码的球鞋印。

钟源没说什么，把椅子往地上用力地一放。

听到声音转过头来的秦佩佩在看见椅子上清晰的脚印后，就"啊"了一声，然后赶紧从抽屉里掏出一块雪白的毛巾递过来，"呐，擦一下吧。

也不知道是谁，真讨厌。”

钟源看着她手里那块白得几乎一尘不染的毛巾，然后抬起头看到周围男生眼睛里熊熊燃烧的亮光，心里一阵恶心。

抬起袖子朝脚印抹过去。

留下秦佩佩尴尬的笑脸。

顾森西上学的第一天早晨。

坐在他前面的两个女生发生的事情。

有一朵细小的蘑菇云在心脏的旷野上爆炸开来。

遥远的地平线上升起的寂静的蘑菇云，在夕阳的暖黄色下被映照得绚烂。无声无息地爆炸在遥远的地方。

似曾相识的感觉像是河流堤坝被蚂蚁蛀出了一个洞，四下扩张的裂纹，像是闪电一样噼啪蔓延。

一定在什么地方发生过这样的事情。

一定在什么时候出现过同样的表情。

04

“他的白衬衣真干净。比班上其他男生干净多了。”

“你有发现他把领子立起来了吗？校服这样穿也可以的哦。”

“他到底有没有染头发？阳光下看起来有点红呢。”

“他好像不爱讲话。从早上到现在没有说过一句话呢。”

处于话题中心的顾森西突然抬起头来，拍了拍坐在他前面的钟源的肩膀，“喂，可以告诉我学校的食堂在哪儿吗？”

钟源闭上眼睛，感觉像是被人塞了颗定时炸弹在肚子里。她最后还是转过头来对顾森西说：“第二教学楼背后。”

钟源不用看，也知道周围的女生此刻都把目光锁定在她的身上。那种如芒在背的感觉。

“嗯，知道了。谢谢。我叫顾森西。”

钟源转过身去，低头整理抽屉，再也没有搭话。

顾森西摸摸头，耸耸肩膀，也没在意。

倒是旁边的秦佩佩转过身来，笑容灿烂地说：“中午一起吃饭吧，我带你去，我叫秦佩佩。”

“哦，不用麻烦了，我自己就行。”顾森西笑了笑，然后起身走出了教室。

秦佩佩的笑容僵死在脸上，这是无论顾森西的笑容有多么帅气迷人，也无法挽救的事实。

钟源忍不住微微侧过头，结果正好对上秦佩佩看向自己的目光。

也无所谓。

又不是第一次。

05

放学之后已经是傍晚了。

火烧云从天边翻腾起来。顺着操场外围的一圈新绿色的树冠，慢慢地爬上头顶的天空。也不知道那片稀薄的天空被烧光之后会露出什么来。夏天里感觉日渐高远稀薄的蓝天。

刮了整整一天的风终于停了下来。

只剩下一个被火光烧亮的天空。

顾森西推着车慢慢地从操场边上的小路走过。

操场上十几个男生在踢球。

新的学校有更大更好的球场，有专业的室内游泳池和跳水台。

有四个网球场，还有一个是红土的。

有比之前学校更高的升学率和更激烈的竞争。有更强大的文科基地所以也有更多漂亮的女生。

有绵延不绝的高大的常年绿色的香樟，而不是以前学校的每到秋天就会变成光秃秃的枝桠的法国梧桐。

有超过五千的巨大的学生数量，如果要全校开会的话，整个操场都是黑压压的人。

可是这些很多很多的东西，顾森西都觉得和自己没有关系。

那种孤单的感觉，会在每一个嘈杂的瞬间从胸腔里破土而出。

然后在接下来的安静的时刻，摇晃成一棵巨大的灌木。

就是没有办法融入这个新的环境里。哪怕穿着一模一样的校服，也会觉得有种微妙的介质，把自己包裹起来，隔绝在周围所有人之外。

顾森西走出校门的时候，看见推着车从自己身边走过的钟源。自行车轮胎应该是被放光了气，扁扁地压在地上。

“怎么了？”顾森西从背后招呼了下钟源。

钟源回过头来，看见顾森西盯着自己瘪瘪的轮胎，明白他指的是自己的车。不过钟源也没说什么，摇摇头，“没什么。”然后就转身推着车走了。顾森西站在原地愣了会儿，然后跨上单车回家。

像是与自己没有关系的世界。

每个人都像是存活在子宫中的胎儿一样与这个世界保持着同步胎动的联系。

千丝万缕的联系。

如果有一天切断脐带，抽空羊水，剥离一切与子宫维系的介质，那么，我们都会变成什么样子呢？

安静而庞大的，与自己没有关系的世界。

06

顾森西推门推不动，然后又敲了好几下门，依然没有动静。

于是顾森西只好把书包放下来，在里面翻了很久找出钥匙，打开门。

母亲坐在饭桌边上，也没有吃饭，盯着电视发呆，父亲坐在沙发上看报纸。

顾森西很难不去联想如果回来的人是顾森湘的话，那么从电梯门“叮”的一声打开时，母亲就会搓着手迎接在门口了。

当然他不会去和已经去世的姐姐比较这种东西。

所以他也没说什么，把钥匙放进书包里，换了鞋走进去。

父亲听见开门声，把报纸放下来，从老花眼镜上面把目光投到顾森西身上：“哦，森西回家啦，那吃饭吧。”

顾森西旁边的位子依然空着，那个位置上也摆了一副碗筷，甚至还盛上了米饭。

顾森西装作没有看见，一边埋头吃饭，一边不时晃一眼电视。

电视里正在播放的是关于战争新型武器的研发和限制，所有男生都会感兴趣的话题。顾森西吃完一碗米饭，因为舍不得眼睛离开电视，于是就顺手把旁边那碗摆在姐姐座位面前的米饭拿了过来。

“你干什么！”一直坐在旁边本来一语不发的母亲突然像是回过魂来一样目不转睛地盯着顾森西。

“吃饭啊。”顾森西淡淡地回了她一句，目光粘在电视机上也没有挪开。

“你给我放回去！”母亲突然拔高的音调把顾森西吓了一跳，但随即也产生了在他心里撒下了一大把图钉一样的厌恶感。

“你放在这里也没人吃，最后不也是倒掉吗？”顾森西忍不住顶了回去。

“我就是倒掉也不要被别人吃掉！”

“你倒掉了也是被老鼠吃！”

“你这个混账东西！”母亲抄起放在菜盘里的调羹朝顾森西用力地砸过去，顾森西偏头躲开了，但是头发上还是被甩上了一大团油腻。

顾森西噌地把椅子朝后面一踢，站起来，说：“是不是我也去死了，你就高兴了，你就满意了……”

话没有说完，就被旁边父亲甩过来的一个响亮的耳光给打断了。

07

顾森西日记：

其实我们每一个人，在过去，现在和未来这三个时态里，一定都会愿意活在过去。

现在的种种痛苦，和未来不知道会经历的什么样的痛苦，都触动着我们的本能。启动生物趋利避害的系统，让我们不愿意活在当下，也不愿意去期待未来。

而过去的种种，也在生物趋利避害的系统下，被日益美化了。忘记了所有的痛苦，只留下美好的记忆让人们瞻仰。

所以，所有的过去都带着一张美好得近乎虚假的面容出现在我们的面前，让我们像是被茧包裹的幼虫一样，心甘情愿地活在过去虚构的容器里。

我也可以理解爸爸妈妈对你的怀念。

因为我也很想你。姐姐。

08

新学校的校服是白颜色。有好处。也有很多坏处。

好处是可以让女孩子显得更纯净可爱，让男孩子显得更挺拔更王子，前提是穿校服的人都是帅哥美女。

坏处就是，对于个人卫生不讲究的人来说，那是一场彻底的噩梦。

但是有时候，哪怕很讲究个人卫生的人，也会遇见各种问题。

钟源上完体育课后跑回教室，刚刚在座位上坐下来，屁股上就感觉到一阵湿润的凉意。第一个反应是“糟糕，怎么这个时候来了”，等发现潮湿感是从外面渗透进来的时候，钟源站起来，转身看了看椅子上，一摊红色的墨水，不过大部分已经被白色的裙子吸掉了。剩下薄薄的一层残留的墨水印子，清晰地留在椅子上面。

钟源回过头，看见自己裙子后面，一大块红色的印迹，眼泪刷地一下冲出了眼眶。

已经是上课的时间了，所以女生厕所里没有任何人。

钟源把裙子脱下来，光着腿，只穿着内裤站在洗手池边上，把裙子放在里面洗。

四下一片安静，只有水龙头滴水的声音，啪嗒啪嗒地响在地面上。

红色墨水里被人很有心机地加进了一些黑墨，看上去是一种非常容易让人产生不好联想的暗红色。

钟源一边洗，一边抬起手擦脸上的泪水。

中途一个女生突然闯进来，看见几乎光着下半身的钟源站在洗手池边，水槽里一摊暗红色，这样另类的画面让那个女生飞快地转身离开了厕所。

钟源关上水龙头。一直抿紧的嘴唇松开来。

滚烫的眼泪模糊了视线。

周围非常地安静，可以听见剩余的水滴从水龙头滴进水槽的滴答声。

还有窗户外隐约的气流声。

09

钟源重新回到教室的时候，已经上课十分钟了。

不过她也没有喊报告，直接走进了教室。

正在上课的物理老师刚想叫住这个目空一切的女生的时候，钟源正好走过了讲台，朝下面自己的座位走去。转过来的背影，一摊依然没有洗掉的红色，和湿淋淋还在滴水的裙子，让老师闭上了想要训斥的口。

钟源在座位上坐下来，旁边的秦佩佩悄悄地从桌子底下递过来一包卫生巾。

钟源盯着她看了半分钟，然后抬起手把秦佩佩的手打开，因为很用力，所以听得到很响的“啪”的一声。

“你干吗啊？”秦佩佩委屈的声音。

“我也想问你，你，干，吗？”钟源擦了擦脸上半干的泪水，平静地转过头，看着秦佩佩。

10

放学的时候钟源把裙子的背面转向了前面，然后拿了一本很大的教科书挡着那团红色的印迹。

顾森西骑车从后面远远地看到她，于是用力蹬了几下赶上去。

“怎么没有骑车？”

“车坏了。”回过头来看清楚是顾森西之后，钟源低着头淡淡地说着。

顾森西没说话，陪着女生走了一会儿之后，突然问：“她们老欺负你？”

“别乱说。没有的事。”钟源抬起头，望向身旁的顾森西。

夕阳下面，钟源的脸庞看起来无限地透明，带着一种悲伤的神色，在记忆里缓慢地复活着。

顾森西被突如其来的熟悉感震撼了胸腔。“上来吧，我载你。”

钟源显然是没想到他会这样讲。对于一个刚刚转到班级里的男生来说。

“上来吧，你这样走路多难看。”顾森西把身子朝前挪了挪，拍了拍后座。

钟源低头想了会儿，然后侧身坐了上去。

就像所有电视剧里演的那样，在快要出校门的时候，碰见了迎面走过来的秦佩佩。

看见顾森西的时候，秦佩佩就笑容灿烂地打招呼。直到走近了，看见坐在顾森西后座低着头的钟源时，秦佩佩的笑容明显地变得更加灿烂。“哎呀，顾森西你不能偏心哦，下次我也要坐。”

钟源从车上跳了下来，飞快地朝前面跑了。顾森西稳住因为她突然跳车而摇晃不停的单车后，连着在后面喊了好几声“钟源”，也没有回应。

顾森西把头转过来，看了秦佩佩一会儿，然后说：“你知道吗？我认识的一个女生特别像你。”

秦佩佩抬起头，熟悉的花朵一样的笑容，“真的吗？是你以前好朋友还是女朋友啊？嘻嘻。”

顾森西摇了摇头：“不是。是我特别讨厌的一个女生。”

11

空调开得很足，顾森西洗完澡后光着上身在房间里呆了会儿，就觉得冷了。起身将空调关掉。低头拿遥控器的时候，看见玻璃窗上凝结的一颗一颗的水滴。

走回写字台前拧亮台灯，顾森西翻开一本白色的日记本。

这是易遥自杀后一个星期，邮局送来的，顾森西拆开的时候，看见第一页右下角“易遥”两个字的时候，突然滴出眼眶的眼泪把邮递员吓了一跳。

顾森西看到了一半，这应该是易遥好多本日记本中的一本。

翻开的这一页上，写着：

“今天有个男生给了我一百块钱。我知道他想干什么。应该又是唐小米在背后说我。她什么时候可以不要这么恶心了呢。我快受不了了。

“但是那个男孩子帮我捡了水池里的书包，那么冷的天，看见他光脚踩进水池里，我也觉得很过意不去。本来想对他说声谢谢的，但是一想起他之前给我一百块，把我当做妓女，我就什么都不想再说了。

“或者他帮我捞书包，也是为了让我和他上床呢。谁知道。”

顾森西揉了揉发红的眼眶。

其实也就是上一个冬天的事情。

却想起来那么遥远。遥远到像是从此时到彼时的路途里，每天与每天之间，都插进了一张磨砂玻璃，两百张磨砂玻璃背后的事情，看上去就是一整个冬天也无法散尽的大雾。

12

世界上有很多很多的黑暗。

浓郁的树荫。月球的背面。大厦与大厦之间的罅隙。还没亮透的清晨弄堂。突然暗下去的手机的屏幕。深夜里被按掉开关的电视。突然拉灭的灯。

以及人心的深处。

无数的蕴藏黑暗的场所。

无数喷涌着黑暗的源泉。

它们滋养着无穷无尽的不可名状的情绪，像是暴风一样席卷着每一个小小的世界。

13

如果说之前所有的事情，都像是青春期女生之间的小打小闹，那么今天早上发生在班上的事情，就远远不能用这样的定义来形容。

至少惊动了学校教务处。

早上一开门，就看见黑板上贴满了无数的打印图片，而图片的内容竟然是班内的一个女生的裸照。

对于这样的事情，学校的系统不会视而不见。

无论是男生女生，都难以掩饰眼睛里兴奋而期待的神色。

除了画面上的主角钟源。

还有坐在钟源身后一言不发的新转校生顾森西。

画面的内容明显是有人把钟源的头PS到了一个日本AV女优的身上，但是因为技术太好或者说刚好适合的关系，看上去，就像是钟源本人一样。

最早到教室的几个男生甚至撕下好几张放进了自己的书包。

等到大多数人都看到了的时候，已经剩下不多了。

等到钟源进到教室的时候，她先是发现所有人的目光都落在她的身上，女生是一种幸灾乐祸的表情，男生的眼光就变得更加复杂和含义深刻。

等到钟源满脸疑惑地回过头看向黑板的时候，整个教室变得鸦雀无声。

就是在那个安静的时刻，顾森西推开门走进教室，看见在众人安静的目光里，一个人红着眼眶咬着下嘴唇，一边撕黑板上的贴纸的钟源。

钟源撕完了所有剩下的打印纸，然后红着眼眶走回到座位上。

她坐下来之后，一直低着头，肩膀因为愤怒而抖动着。

“秦佩佩，把你的红墨水给我用一下！”突然回过头来的钟源，把正在发短信的秦佩佩吓了一跳。

“我哪有什么红墨水……”秦佩佩小声地回过话。

“你抽屉里那瓶啊！用掉一大半的那瓶！”钟源突然声嘶力竭地吼过去。

教室里安静一片。

过来很久，秦佩佩才慢慢地对钟源平静地说："你不说我还想问呢，不知道是谁，把一瓶用过的红墨水放进我抽屉来的。"

14

课间操的时候钟源被叫到了学校教务处问话。

顾森西看着排好的队伍里空出来的那个位置，心里就像是初夏上海的台风天气一样，无数卷动的气流，让所有的情绪都变得难以稳定。

前面几个男生依然在讨论着那些PS出来的电脑图片。

零星可以听到一些很猥琐的想法。

顾森西捏紧了拳头，感觉血管突突地跳动在太阳穴上。

15

放学之后人走得很快。

男生蜂拥着朝球场和网吧跑。女孩子三三两两地约好了一起去新西宫。

迅速走空的教室里，钟源趴在桌子上。

偶尔抽动的肩膀，在黄昏的模糊光线里也不是十分容易觉察到。

她旁边的高大的玻璃窗外，是一片绚丽的夕阳。

过了很久，她站起来，收拾好书包，慢慢走出了教室。

桌子上是一大片湿漉漉的痕迹。

站在走廊外的顾森西，在钟源离开了教室之后，重新回到教室里面，窗外是一片浓郁的树木。

他从教室后面的清洁室里找出干净的抹布，把钟源湿漉漉的桌子擦干净了。

空气里浮动出来的噪点，密密麻麻地覆盖在桌面上。

其实是覆盖在了每一张桌面上。但是因为唯独这张覆盖着刚刚擦完的水痕，所以，在一堆桌子里，显得格外特别。

就像是所有穿着同样校服的人群里面，孤零零的自己。

顾森西站在空无一人的教室里。

时间缓慢地流逝。

16

真的会有很多，涌动不尽的黑暗的源泉。

流淌出来的冰凉而漆黑的泉水，慢慢洗涤着所有人的内心。

17

顾森西日记：

不知道为什么。我又突然想起你。

我已经好长一段时间没有想起你了。

在日记里用“你”这样的字眼，难免会让人觉得这是在写信。可是真的好想写信给你。

那天在电视里看到，说是珠穆朗玛峰上的研究站，也可以写信到达，就连月球空间站，也可以写信到达。只要在这个世界上，就可以把想要说的话说给对方听。

可是我也不知道你现在究竟在怎么样的一个世界里。

不过，我想应该也没有我们现在这个世界糟糕吧。

这个世界，从来就没有人珍惜过你。

连我自己也一样。

我也没有珍惜你。

很多话都可以用“如果当初……就会……”和“如果没有……就好了”来作为开头。但是这样的话，完全没有任何意义吧。

电视上你最后的面容，还有你墓碑上那张黑白的表情安静的你的样子。我这几天一直在反复地回忆起来。

心里很难过。

上海的夏天真正地到来了。

整个世界都是一片绿色。记忆里的你，好像很喜欢。

18

做课间操的时候，顾森西请假去了保健室，因为早上爬楼梯一脚踩空，扭了膝盖。

从保健室回来之后，课间操还没有结束。教室里都没有人。所有的人都黑压压地堆在操场上，僵硬地挥舞着胳膊。

顾森西走回教室，脚上尽管贴上了跌打膏药还有活血的涂液，但是还是使不上力。

快走到座位的时候，突然脚上一阵剧痛，忍不住用手按向前面的桌子，结果秦佩佩的桌子砰地一声倒在地上，抽屉里的文具书包等等哗啦散出来，顾森西赶紧去拣，在拿起书包的时候，一叠打印纸从包里哗啦散落出来。

每张纸上都是钟源的脸，还有日本AV女优风骚的裸体。

顾森西把那一叠纸拣起来，慢慢地塞回秦佩佩的书包里。

19

有一些痛觉来源于真实的肌体。比如从楼梯上一脚踩空之后留下的膝盖和脚踝的伤患处，在整整一天的时间里都持续地传递着清晰的痛觉。起立的时候，走路的时候，蹲下的时候，下楼梯的时候，每一个活动，都会拉扯出清晰的痛来。

而有一些痛觉，来源于你无法分辨和知晓的地方。只是浅浅地在心脏深处试探着，隐约地传递进大脑。你无法知晓这些痛的来源，无法知晓这些痛的表现方式，甚至感觉它是一种非生理的存在。

无数打印好的照片从秦佩佩书包里哗啦哗啦掉下来的那一幕，在整整一个白天里，持续地在顾森西身体里产生出源源不绝的痛苦。像有一个永动机被安放在了身体里面，持续不断的痛苦。没有根源。

曾经是费尽心机终于忘记的事情，在某一个时刻，突然被点燃了。

图片上，钟源那张没有表情的苍白的脸，和记忆里某种无法描述的表情重叠起来。

你内心一定觉得特别痛苦吧？尽管你苍白的脸上没有任何表情。

## 20

顾森西日记：

新的学校有很多地方都和我以前的学校不同。

课程的安排，体育课区域的划分，游泳池的开放时间，甚至食堂的菜色。

一切都标识着“这是新的环境”，每时每刻每分每秒都在提醒着我。有时候觉得自己像是从另外一个星球旅行过来的人，完全没有办法融入这个崭新的世界。

这个学校的树木大多以香樟为主。和我们以前的学校不一样。很少能够看见高大的法国梧桐。所以也很难看见以前那种朝着天空纷乱生长的尖锐的枝桠。

班里有一个叫钟源的女孩子，和你很像。我并不是指外貌的那种相似，而是你们藏在小小的身体里面的被叫做灵魂的东西。

我也知道这样的说法多少显得矫情和做作。但是我真的就是这样感觉的。

不知不觉又把日记写成了信的样子。用这样“你，你，你”的口气来写日记，真的是一件奇怪的事情。

如果真的可以给你写信就好了，很想问问你现在过着什么样的生活。

窗外是一片死寂一样的深夜。偶尔有出租车亮着“空车”的红灯开过去。

睡不着。

我睁着眼睛就总是看见你最后的那个样子。

## 21

上完第二节课之后，班上的学生纷纷朝体育馆的更衣室走去。

钟源一个人走在比较后面，前面是三五成群的女生。钟源从来不属于任何一个团体。说不清楚是女生们排挤她，还是她自己本来就不愿意和别人那么亲近。

自己一个人其实并不会感受到所谓的孤独这样的情绪。钟源反而觉得这样很清净。

换上运动服，钟源把脚上的皮鞋脱下来，从置物柜里把运动鞋拿出来。钟源的置物柜上的锁已经坏掉了，不知道是谁，把锁扣从木板上拆了下来。

总是有这样的事情发生在她的身上。

课本经常不见。

自行车的轮胎经常没气。

放在课桌抽屉里的水果经常被人拿出来丢进垃圾桶里。

钟源似乎是已经习惯了这样的事情。

所以她也懒得再去把置物柜装上锁扣，反正装好了，隔几天又会被拆下来。所幸放在里面的并不是什么值钱的东西，鞋子和校服而已。

钟源把运动鞋拿下来，刚穿上一只的时候，就看见秦佩佩和几个女生站在边上咬着耳朵，眼睛不时朝她瞄过来，在碰上钟源的目光之后，赶快朝别的地方看去。

钟源把头转回来，不想去管她们到底在干吗。总归是在议论着自己。这也是已经习惯的事情。钟源把另一只脚套进鞋子里，然后用力地伸了进去。然后就倒在地上没有起来。

袜子上几颗红色的血点，还有从鞋子里倒出来散落一地的图钉。

秦佩佩睁着无辜的大眼睛，抬起手捂住嘴巴，像是惊吓过度的样子。

她走到钟源身边蹲下来，用手握住钟源的脚，“你没事吧，我刚想提醒你，因为我在自己的鞋子里看见一堆这样的东西。”

说完她抬起手，把她自己的运动鞋翻过来，一堆一模一样的图钉叮叮当当地砸到水泥地面上。

钟源痛得满头细密的汗，她抬起头，看着秦佩佩那张光滑得毫无瑕疵的脸，然后用力地一耳光甩了过去。

不过却并没有打到她。秦佩佩似乎是早就知道钟源会有这样的反应，轻轻偏了偏头，避开了。她把钟源的脚朝边上一甩，然后站起来，一张脸上写着愤怒和不可思议的表情，她盯着躺在地上的钟源，不轻不重地说：“你有病吧。”

22

钟源一瘸一拐地走进学校的医务室，刚开口，就看见坐在椅子上正在换药的顾森西。

顾森西低头看了看钟源那只只穿着袜子的脚，问：“你怎么了？”

钟源没有回答，而是走到另外一个校医面前坐下来，小声地说：“老师，我脚受伤了。”

医生叫她把袜子脱下来之后，看了看那一块密密麻麻的细小针眼，疑惑地说：“这怎么搞的？”

“鞋子里有图钉。”

“什么？”医生摘下口罩，满脸吃惊的表情。

边上的顾森西没有说话，只是用目光看着低着头的钟源。

窗外是体育老师吹出的响亮的口哨声。
夏天的烈日把整个操场烤得发烫。

23

上午的课结束之后，学生纷纷拥向食堂吃饭。
钟源坐在座位上。脚上被图钉扎出的针眼持续地发出细密的痛来。像是扯着头皮上的一小块部分，突突跳动着的痛。

教室的人很块地走空了。饥饿是最有效的鞭子，让所有学生以竞赛的速度往食堂冲。
顾森西看看坐在座位上的钟源，然后走到她旁边，说："你要吃什么，我要去食堂，帮你一起买回来。"
钟源侧过头来看了看顾森西的脚，"你不是脚也受伤了吗，不用麻烦了，我不吃也行。"
"无所谓的，我反正自己也要下去，我不吃可不行。你要什么，我顺路帮你一起带了。"
钟源抬起头，看了看站在自己面前的挺拔的少年，嘴角抿了几下，然后说："那你随便买点吧，食堂的菜反正都差不多。"
"嗯。"

顾森西的背影消失在走廊里。

钟源趴在桌子上，望着空旷的走廊，正午的阳光从玻璃窗户上斜斜地穿进来。刚才一群男生踢着足球跑过去的时候带起来的灰尘，缓慢地漂浮在成束的光线里。

钟源把头埋进胳膊，眼眶慢慢地红起来。

24

顾森西到食堂的时候，大部分学生已经开始坐下来吃饭了。

窗口只有零星几个和顾森西一样晚来的学生在抱怨剩下的菜色。

顾森西从窗口拿回两个快餐外带的饭盒，看了看里面卖相不佳的几片青菜和两块油汪汪的肥肉，叹了口气，然后探着身子往里面说："师傅，再加个茶叶蛋！"

秦佩佩面前那个学校统一的铝餐盘里，除了白饭什么都没有，她从来不吃学校的菜。手边的那个真空饭盒内，是从家里带来的便当，里面满满当当的各种菜色。

秦佩佩招呼着周围的几个女生一起吃，"你们帮我吃掉些吧，我一个人吃不掉等下倒掉挺可惜的。"

顾森西站在她背后，皱起了眉毛。

他拍拍秦佩佩的肩膀，秦佩佩回过头来，看见站在自己背后的那个最近在女生话题里人气超高的转校生，眼睛突然亮起来，浅浅的笑容浮起在脸上，非常好看，"嘿，这么巧。"

"钟源鞋子里的图钉是怎么回事？"

"啊？"秦佩佩的笑容慢慢在脸上消失，换上了一种让人觉得害怕的脸色，"你说什么？"

"我说，"顾森西把头低下来，看着秦佩佩的脸，"钟源鞋子里的图钉是不是你放的？"

## 25

顾森西把塑料的便当盒放在钟源面前，然后就在后面的座位上坐了下来，低着头开始吃饭。

钟源转过身来，小声说了句谢谢，然后说，一共多少钱啊?

顾森西埋着头吃饭，嘴巴里含糊地答应着："不用了，没多少钱。"

过了半晌没听见回音，顾森西抬起头，看见钟源直直地盯着自己，顾森西问："干吗啊？"

钟源咬了咬嘴唇，说："不用你请。我又不是没钱。"

顾森西张了张口想说什么，但是最后还是吞了回去，"四块五。"

钟源低头掏口袋。

顾森西看着她的头顶，柔软的头发和一星白色的头皮。顾森西看着她沉默的样子，心慢慢地皱起来，像是一张浸湿的纸被慢慢风干后，上面出现无数细小的密纹。

"谢谢你。"钟源把几枚硬币轻轻地放到他的桌子上，然后就转过身低头静静地吃饭。

教室里有学生陆续吃完了饭回来。

一个男生带着篮球走回教室，在钟源座位前面的空地上啪啪地运球。灰尘飞快地扬起来。

钟源还是低着头吃饭。

顾森西站起来，冲着那个男生说："要打球出去打，我在吃饭。"

男生抬起头来看了看这个高大的转校生，嘴巴嘟囔了几下，也没说什么，带着球出去了。

窗外的空气里响起午后慵懒的广播声。一个女孩子甜美的声音之后，就是一首接一首的流行歌。似乎这是唯一和以前学校相似的地方吧。

在十七八岁的年纪，永远都流行着同样的歌。

电波在香樟与香樟的罅隙里穿行着，传递进每一个人的耳朵里。偶尔的杂讯，哔剥的电流声，混在悠扬的旋律里面。

是孙燕姿的《雨天》。

你能体谅，我的雨天。

26

秦佩佩从食堂回教室的时候，钟源还没有吃完饭。

她在钟源旁边坐下来，转过头盯着钟源看。

钟源继续低着头吃饭，没有任何的变化。

顾森西从后面抬起头，看着前面的两个女生，之后秦佩佩转回头来，正好对上顾森西的目光。

秦佩佩回过头，用不大不小，三个人刚好可以听见的音量说："乱嚼舌根，也不怕吃饭被噎死。"

钟源停下筷子，慢慢地站起来，把饭盒收拾好，走出了教室。

27

下午的时候，时间总是过得很快。

夏日持续的闷热，女生高高扎起的马尾，男生敞开的衬衫，头顶干涩转动的风扇杯水车薪地驱逐着炎热，窗外的蝉鸣让听觉变得钝重起来。

小部分的学生直接趴在课桌上睡觉，另外小部分的学生认真地写着笔记。剩下的大部分的中间段的学生，强打着精神，偶尔被呵欠弄得眼眶含满眼泪。

一整个下午顾森西和钟源都没有离开过座位。偶尔脚上传来痛觉的时候，顾森西会下意识地看看前面的钟源。只能看见她马尾下面的一小段脖子的皮肤，在夏日强烈的光线下显得格外苍白。

太阳从窗外慢慢地往下沉。

落日的余晖把黑板照出模糊的红光来。

黑板角落上值日生的位置上写着：秦佩佩。

## 28

最后一节地理课拖堂了。

下课铃声已经过去了十五分钟。窗外走廊上，无数学生嘈杂地从教室外走过。女生尖锐的嗓门混合着男生的鬼吼鬼叫，让教室里的人异常烦躁。

无论讲台上的老师多么卖力，下课铃声之后的内容，除了那非常少的一部分人之外，没有人会听得进去。

有叛逆的学生在下面清晰地骂着“册那到底下不下课”，但是老师依然在上面装作没有听见的样子。

等穿着碎花连衣裙的地理老师拖着肥胖的体态走出教室之后，所有的学生飞快地从抽屉里扯出书包来，然后鱼群一样地朝教室外面涌。

钟源等在座位上，因为脚上有伤的关系，她不想和所有人一起挤。顾森西看了看静静坐在座位上的她，于是本来已经站起来的身子，又重新坐回座位上。

几分钟之后，暖红色的光线下面，只剩下顾森西和钟源两个人，还有站在教室门口的值日生秦佩佩，不耐烦地抱怨：“你们两个到底走不走？我要锁门了。”

钟源一瘸一拐地提着书包走出教室，顾森西跟了过去。

秦佩佩在背后用力地把教室门关上，走廊里咣当一声巨大的响动。

29

“送你吧。”顾森西走快两步，赶上前面拖着一只脚走路的钟源。

“什么？”

“我说送你，”顾森西指了指她的脚，“你这样也没办法骑车了吧。我也没骑车，顺路送你一程。”

“你又不知道我家在哪儿，顺什么路啊。”钟源摇摇头，勉强露出个笑容，“我坐公车，学校后门口有一路正好经过我家的。”

“那好吧。”顾森西把书包摔上肩膀，低下头没有再说话。

走出楼道，钟源小声地说了句再见，然后朝学校后门走去。

顾森西看着她一瘸一拐的背影消失在放学的人潮里面。

夕阳像是被搅浑的蛋黄，胡乱地涂抹在天空里。接近地平线的地方，已经有摩天大楼闪烁的信号灯一闪一闪地亮起来。

走到校门口才发现学生卡忘记在抽屉里了。没有学生卡明天进学校的时候又会被门口那个更年期的妇女盘问很久。

顾森西有点窝火地拖着依然在发痛的脚，重新爬上楼梯，朝教室走去。走到一半想起来值日生应该已经把门锁掉了。翻了翻手机发现并没有秦佩佩的号码。

在走廊里呆立了一会，顾森西还是继续朝教室走。反正已经上来了，就去教室看看，如果有窗户没有关，那就还是进得去。

走到教室门口，果然门已经锁了。顾森西走到窗户外面，刚要伸手拉窗户，抬起头看见教室里昏暗的光线下，有个人在黑板面前写字。

顾森西皱了皱眉头，没有说话，转身走到走廊转角，靠着墙壁等着。

过了一会儿，走廊里传来扑通一声脚步声。应该是那个人从窗户跳了出来。顾森西探出头去，然后看见钟源一瘸一拐的背影慢慢地在走廊尽头消失。

混浊的光线把她的身影慢慢地拖进黑暗里。

30

喷涌而出的黑暗源泉，冰冷的泉水把整个沸腾的嘈杂的世界洗涤得一片寂静。没有温度的世界，没有光线的世界。

全宇宙悬停在那样一个冷漠的坐标上面，孤单的影子寂寂地扫过每一个人的眼睑。

燥热的喧哗。

或者阴暗的冰冷。

世界朝着两极奔走而去。

讲台上那本点名册被翻到的那一页，是钟源的名字。书写这个名字的人，是生活委员秦佩佩。

而黑板上是模拟得非常相似的字体。钟源。

钟源后面跟着两个字，贱逼。

31

顾森西拿起黑板擦，慢慢地把那四个放大的粉笔字擦去。

刷刷的声音又慢慢地在耳朵里响起来，像是收音机没有调对频率时错杂的电流声音。

顾森西安静地坐在窗台上，鼻腔里依然残留着粉笔末的味道。

身后的玻璃窗外，一轮晕染的月亮寂寂地挂在天上。

耳朵里是越来越清晰的水流声，无数的湍急的水流，卷动着混浊的泡沫，冲刷着河岸，冲刷着岩石，冲刷着水草，冲刷着覆盖而过的一切。各种各样的水流声。

眼前重现的，是那条缓慢流动着悲伤与寂静的巨大河流。

32

顾森西日记：

为什么世界和我想象的不一样？
为什么她们和曾经的你不一样？

33

早上钟源走进教室的时候，并没有发现班上的同学有任何异常的反应。

她回过头去，看了看干干净净的黑板，然后看了看坐在座位上对着镜子扎头发的秦佩佩，轻轻地咬了咬嘴唇，然后什么都没说，在座位上坐下来。

顾森西看了看她，没有说话。

34

钟源挑了食堂角落里一张无人问津的桌子吃饭。她低头往嘴里夹菜，眼睛的余光里，一个穿衬衣的身影在自己身边坐下来。

“脚好点了没？”顾森西把饭盒放在桌上，问。

“好多了。”钟源放下筷子，轻轻地笑了笑。

“为什么要这样？”顾森西低着头没有看她。

“什么？”钟源扬起眉毛，没有听明白他的话。

“黑板上的字是我擦掉的，”顾森西抬起头，“你昨天傍晚在黑板上写下的字。”

钟源的表情慢慢地消失在苍白的脸上。她把饭盒盖起来，手按在盖子上。

“你为什么要这样？”顾森西继续问。

钟源依然没有答复，双手放在饭盒上面，低着头看不出表情。

“你说话。”顾森西有点发火了。

“这不关你的事吧？”钟源站起来，拉开凳子朝外面走。

“抽屉里的红墨水，用来倒在你凳子上的红墨水，也是你的吧？”

“这也不关你的事。”钟源没有回头，慢慢朝食堂门口走。

“鞋子里的图钉，扎坏的轮胎，恶心的照片，丢失的课本，都是你一手策划的吧？”顾森西站起来，对着钟源的背影说。

钟源停下来，回过头望着顾森西，眼眶慢慢红起来，“不关你的事。”

35

也许平凡而善良的灰姑娘并不善良，她只是平凡。

也许骄傲而恶毒的小公主并不恶毒，她只是骄傲。

灰姑娘用她的聪明伶俐，把自己塑造得善良而楚楚可怜，同时也把公主塑造得恶毒而遭人唾弃。

光线从亿万光年外的距离奔赴而来，照耀着温暖而沸腾的半个地球。

而另外半个世界，沉浸在寂静的黑暗里。

36

电脑教室里空调嗡嗡地运转着。

下课铃响过之后学生纷纷脱下鞋子上蓝色的塑料鞋套，然后提起书包回家。

作为值日生的顾森西，站在门口，把他们乱丢的鞋套收拾起来，放进门口的柜子里。

秦佩佩走到门口的时候，听见低头收拾着鞋套的顾森西对自己说了一声“对不起”。她回过头来，看了看他，然后洒脱地耸耸肩膀，伸出手在他肩膀上拍了拍，“没关系。”然后跑进走廊。

扎在脑袋后面的马尾轻轻地跳跃起来。

顾森西低下头，浅浅地笑了。

所有的人都离开了教室之后，顾森西把部分人忘记关掉的电脑逐个关掉。

走到某一个机器的时候，发现USB接口上还插着某个没记性的人的U盘。他点开下面任务栏的文件夹，然后随便看了看屏幕，结果目光就再也没有移开过。

一个叫做“素材”的文件夹里，是无数AV女优的裸体。

一个叫做“活该”的文件夹里，是钟源学校网络上的那张大头照片。

第三个叫做“done”的文件夹里，是和上次黑板上贴出来的那些合成图片一样的钟源的裸照。而且是和上次不一样的图片。

顾森西默默地把窗口关掉了。

刚刚站起身子，走廊里传来急促的脚步声。

秦佩佩小跑着冲进机房，走到顾森西面前的这台电脑前，伸出手把USB接口上的U盘拔了下来。“哎呀，忘记U盘了，我永远这么没记性。”说完把U盘放进口袋里，冲顾森西笑了笑，然后转身离开了。

走到门口的时候，秦佩佩转过头来，望着荧光灯下沉默不语的顾森西，扬了扬手上的U盘，抬起眉毛笑着问：“看到了？”

被灯光照得苍白的顾森西，站在原地没有说话。

秦佩佩脸上再次出现完美的笑容。

37

黑暗里巨大的白色花朵。

被清凉的泉水洗涤之后，变得更加纯白，并且扩散出更加清冽的芬芳来。

悲伤逆流成河　读后感

悲伤之河

文/七堇年

## 壹　又见

黑暗中你沉重的呼吸是清晨弄堂里熟悉的雾。
你温热的胸口。
缓慢流动着悲伤与寂静的巨大河流。

那些呈现在文字中的影像模糊的人事终止在这样的言语之中，竟果真似浮在河面的船舶发出的呜咽汽笛一般汩汩地流向意识深处，这么近，那么远。时隔经年，终于又看到小四的文字。这已经不是2000年的印象。曾经固执地恐惧着物是人非，而今看到，那个笑容明亮，踩着忧伤的舞步在众人的目光中一路走来的少年，面孔已经有如这本小说一般富有线条和棱角。言语退去华丽的外衣，真实而惨痛的内核依然这般打动人心。像一部在黑暗而窒息的酒吧地下室播放着的实验电影，你在席地而坐的观众中掩面而泣的时候，胶片依然被机器卷动着无情滚动过去。无人为你的悲伤停留，电影配乐湮没了你的哭声。

弄堂里的雾气。清晨的开门声。被母亲塞进书包里的牛奶和水果。干净的少年。孤独的女孩。沉默地等待着你的放学后。震动不已却无人接听的手机。匕首一般的流言。薄如纸的世事人情。听到了那句“救我”便转身飞奔回去的他，以及躺在血泊之中目光失焦的她。

我常以为，世界之所以美好，是因为它被人间的太多遗憾所映照。

被黑色流云覆盖的悲伤的物象，不紧不慢地叙述着一场青春的散场。这本书带领我们走过的这条悲伤河，是世界的真实之声。

## 贰　路途

生活里到处都是这样悲伤的隐喻。

如同曾经我和你在每一个清晨，一起走向那个光线来源的出口。

也如同现在他载着我，慢慢离开那个被我抛弃在黑暗里的你。其实在自行车轮一圈一圈滚动着慢慢带我逐渐远离你的时候，我真的是感觉到了，被熟悉的世界一点一点放弃的感觉。

在那个世界放弃我的时候，我也慢慢地松开了手。

再也不会有那样的清晨了。

读到这样平和而隐忍的语句，看到的是青春的背影，在时光中转身，然后不知所终地消失在昭然若揭的怀抱，消失在深情而遥远的凝视中。那都是少年时的记忆了——那是写出这样的文字的少年，留给你我的记忆。

想想我们走过来的那些故事——雪的国度里面孤独而善良的王，城市的永无岛上一群刚刚长大的孩子，1995年被盛浓的绿荫所深深覆盖的校园，然后直到今天的悲伤之河：在命运的起点上，少年们单薄的身影勾勒出生命的创痛，望向弄堂的尽头那个渐行渐远的背影手足无措：看，快乐的人都有一样的快乐，而悲伤的人各有各的悲伤。我们曾经拥有大把大把的幸福年华，而想念中深切的，仍旧是那样一些不复再有的清晨。不复再有的子夜。

他给过的关怀，成为她生命的支撑。在一个缓缓地闭上眼睛的时刻，他突然记起她的脸。这样他便老了。

而活在文字中的她的信念是，我不能悲伤地坐在你身旁。

## 叁　尾声

遥远而苍茫的人海里，扶着单车的少年回过头来，低低的声音说着，喂，一起回家吗？

无限漫长时光里的温柔。

无限温柔里的漫长时光。

一直都在。

选择一个必输的赌注去输，来证明自己的无辜，筹码是生命。而之所以让这一切发生在已经走过了那么多的疼痛和鄙夷之后，在平和的生活似乎近在咫尺之前，仅仅是因为，他的不信，让她感到最大的绝望。

于是她终于可以活在他的相信中。

这是最美好的生之丧失。

我们常常都不觉得自己是一个铁石心肠的人。但是好多时候，似乎必须足够无情，才可以避免因爱而苦——就像这本书中说过的那样。

曾经读过一个台湾作家的书，里面说，世界总是没有错的，错的是心灵的脆弱性，我们不能免除于世界的伤害，于是我们就要长期生着灵魂的病。这本书信集是作者的最后一部作品，写完之后，她就在巴黎的公寓里面用刀子戳向胸口自杀而死了。我于是想到，这样薄如纸脆如瓷盛如花的人，怎可担当得起命运无常。而又想想这本书中那些栩栩如生的少年，不禁为他们鲜明的痛楚所震慑，因觉得他们很有担当。

言，言而不衷。离，离而不去。长到这样一天，因了畏惧心的脆弱性，在接纳万事之前，自己已经在眼前就挂了一张滤网，人事的悲喜色差陡然就被模糊羽化，看在眼里，也就没有那么触目，自然也就说不上惊心了。总觉得活得眷恋生世，朝朝夕夕孑然而繁华，越来越寂寞，又欢喜又害怕。

这也许就是缩影在小四的笔下，缩影在他文字的成长中，最深的隐喻。

在这烟火的纲常世间，生命的河流深处是静默，却静默得悲欢俱在。世界并不都由洁净和精致的物象构成，关怀与温情永远只存在于更加庞大的冷漠与无情的对照之中。所以文字的生命可以脱离华美和虚幻而存在，一如这本书，又一次向我们打开了一扇门，通往另一个与他以往的文字都不相同的世界。最终他把这一切展示给我们看。这是由琐碎和平凡的生活细节构成的青春生命，是幅远观才能成形的油画，是一句稀声的大言。

## 悲伤逆流成河　读后感

既然战胜不了悲伤

文/落落

这人又在挖掘读者的泪腺了——我不是剧情泄露，仅仅从《悲伤逆流成河》这个题目，就是所有人都想象得到的结局。区别只在于身为读者的我们所能揣测的永远是一个模糊的大方向，而最后字字切肤的具体落点便全等候他的发落。

这人又在展示他的能力了——从最早期的《幻城》，到最近的《1995-2005 夏至未至》，直至眼下的《悲伤逆流成河》，他总能有不断变化的笔触颠覆着原本固定的形象。魔幻飘渺的，调侃写实的，扎实温和的，或是像现在这样细致压抑的。

这个人，从我三年前知晓他开始，三年的时间能够改变足够多的东西，而作为更早认识他的读者，可以一字一句读到的变化，就是即将上市的《悲伤逆流成河》。

不清楚为什么市场上依旧用“青春小说”来笼统地涵盖所有年轻人写的关于年轻人的故事。要知道即便是同样的年纪，所看到和所想到的也可以有完全不同的差距。倘若依旧将《悲伤》归类为“青春小说”的人，不妨用它来对比其他的同类型出品。哪怕更深的意义要在透读后才可以把握，但仅仅是谴词造句的功力，白描叙述的方式，也绝对是在寥寥几句的阅读后就能够感受到的吧。

王子型男生和灰姑娘型女生的搭配或许常见于它类作品，然而题材最终依旧得借助讲述人的能力来发挥它极致的力量。在《悲伤》中能够读到的是已经浮出水面的黑暗，远远地就和一贯的王子救公主脱离了关系。更多成熟化后成人化的剧情，摆开在我们面前的有时会是不忍想象的场面，而最可气的便是在强大的寒冷气息中又会时不时送上一缕弥足可贵的温暖，变成伏笔，只等时机一到就在落差间赚走人的眼泪鼻涕。

确实有相当多残酷的描写，人性暗黑面裸露在外的严酷，《悲伤》一开场就流露的全书色感，铅灰，暗蓝，墨黑，让里面间隙的白色也看起来异常清冷。就是在这样的局面中浮现在镜头里的上海弄堂，生动到几乎能让你踏脚走在其间，而两侧分辨传来的截然不同的声音，粗鄙的对骂和破罐破摔后绝望的哭泣，让另一旁和煦如画的关照声显得如此无稽。

一侧的易遥和另一侧的齐铭，走在同一条弄堂里，也会出现你在日光下而我还没有离开阴暗的局面。

塑造出易遥这样一个形象无疑是最大的亮点，甚至她能够将王子化的齐铭都显出柔软的无力。这个女孩子的身世遭遇影响出她此刻的个性，而此刻的个性又激化出她将来的旅途绝不可能变得平稳一些。在她的每句嘲讽似的对话或什么都无所谓的举止后，已经留下了足够酝酿悲伤气场的空间。他人面前越是挺得直的腰脊，就有夜晚睡觉时哭得越深的梦。

能不能将她从已经不加指望的黑暗中拯救出来，齐铭的每一次行动似乎都事与愿违。毕竟这是在《悲伤》两字开头的故事里，他的亲近他的帮助，看来似乎只是徒增着黑与白的对比度，愈加悬殊的距离，不仅让少年的脚步离终点更为遥远，也让易遥每尝到一点温暖便又掉进更冷的境地显得无助可怜。

偏偏与此同时，比起美好少年的接近拯救，他的疏离远去才显得愈加压抑。这样的出乎意料就成为原本不在计划案内的新高潮。易遥再一次没有被“灰姑娘”式的光彩所笼罩，关于她的剧情，总是紧紧地只为“灰”字所眷恋。当自己的坚强决心不足以抵抗越来越高涨的黑暗时，当忍耐的极限已经被缓慢突破，回过头时才发现已经站在了浑浊的河沙里。很多时候能够清楚地感受到，这个女生内心的酸涩、不甘、寂寞、无助，以及为了应对这些，而不得不组织起来的倔强、愤怒、顽固甚至是刻薄和恶毒。

如果仅仅是宽宏的释然不能阻止各方的流言和诽谤，当它们愈加肆无忌惮，能够与恶对抗的就只剩下毒。女生选择了这样的回击，从三次忍耐后一次反击，到一次忍耐后的三次反击。抛下了原先的一切，摆出甚至是同归于尽的表情。只不过，站在易遥似笑非笑的嘲讽面孔之后，是齐铭一张愈加迷茫而失望的面孔。

为了继续什么而不得不丢弃什么，这样的挣扎只有当事人才能更清楚地明白。但对于一直以来陪伴在易遥身边的齐铭来说，他所看见的就只有被女生丢弃了的原本干净单纯的东西，她穿上陌生的黑衣，此刻的样子让人连想伸出手去拥抱的心情都杳无踪迹。

人的心究竟能够努力到什么地步。而人的心又可以溃败到什么地步。《悲伤逆流成河》似乎就是要不断地揭示这样的结果。虽然每一次故事里我们以为已经获得了答案，却已经立刻读到新的进展来破坏一再降低的防线。

顾森西出场，更加受欢迎的性格形象，宛如新的一小丛希望，用来实现一个相对平缓的结局。可既然命名为《悲伤逆流成河》，就足够说明在这条无形无声的路途上，没有希望能够逃脱被覆灭的结果。生活里的每处点滴都会被负面的植物所寄生，父母的不被爱，同学的嘲弄心，再美好的东西努力昂着它的枝叶，也比不上攀附的藤蔓纠缠的速度更快。顾森西和他的姐姐顾森湘，从最初美好的微白色，变成最后为了反衬一切的黑暗而更显刻骨的苍凉，既然这个故事的主题名叫悲伤。

对于这个人和他的故事，从来不缺使人痛心的读后感。他擅于创造各式各样扼腕的结局，只是从几年前更加直白化的悲伤，此刻已经纯熟地运用着手法创造愈加多的障眼法。于是哪怕明知结局通向的不会是山清水秀的地方，可读者还是会被简短的柔软描写所麻痹，跟着好像一个掉落的线球那样走。不是没有美好，不是没有浪漫，它们总是散落在各处，带着那么明显的预谋心来暗算，只要你曾经有一时被这些欺骗，萌发出相信和向往的心情，那么结果自然是无庸置疑的，在爬得更高的地方摔得更痛。既然我们都战胜不了悲伤。

# 悲伤逆流成河　后记

## 对他说

文/郭敬明

01

其实一开始并没有想过要写《悲伤》这样的题材。黑暗的、繁复的、沉重的、压抑的、细密的、绝望的、锐利的少年故事。

那个时候自己还在打算写另外一个和眼下悲伤风格完全不一样的黑暗系的东西。呵呵。那个时候正好是《最小说》创立，用柯艾众小编们的话来说就是："柯艾一哥都不来站台助阵，那谁还能当此任。"所以，那个时候就想"OK，我来写一个上下回的连载或者上中下回的连载吧"。

于是也就抱着这样的心情，开始了《悲伤逆流成河》的创作，结果没想到写一写就停不下来，故事越来越多，而且自己也越来越沉浸在这种和以前风格完全不一样的创作状态里。导致的结果就是一直霸占了连续6期的《最小说》排行榜第一名……

02

……扯远了。

其实如果有一直以来陪伴着我成长的读者，如果我的每一本书都有看过的话，那么也是可以从这本最新的小说里，看出我对文字的一些变化吧。

虽然还是有很多华丽的文字抒情和描写，可是更多的时候，把所有的情节留给了简单的白描，不想要再剧烈地煽情，不想要再掏心掏肺地呼喊，很多的对话或者情节，就在某一个断点嘎然而止。

可能是自己年龄也在一天一天成长起来，所以对年少时那种外露的情感已经觉得陌生了。而生活中更多的时候其实是充满了这种直白的，一点都不浪漫的故事。无数的细节以最最平凡的样子堆积在一起，在某一个角度插进你的心房，让你眼眶发红。

世界其实没有那么华丽和煽情，世界永远都是一副冷冰冰的样子，最简单，也最残酷。每分每秒不停地转动着。

03

似乎也不是什么关于创作的感言嘛。感觉好像在写完了一本那么长的小说之后，还要来写一写为什么会想要写这个小说啊，写的时候的想法啊之类的，是非常无聊而又枯燥的事情。感觉就像是在开记者会呢。

硬要说起来的话，也无非就是比之前的文字更成熟更内敛，也更黑暗了吧……

书里面真的是有一些描写会让别人觉得“血腥”或者“尺度太大”的感觉。但是也是为了让比我更小的朋友明白这些事情其实比我们想象中要严重。

特别感谢我从小一起长大的朋友，盈盈，还有西姐，对于女孩子方面的问题我请教了她们很多啊，常常就是一个电话打过去，然后就开始问这问那。她们两个还特别提醒我，说在后记里不准把她们两个的名字写出来，否则她们就杀了我。

记忆里最好玩的一次，就是盈盈在电话里支吾着，半晌对我说："我爸爸在旁边呢，你叫我怎么说嘛！"

04

故事完成的时候是星期一的凌晨。

窗外的天空刚刚开始露出那种灰蓝色。

因为我是差不多连续50个小时没有睡觉，所以当我拉开窗帘的时候我并不知道这是傍晚还是凌晨。后来看了看电脑右下角的时间，才发现已经是星期一的早晨了。

记忆里那一天的早晨起了薄薄的雾，从江面上缓慢地飘荡过去。东方明珠在雾气里还是很清晰，只是下面更加低矮的楼房就不再看得清楚。雾气里依然有悠扬的汽笛声穿过来。

应该又有船在启航了吧。

装满沉甸甸的货物，驶向下一个港口。

楼下的人声开始重新鼎沸起来，经过一个黑夜的覆盖，此刻重新恢复人世的繁盛和活力。

而我拉过被子，陷入沉甸甸的睡眠里。

05

记忆里最深刻的一段，是在第十一回的最后和十二回的前半部分。

易遥在黑暗里，坐在顾森西的后座上，然后慢慢地把齐铭抛弃在暮色中黑暗的教学楼里。那种虽然不甘心，但是也不得不放弃的感觉，我到现在依然可以很清楚地记得。就像高中每次体育课上的长跑考试，到最后筋疲力尽的时候，虽然你知道前面就是终点了，但是没有力量了，只能慢慢地放慢了速度。

那么，放弃自己的世界，一定是更加心痛的感觉吧。非常非常地舍不得，可是，却没有更多力气去挽留了。在那个世界放弃自己的时候，自己也慢慢地松开了手。

这样的感觉，在我们的人生里，一定谁都有过的。

这样不舍、不甘的沮丧心情。甚至不仅仅是沮丧，还有更多的悲哀和痛苦。

06

对于结尾的惨烈，我已经领教了身边周围的所有人的哭诉和哀嚎。

而且他们都抱怨我，说看着我12回的那种暴风雨后的平静，以为一切就这样淡淡地结尾了，结果到了最后几千字，一切都变化了。

是陷阱吗？也算吧。我除了嘿嘿地笑几声之外也无话可说啦。哈哈。

07

是自己的第几本书了呢？而我开始写书已经第几年了呢？

有时候也会这样来问自己，从17岁时的《爱与痛的边缘》，到现在还差两个月就满24岁时写的《悲伤逆流成河》，哇，快七年了。

七年是一个什么样的时间啊。

一个什么都不懂的小学毕业生，变成一个大学生。也就七年的时间吧。七年可以做的事情很多，改变也很多。而正是因为太多，所以，当我站在聚光灯笼罩的舞台上时，我却说不出具体的话来，除了俗套的“谢谢你们”以外，只剩下微笑啦。

还好你们一直都在，一直都陪伴着我。

08

这些你们，除了我身边的朋友，还有现在正在看着这些像是废话一样的文字的你们。

09

好像又开始煽情了啊。

我现在在上海，生活很好，有关心自己的朋友，然后也搬了新家。

好像一切都朝着越来越好的方向发展了。

有一段时间感觉自己的成长就像是《楚门的世界》一样被放大到了每一个人的面前，自己像是真人秀节目里的选手一样，大家观看着成长，你的成功，挫折，勇气，坚强，失败，困顿，光环，阴暗，看着你一路跌跌撞撞地走来，比任何小孩的成长都更加地惊心动魄。

这样的自己。很多时候都想要拿过遥控器按下关闭电源的开关。

躲到没有人可以寻找到的角落里。

不真实。不真实。强烈而巨大的不真实感天天都在包围着我。

但是，也会在每天早上起床的时候，感受到自己身上的幸运眷顾。

11

还要说一些什么呢。

青春么？年少么？头顶寂寞的蓝天么？

这些词语其实都不用我来提起，它们都每天鲜活地出现在我的生命里。

我们好像越成长就越怀念曾经的日子。越长大就越害怕长大。

好像已经没有什么可以值得我们去哭泣的东西，也没有什么可以值得我们去纪念的东西。我们除了回忆曾经的似水流年无事可做。

和我一样年纪的同学，都穿上了西装开始上班，脑子里每天想的是买房买车，养老金和医疗保险。而我自己，却还是孤单地回忆着我年轻时的故事。少年奔跑的操场，和烈日投进窗户照耀在桌面上的光斑。下午的教室里，空气像是无味无色的催化剂，将青春岁月搅拌均匀。

那么多累计在一起的故事，在脑海里每天都爆炸着产生一朵蘑菇云。

12

心上每天都开出一朵花。

13

发现自己好像年纪越大反倒不知道应该讲些什么。内容梗概吗？创作感言吗？希望大家支持吗？

……当然要支持！

只是却不知道该说些什么了。好像把所有该说的都说进了书里面。不知道有没有人可以完全地领悟到。或者又会有连我都没想到过的地方呢。

好像把一段时间内最最好的最最舍不得的文字都用进了《悲伤》里面。

眼下再写些什么，都变得像是小学生的作文一样幼稚得不行。

14

那就还是不能免俗地对大家说一声：谢谢你们的支持吧。

你们的喜欢，是我最大的动力。也是我在遇见难过和黑暗的时候，继续朝前面迈步的勇气。

内心里最最简单的想法，就是想要讲更多的故事给你们听。真的真的想要讲更多的故事，和你们分享更多的心情。

15

很多年过去了。很多人不见了。很多事改变了。很多梦消失了。
但我依然和最开始的时候一样。
你们会看见吗?

2007.04.18
小四于上海

## Express Gratitude to Specially

阿亮、痕痕、死亡之心、苏姗姗

感谢你们的用心阅读和持续期待，让我有了不拖稿的动力

adam、年年

在你们的精彩设计和创作之下，诞生的百万黄金纪念版本

落落、七堇年

感谢你们对《悲伤》的阅读和分享

安波舜、金丽红、黎波

感谢三位老师的肯定和鼓励

龙丹妮、杨柳

感谢你们对四崽的关心和爱护，还有帮助我迅速成长

感谢宋盈盈和兰西

我的年少时代有你们而变得温暖

图书在版编目（CIP）数据
悲伤逆流成河 / 郭敬明著
武汉：长江文艺出版社，2007.12

ISBN 978-7-5354-3613-9
I. 悲
II. 郭
III.长篇小说-作品集-中国-当代
IV.I247.5
中国版本图书馆CIP数据核字（2007）第185482号

亿品传媒

sina 新浪读书 http://book.sina.com.cn 新浪读书强力推荐！

选题策划：金丽红　黎　波　安波舜
责任编辑：陈　曦　苏姗姗
整体装帧：柯艾文化（ca@zuibook.com）
美术执行：adam Mint.G Alice.L
媒体运营：赵　萌
责任印制：张志杰

出版：湖北长江出版集团 长江文艺出版社　电话：027-87679301　传真：027-87679300
地址：湖北省武汉市雄楚大街268号湖北出版文化城B座9-11楼
邮编：430070
发行：长江文艺出版社北京图书中心
电话：010-58678881　传真：010-58677346
地址：北京市朝阳区曙光西里甲6号时间国际大厦A座1905室
邮编：100028
印刷：**三河市鑫利来印装有限公司**

开本：880×1230毫米　1/32　印张：11.875
版次：2007年12月第1版　**印次：2011年3月第35次印刷**
字数：240千字

定价：25.00元

---

时间把脉络轻轻改写，试管里萃取出的青葱色泽，在漫长的消耗里褪成苍白与灰蒙。
旭日暖阳是你凝望的眼。